2部　偶発債務

『リストラ事変　ビジネスウォーズ2』――おもな登場人物

大原史郎《おおはらしろう》　嵐《あらし》出版社の月刊誌「ビジネスウォーズ」編集委員。新卒で山上《やまがみ》証券に入社するも、経営破綻し、嵐出版社へ。社長の五十嵐岳人《いがらしがくと》が亡くなると、代わりに実権を握った和子《かずこ》会長によって、編集二課の副編集長から編集委員にされる。

五十嵐岳人　嵐出版社の創業者。社長兼「ビジネスウォーズ」編集長であったが、脳梗塞《のうこうそく》により死去。

五十嵐和子　岳人の妻。嵐出版社会長。大原のことを目《め》の敵《かたき》にしている。

五十嵐隼人《はやと》　岳人の息子。大学卒業後、全国紙「毎朝新聞《まいちょう》」で記者をしていた。嵐出版社社長兼「ビジネスウォーズ」編集長。

玉木仁《たまきひとし》　嵐出版社編集一課担当の副編集長。常に和子の意向を気にしている。

佐伯《さえき》　毎朝新聞出身。隼人の一年後輩だった。「ビジネスウォーズ」新副編集長。

永瀬亮《ながせりょう》　大原が鍛《きた》えている若手の有望記者。

田中雄介《たなかゆうすけ》　東都《とうと》新聞社会部記者。大原の情報源。

愛野《あいの》　新宿《しんじゅく》の碁会所《ごかいしょ》「天元《てんげん》」の看板席亭。碁は大原に勝る腕前。

岸田健三《きしだけんぞう》　「天元」の常連で大原の碁敵《ごがたき》。「月刊官僚ワールド」の元副編集長。

大原知子《ともこ》　大原の妻。

大原美咲《みさき》　大原の長女。大学一年生。

大原拓也《たくや》　大原の長男。高校二年生だが、現在は不登校。

中森勇雄《なかもりいさお》　準大手スーパーマーケット「バリューフーズ」の創業者で現会長。岳人が嵐出版社を起こす際、援助してくれた。

小西由紀子《こにしゆきこ》　中森の秘書。

宮田《みやた》　昭《あきら》　大手電機メーカー「早坂《はやさか》電器」元社員。

村川英彦《むらかわひでひこ》　「早坂電器」元社長で、中興の祖。

山形虎雄《やまがたとらお》　「早坂電器」前々社長。村川の後任。

水沢雄三《みずさわゆうぞう》　「早坂電器」前社長。

湯川一光《ゆかわかずみつ》　「早坂電器」元幹部。水沢の右腕で、技術畑出身。

中西克夫《なかにしかつお》　「早坂電器」元幹部。水沢の右腕で、経理畑出身。

周《しゅう》　太洋《たいよう》　台湾の企業「神海《シェンハイ》」の創業者。

# リストラ事変

ビジネスウォーズ2

# 1部　リストラ症候群

# 1章　早坂《はやさか》電器

## 1

資料室から持ち出してきたその資料を読み直しているうちに、大原史郎《おおはらしろう》の脳裏のイメージがいっそう色濃くなっていた。

(やっぱりこれはあの父娘《おやこ》の出来レースじゃないか?)

二年前、この事件を取材していた時、ふいにそういうイメージが浮かんで以来それから離れられなくなった。

資料を入れたB4判のクラフト封筒には大原の手書きのボールペンで「家具の横山《よこやま》騒動」と書かれている。

四十年前に父親が創業した「家具の横山」の経営を長女が引き継いだが、父親はそのやり方がどうしても気に入らず、もう一度、経営者に復帰しようとして、長女と激しく争い世間を騒然とさせた事件である。それをメディアで面白おかしく見せられた誰もがこう思った。

（なんでこんな馬鹿なことをやるんだろう？　ブランドイメージを下げるだけじゃないか）

「家具の横山」は高級な家具の老舗として、業界に確固たる地位を占めていた。

しかし価格帯を思い切り下げた新興企業が幾つも出現してきて、「横山」はじりじりと売り上げを落とし、同時に家具業界でのステータスも落としていた。

なんとかしなくてはならないと必死で知恵を絞った創業者が、業態を高級路線と大衆路線とに二分割することを考えた。

高級路線を親父が率い大衆路線を長女が担当する。これなら両方のお客をまた惹《ひ》きつけることができるだろうと二人はひそかに合意した。そのためには出発点で世間の注目を集める何か大きなインパクトが欲しい。かといって派手な宣伝費をかけるだけの資金のゆとりはない。

そんなある日、どちらかがためらいがちに壮大な父娘喧嘩《げんか》を演じてみないかと切り出した。

（どっちが現代の消費者に支持されるか勝負しようじゃないか）

天下にこう問いかけてスタートを切れば、まずメディアが、続いて消費者が驚きの目を向けてくれ、すぐに「わたしは高級路線が捨てられない」「ぼくはもっとカジュアルなものがいい」と勝手に張り合い、その成り行きをメディアが大きく取り上げてくれるのではないか？

娘に引き継がせるときの経緯に違和感を覚えさせるものがあったという以外、たしかな証拠はないのだが、一度、大原の頭に焼き付いたドラマチックな構図は一向に頭から離れなかった。

途中で親子喧嘩があまりに激しくなって、（やっぱりやらせではここまではできないか）とその構図を捨てる気になったときもすぐに別の絵解きがそれを補った。

（やらせから始まったのに、どこかでやりすぎてしまったんじゃないか？）

やらせの非難の応酬の中で、どちらかが口を滑らせ、やらせではすまない相手の致命的な欠点を指摘してしまった。そこまでわたしを否定するのかとそれまでのやらせをかなぐり捨て、本気になって相手の悪口を言い返した。

売り言葉に買い言葉の悪口にはそれまで腹の底に収めていた根の深い悪意がこもっていたから、そこから収拾がつかなくなってしまった……。

大原はもう二時間ほど「嵐出版社《あらし》」の経済雑誌「ビジネスウォーズ」編集部の外れに置かれたデスクで資料に読み耽っていた。

編集部は一課と二課に別れていて、以前、大原は二課の島の最上位の席にいた。創業社長の五十嵐岳人《いがらしがくと》が亡くなってから、五十嵐夫人の和子《かずこ》に「編集委員」という奇妙な肩書を与えられ、窓際族という言葉がぴったりの場所にデスクを移されていた。

和子は一人息子の隼人《はやと》が早く「嵐出版社」の全権を掌握できるよう、辣腕《らつわん》の大原を追い出したいのだが、岳人の右腕だった大原にそう露骨なこともできない。とりあえずノルマは与えず好きなことをやっていいことにして追い出すきっかけをさぐっていた。

ところが「ビジネスウォーズ」の前々号で大原が手掛けた特集「京桜《けいおう》電機の運命を揺るがした北畠大樹《きたばたけたいき》の遺言」が大ヒットとなったので、ちょっとその手が緩んでいる。隼人が大原に親近感を示しているのも大原への援護射撃となっている。

それでも窓際のデスクからもっと中央に戻ってくることは二度とないと大原は覚悟はしている。

大原は資料の束を握ったまま頭の中のイメージを膨らませている。互いに矛盾するイメージさえも勝手気ままに思いもよらなかった方向へと伸びていく。資料や取材相手を探し出す苦労のいらない最も快楽のときだ。

記事を書くとき記者は直感的に脳裏に浮かんだイメージと、資料や取材によって得たデータという二頭立ての馬車に乗って前に進む。

直感的なイメージが先導する場合もあれば、データの指し示すものが先を切り拓くこともある。

「直感よりデータのほうが信頼性が高いに決まっている」と多くの読者は思っているが、そうと決まったものではないという大原の信念は年々強固になっている。

証言にしろ資料にしろそれを提供するのはある事件の関係者だが、その関係者が見聞きしたものを、自分が実行したことでさえも正直に伝えるとは限らない。むしろほとんどの人が自分の都合のいいように脚色して伝える。

かりに脚色するという意図がなくても、彼が出来事を正確に捉えているとは限らない。人は誰でも自分の立ち位置からしか状況を見ていない。それがとんでもない錯覚の産物であることも少なくない。真相の解明はこういうカオスの中で行われる。

大原はその限界を意識しながらも、できるだけ多角的なデータを集め、互いに矛盾する証言があっても、それを自分の中で丹念に突き合わせる。するといつか「これが事実だ」と腑に落ちる構図に出会う。それこそが大原にとっての真相なのである。

その真相を読者に向って差し出す。

「これでいかがでしょうか」

多くの読者に納得されなくとも自分の納得感が強ければそれでいい。必ずその強い納得感に惹きつけられる読者がいるのだ。

多数派の納得感など当てにならない。それはほとんどの場合マスメディアがあらかじめ作り上げたステレオタイプなのだ。

五十嵐岳人に何度かこんなことをいわれたことがある。岳人は大原よりずっと融通《ゆうずう》無碍《むげ》だった。

「いいか大原君、おれたちはたまには読者をただ楽しませて驚かすだけでもいいいんだ。経済雑誌だからってなにもいつも四角四面に経営者や企業を見張っていなきゃいかんということはないいんだ」

頭ではそういうものかと思ったが、いまでもまだ腹の底から納得はしていない。

「大原編集委員」

不意に声をかけられ、大原は握りしめていた資料から顔を上げた。頭が「家具の横山」の父娘の出来レースで一杯になっていてすぐに状況が呑《の》み込めなかった。

「三階からです」

編集部のデスク群の隣の島で営業事務を担当している女性社員だった。

三階にある社長兼会長室からの電話を取り次ぐとき、社員は皆、肩書も名前もいわずこういういい方をする。

われに返って目の前の受話器を取った。

「ああ、大原さん」隼人だった。「ちょっと上まで来ていただけませんか」

「なんでしょうか？」

「まあ、いらしてからということで」

デスクの上に広げた資料を丁寧にクラフト封筒の中にしまい、袖机の引出しに入れてから立ち上がった。

いまの口調から、きっと和子が呼んでいるのだろうと思った。なんだろう？　しかし今では少しも不安に思うことはない。

先々月号の「ビジネスウォーズ」の大ヒットはまだ効果があるはずだ。

ノックしてドアを開けると案の定、和子が部屋の中央のソファに座っていた。半ば以上白くなった髪は少し前から紫色に染められていたが、それがわずかに濃くなっているように見える。

「すいませんね」

社長の椅子から立ってきた隼人は、デスクの上の魔法瓶を手にして大原のために茶をいれようとした。

「社長」と和子が声を上げた。

「あなたは社長なんだから部下にお茶をいれる立場じゃないんですよ。むしろ編集委員のほうが気が付いてお茶をいれなくては……、気が付かない従業員には社長のほうから指導するものなのよ。そうじゃなければ企業というものは……」

「会長、まあいいじゃないですか、今ここにはわれわれ三人しかいないのですから」

和子は一瞬口をつぐみ唐突に切り出した。

「それで大原君は、いま何をやっているの」

「はあ？」

「まあ、とりあえず座ってください」

大原に言いながら隼人は自分と和子の分の茶もいれた。

「わたしは、大原君が勘違いしやしないかと思っていっているんです」

「さて、なんのことでしょう？」

大原はゆっくりと切り出した。

「北畠インタビューのことよ。あなた、あの記事がテレビとか雑誌に取り上げられたりしたので鼻高々なんでしょうが、それはごく一部のことなんです。わたしのところには、親しくしている読者や株主から批判もいっぱい来ています。『ビジネスウォーズ』がこんな無批判に、日本の名門企業を破綻させた男の言い訳を掲載していいのかって」

「それは承知しています。そういう非難は想定していましたから、間に挟んだ解説文のところで北畠さんへの疑問、異論も提起したんです」

「解説文なんか見る人はそうはいません。ほとんどの読者が見るのは北畠会長の言い分だけです」

北畠大樹は日本を代表する総合電機メーカー「京桜電機」の元会長であるが、先年、巨額の粉飾決算の責任者として世間の激しい指弾を浴びた。大原は「ビジネスウォーズ」にその北畠による世論への渾身の反駁《はんばく》を掲載し、一部読者から強い支持を集めた。

「それでいま何をやっているの」
和子の質問の意味を測りかねていると和子が続けた。
「大原君のやることが、『ビジネスウォーズ』にとってマイナスにもなっていること
を、大原君も社長もしっかり判断できないいんだから会長がやるしかないでしょう」
「いまは昔の取材原稿なんかを再チェックしている段階で、何をやるかはまだ決まっ
ていません」
そお？　疑わしそうな目で大原の顔を覗き込んだ。岳人が倒れる以前の和子の柔ら
かな表情は今やそのどこにも見つけることができない。
「わたしはできるだけ早く隼人社長の体制に完全に移行したいので、大原編集委員に
はもう『ビジネスウォーズ』には関わらないで、次の道を見つけてもらいたいんで
す。でも隼人社長はわたしより少しゆっくりのペースを考えているようなので、当面
は隼人社長の方針に任せることにしました。当面ですよ」
ちらりと隼人に視線を投げてから続けた。
「それにしても大原君のやることはテーマにしろ取材の相手にしろ、『ビジネスウォ
ーズ』にも影響があるのですから、逐一、社長と会長には報告してください」

すぐにわかりましたという気にはなれず唇を結んでいた大原に次の矢が飛んできた。

「昔の取材原稿というのはどんなテーマのものですか？」

「古くは和泉《いずみ》内閣時代の金融再生プログラムの背景に何があったのかから、最近では『家具の横山』の父娘戦争まで幾つもあります」

「それ、全部、会長室に提出してくれないかしら」

「資料室に誰でも見られる形で保管してありますので、いつでもご覧ください」

少し尖《とが》ったかもしれない大原の声をはじき返すように和子がいった。

「テーマと資料の一覧表を作って提出してください」

「まあまあ会長」隼人が割って入った。

「実際の大原編集委員の行動を適宜、報告してもらえばそれでいいじゃないですか。取り組まない事件の一覧表をもらっても私だって困りますよ」

「そうはいってもあなた」

ふと母親の口調でたしなめた時、会長の机上の電話が鳴り出した。

和子が慌てて立ち上がり受話器を取った。

「まあま、ご足労をおかけいたします」

いままでと打って変わった半オクターブ高い声で応じた。

「ええ、お待ち申し上げております」

電話の向こうに頭を下げ受話器を置いてから隼人にいった。

「すぐ近くまでいらっしゃっているということですから、下までお迎えに行ってください」

「それでは私は失礼します」

大原がソファから腰を浮かすと和子が意外なことをいった。

「大原編集委員も何度かお目にかかっている方だから、ご挨拶くらいはしてからいきなさいよ」

「どなたですか？」

「会えばわかりますよ」

廊下に重たげな足音が聞こえるとすぐにドアが開けられた。

恰幅《かっぷく》のいいエネルギーの塊のような男が満面に笑みを浮かべ「やあやあ」と声をあげ手を振りながら部屋に入ってきた。大原には男の太い声と荒々しいしぐさで部屋の空気がかき混ぜられたような気がした。

部屋の中央に立っていた和子が、「よくおいでくださいました」と丁重に頭を下げた。た。大原もあわてて和子の後ろから頭を下げた。

部屋の空気を一瞬のうちに自分の色としたエネルギーの塊が、準大手スーパーマーケット「バリューフーズ」の創業社長、中森勇雄《なかもりいさお》であることを大原は思い出していた。

中森勇雄。五十嵐岳人と若い頃の学生運動の同志で、岳人が歴史ある経済書の出版社「万来舎《ばんらいしゃ》」を飛び出し「嵐出版社」を創るとき、資金や人脈で多大の応援をしてくれたと聞かされていた。

岳人に連れられ、大原も何度か中森に会ったことがあるが、いつも岳人の書生であるかのような扱いをされていた。

「さあ、中森会長、そんなところにお立ちになっていないでお座りください」

隼人が中森の後ろから声をかけ、自分もソファに座り込んだ。

六人用ソファの奥の中央に中森を座らせ、その向かいに和子、和子の両脇に隼人と大原が座った。

「少しは落ち着かれましたか」

中森が和子に声をかけた。

「おかげさまで、……悲しんでばかりはいられませんもの」

「隼人君も立派になったから頼りになるだろう」

「恐れ入ります」

「それで、こっちがあの大原君だ」

中森が大原に顔を向けた。視線が絡んだとき、内心まで見透かされるような気がした。

「あの大原君」といわれ奇妙な思いにとらわれた。この男は自分のことを覚えていたのだろうか？　岳人とともに会ったときも自分にはほとんど関心を向けてくれなかったはずだったのに。

大原はスーツのポケットから名刺入れを取り出そうとしたが、そんな形式的なものはいらんよといわんばかりに中森は手の甲で払うようにした。

「あの問題作を読ませてもらいましたよ」

一瞬、遅れて言葉が出た。

「ありがとうございます」

「しかし日本経済の最先端で頑張っていたカリスマ北畠大樹も老いたりだな。大原君もそうは思わなかったか」

「重篤なご病身であったので、遺言のつもりでお話しいただけたものだと感激しておりました」

「雑誌編集者としてのきみはそれでいいのかもしれんが、経営者としての彼はまずいだろう。立派な事業部門を作りました、しかし利益は出ませんでした。それにはこれこれこういう理由があったからです。しかもその理由がほとんど時代が悪いんです、の一点張りだ。それじゃ経営者失格だ」

納得できない要約だが、そうは言わなかった。

「あの手記にいろんなご意見があるのは承知しておりますが、そういうご意見を戦わせていただく材料を提供するのも雑誌の、ひいては編集者の役割かと思っております」

太い声で笑うと、中森は和子に話しかけた。

「こりゃ、筆だけじゃなく弁も立つな。和子会長も大変だ」

和子が細い声を出した。

「うちには隼人という立派な社長兼編集長がおりますので、大原編集委員にはそろそろ『ビジネスウォーズ』を卒業してもらいたいと思っているのですが、なかなか……」

「そういうことなら、大原君、うちに来ないか」

「はあ？」

「うちにも広報誌があるのだが、前からそれを大幅に拡充して、現代日本の羅針盤《らしんばん》となるようなオピニオン雑誌に衣替《ころもが》えしたいという計画があるんだ。それでいい人材を探しとったんだよ」

和子がすかさず続けた。

「それはいいですね。大原編集委員もそれなら自分のやりたいことができるし、中森会長のところにも『ビジネスウォーズ』にもいいし、ねえ、大原君、どうかしら？」

「しかしスーパーの広報誌が一から私にできるとは……」

「だから広報誌からはすっかり衣替えするんだよ。大幅改装ではなく新規出店といってもいい。現代日本を少しでもいい方向に導いていくオピニオン雑誌と考えてみろ。岳人が元気だった時に二人でずいぶん話し合ったもんだ。岳人も大いに乗り気だった。きみが編集長をやれば好きに誌面を作れるじゃないか。いまなら内外にいくらでも論じるべきテーマがあるだろう。私もコラムくらいだったら書いてもいいぞ」

和子が中森の尻馬に乗って嬉しそうな声を上げた。

「うちで誌面とは無縁の編集委員をやっているより、ずっと大原君向きじゃないの」

「こんなご時世だから、給料もそう大盤振る舞いはできないが、嵐出版に負けないくらいは出そうじゃないか」

大原は話の展開の速さについていくことができなかった。

大原は二階の自分の席に戻り、さっきまで見ていた資料をデスクに並べていた。その上に視線を落としているのだが、目は資料の一文字も理解しようとしない。

中森の話はあまりに唐突だった。

和子に編集委員という奇妙な肩書を与えられたときは、辞表を叩きつけ「嵐出版社」を飛び出すことを覚悟したが、その先にオピニオン誌の編集長になるという選択肢を描いたことはない。

目が文字を拾わず脳裏に会長室でのやり取りが断片的によぎる。

中森は終始、大原をあおるようにしゃべり続け、和子が合の手を入れるように嬉しそうな声でそれに応じていた。

「まあ、いま初めて話を切り出して、いますぐに返答を聞くというのも無茶だよな。一度おれんところに打ち合わせに来てくれないか」

中森がそういったとき、大原はちらりと隼人を見た。隼人は憮然《ぶぜん》としていた。自分と同じように驚いているのだと大原は思った。

それに比べ和子は始めからまるで自分が提案しているかのように平然としていた。和子会長が自分で提案していた？　そう思いついてどきりとしたとき、スーツのポケットでスマホが震え始めた。

ディスプレーに「宮田昭《みやたあきら》」と名前が浮かび出ている。三つの文字が頭の中を踊った。誰だか思い出す前に電話に出ていた。

「はい」

「宮田です。大原さん、凄い仕事しましたね」

ああ、と声が出た。思い出したのだ。とっさに仕事モードの声を出しながら部屋の外へ出た。

「その節はお世話になりました。その後どうされましたか？」

二年半前、国内で十本の指に入る大手電機メーカー「早坂電器」が三千人規模のリストラをしたとき、「リストラ無惨と無能経営者」という特集で取材をさせてもらった男だ。

「半年ほどのたうち回っていましたが拾ってくれるところをやっと見つけました」

「おめでとうございます。それで宮田さん、元気いっぱいなんですね」

「大原さんほどじゃないですよ。大原さんはあのカリスマにあんな内幕話をしゃべらせている」

「宮田さんにだって自由に喋ってもらったじゃないですか」

この特集では希望退職制度に応募した人たち数人に話を聞くことができたが、似たような話がすでにいくつもメディアに出ていたし、「無能経営者」の部分で狙いを付けていた取材ができなかったから、インパクトのある記事にはならなかった。

ドアから遠ざかりながらいった。

「私もいま窓際に追いやられてひどい目に遭っているんです。こっちは宮田さんみたいに気前のいい割増し退職金なんてないですからね」

ちょっと含み笑いが聞こえた。

「窓際だなんて。あんな立派な記事を書かれているじゃないですか」

「今回はたまたまそういう流れになりましたが、いつもそうできるとは限りません」

「一度お会いいただけませんか？　積もる話もありますから」

「神海《シェンハイ》にいじめられている人でもお連れいただけますか」

「神海」とは苦境に陥った「早坂電器」に資金を提供するという話で乗り込んで来て、無能な経営者をさんざん翻弄した台湾企業だ。創業社長の周太洋《しゅうたいよう》は立志伝中の豪《ごう》傑《けつ》で「早坂電器」のサラリーマン社長はその迫力にすっかり飲み込まれまともな交渉はできなかった。

その後、いくつもの好条件を出したり引っ込めたりする手練手管《てれんてくだ》を駆使してまんまと早坂電器を手中に収めた。

収めかけているとき大原が宮田らの取材をしていたのだ。

「何が起きたのかは分かりませんが、あの三千人希望退職騒動の渦中にいた一人が不審な死を遂げているんです」

「私がお話を伺った人ですか？」

「いいえ、私たちの面談をしたあの花井《はない》部長です」

「ああ、なかなか責任感旺盛な人情部長だったという人でしたよね」

「あの時はまだホットなタイミングでしたから私も少しマイルドに話しましたが、悪い人ではないですが、私もやんわりと追い込まれましたよ。あれから色々あったんです」

「不審な死というのはどういうことですか？」

「仲間の誰一人、通夜も告別式も知らされず、会葬もしていないんです」

「あんな修羅場《しゅらば》があったんですから、皆でそろって見送りするということにはならんでしょう」

宮田の声のトーンが変わった。

「あの希望退職には大原さんがご存知の修羅場の、もう一段奥があるんですよ」

「もっと奥といいますと？」

「希望退職の経験者の話など表に出ているのは通り一遍の、まあお聞かせできるものばかりです」

廊下の外れの階段の隣にあるトイレに入ってから宮田に質問した。

「聞かせてもらえなかったものを話してくれるのですか」

「そのつもりです」

「またどうしてそういう気になってくれたのですか？」

「あの京桜電機のカリスマだって、普通だったら雑誌記者には聞かせられないようなことをしゃべったじゃないですか。男の人生にはそういうタイミングってものがあるんじゃないですか」

「なるほど」

もう一度こちらから電話をかけ直すといって電話を切ったとき、大原はすっかり宮田と会う気になっていた。

希望退職については雑誌ばかりか新聞もテレビも取り上げ、それだけをテーマにした単行本さえも出ているが、もう新鮮なテーマではなくなっており、新しい事情も報告されていなかった。

宮田が修羅場の一段奥を話すというのなら、「ビジネスウォーズ」の読者の目ん玉をひっくり返すような面白い事実が出てくるかもしれない。

不審な死。一段奥にこの事件が横たわっているのだろうか？

トイレを出ると、何か話しながら階段を下りてくる三人と出くわした。

「おー、どした？」

声をかけてきたのは中森だった。和子と隼人が中森の両側にいた。

「いえ、トイレに」

「年、取ると、ションベンが近くなるよな。あ、おれと一緒にしちゃいけないか」

和子に苦笑いをさせてから中森が続けた。

「さっきの件だが、どうだ、きみのスケジュールを確認してくれたか？　おれは来週の木曜なら夜を空《あ》けられるんだ」

和子が言葉を添えた。

「大原君、編集委員なんだから差し迫った予定なんか他にないでしょう。あったってキャンセルして会長のご予定に合わせてちょうだいよ」

二人の要請から逃れることはできないと覚悟した。

「わかりました。木曜日に御社にお伺いするようにいたします」

中森が大原の肩に手をまわし下への階段に踏み出しながらいった。

「それで君は今の日本で新たに創刊されるオピニオン誌が扱う大テーマに、どんなものがあると思う？」

「やっぱりこの三十年近く、日本のＧＤＰ成長率が、ほとんどずっと横ばいだってことですかね」

「先進国は皆そうだよな」

「そうはいいましても、アメリカもドイツも日本の二倍三倍の成長率でしたよ」

「さすが『ビジネスウォーズ』の辣腕記者だな、きちんとデータを抑えているんだ」

「このあたりは岳人社長がご存命の頃、隼人新社長も一緒によく勉強をしていたんです」

「なるほど、それでその原因はどういうことなんだ？」

「一つは誰もがいう少子化ですが、もう一つ、これは岳人社長がしきりといわれていたことで私も共感しております」と、大原は隼人に視線をやった。きみ答えてみたらどうだろうと。

しかし隼人が口を開かないので大原が切り出した。

「一九八五年以降のバブル経済のさなかには、日本の企業はどこも本業そっちのけで不動産屋になってしまいました。土地に限らず絵画とかゴルフ場の権利とか利殖に血道をあげて、本業の商品開発やビジネスモデルのバージョンアップを怠けてしまった。だからそっちの力量は伸びるどころかどんどん腐っていった」

「なるほど、なるほど、面白い」

中森に大声で相槌《あいづち》を打たれ大原はやけになったようにしゃべり続けた。

「バブルが弾けてから心を入れ替えて本業に打ち込めばよかったのですが、今度は日本中の企業にたっぷりと不良債権が積みあがっていた。そこで経営者たちは本業に力を向けるどころか、借金を返すことだけにアップアップしていた。つまり日本の多くの企業は、十年弱は不動産バブルを背景にしたギャンブルに明け暮れ、その後の十年強は借金返済に明け暮れていたんです。だからこの期間本業で企業を成長させるための経営者の力もビジネスマンたちの力もほとんど伸びなかったわけです。むしろ本業にはマイナスなことばかりやっていたともいえます。経営者もビジネスマンも二十年も成長を止めていたんじゃ、日本経済が成長するわけがありませんよ」

最後は舌打ちするような口調になった。

「やっぱり岳人に鍛《きた》えられた男は違うな。それならどうしたらいい？」

深く考えることなく答えた。

「経営者から新入社員、アルバイトまでそれぞれの場所で命がけで働くしかないでしょう」

いままで自分の中にこんな考えがあると意識したこともない言葉が飛び出した。

「おれはきみの考えを嫌いでもないが、今どき流行《はや》らないだろう、命がけで働くなんて」

「二十年間、経営力を退化させていた経営者にそういわれたっていうことを聞かないでしょうが、命がけの先頭に経営者が立てば分からないですよ」

大原の口からさらに意識したことのない言葉がぽろぽろとこぼれそうになった時、「中森会長」と声を上げたのは和子だった。

「お車がお待ちになっていますよ」

いつの間にか、和子は玄関口の短い階段を降りていて、大きな黒のセダンがビルの前に停まっていた。

「ああ、いかん、いかん。それじゃ、大原君、来週の木曜日に待っているぞ」

中森は階段を軽快に駆け下りた。

## 2

夕飯もそこそこに大原は二階の書斎にこもった。

二階は階段を上がってすぐ左が美咲《みさき》の部屋、その右隣りが拓也《たくや》の部屋、一番奥に大原の書斎がある。

どの部屋も六畳ほどのフローリング仕様で大原の書斎は壁のほとんどが本棚で覆われ、その間にPCを置いたデスクと袖机がある。大原は部屋も本棚もデスクも必要な機能を満たしていればそれでいいのだが、このデスクと袖机は気まぐれでちょっと値の張る木製のものを買い知子《ともこ》を驚かせた。

カバンを膨らませていた数個の茶封筒を取り出した。どの封筒にもマジックペンで「早坂電器」と書かれている。中身を取り出す前に椅子の上で結跏趺坐《けっかふざ》の姿勢を取った。

中森らと別れて自分のデスクに戻ってしばらくは、中森と和子の言葉や隼人の表情が切れ切れに脳裏を漂っていた。やがてそれが意味のある形を取り始めた。

中森は本気で自分にオピニオン雑誌の編集長を任せるつもりでいるのだろうか？それとも和子に頼まれ自分を嵐出版社から引き離すために話をでっちあげたのか？ああやって迫られれば会うことを断る選択はなかったが、会って何か不本意なプロジェクトに無理やり引き込まれるようなことは起こらないだろうか？

和子の無茶な要求なら当分の間かわすことができると思っているが、中森のそれは巨大な蛇がじっくりと体に巻き付いてくるような迫力がある。下手をすれば絡めとられてしまう。

何度かそうした疑心が頭を巡った後、不意に、これから再チェックをすべきは「家具の横山」ではなく「早坂電器」だという思いが浮かんだ。

自分は次のテーマに全力で取り組む。それしか中森・和子連合軍をやり過ごす手段はない。次のテーマは「家具の横山」と思っていたが、こんなときに宮田からの電話がかかってきたのは何かの啓示にちがいない。

半分以上の社員が外出しているフロアをさりげなく見渡し、足音を忍ばせて資料室に行き、「家具の横山」の資料袋を元の引き出しに戻し、「早坂電器」の袋を取り出した。

「早坂電器」の袋は「取材1」「取材2」「会社事情」「希望退職1」「希望退職2」「原稿・校了紙」の六つあった。

それをカバンに押し込んで定時にオフィスを出たのだ。

まず校了紙を読んで全体像を思い出すところから始めた。

特集「リストラ無惨と無能経営者」は幽霊屋敷のようにデフォルメした「早坂電器」の社屋と、その周囲に配されたゾンビのようなサラリーマンの姿をあしらった見開きページから始まっていた。

書き出しは淡々としたものだった。

——妻との誓い

「早坂電器」法人ソリューション営業部の神田武《かんだたけし》（仮名47歳、以下登場人物はみな仮名）に、草野《くさの》部長（55歳）からメールで知らされた「早期希望退職制度」の面談の日程は×月×日だった。

その日が来るのは予《あらかじ》め分かっていたが、現実に伝えられると肚《はら》の底がひやりとする緊張感を覚えた。

その日、定時にオフィスを出てまっすぐ家に帰り、高校三年の息子・健太《けんた》と中学二年の娘・日向子《ひなこ》が部屋に引っ込むまでの長い時間を耐え、二人だけになったリビングで、そっと妻・美千代《みちよ》(44歳)に切り出した。

心配していたより落ち着いた様子で話を聞いていた美千代が、終わるとすぐに問うた。

「それでお父さんはどうなりそうなの?」

「四十五歳以上の対象者リストには一万人強いるが、その二割は何としても辞めさせたい者たちで、残り千人は、八割の中から面談する中で決めるということだ」

「お父さんはどうしたいの?」

「わが社は今こんな状態だから、残るも地獄、辞めるも地獄だ。まだ決めかねている」

「お父さんがどう決めようと私はお父さんについていきます。ただ一つだけお願いしたいことがあるの」

「なんだ?」

「健太が受験で大変な時だから動揺させたくないの。もしあなたが退職することになっても、次の仕事が決まるまでそのことは絶対に子供たちに知られないようにしてください」

「わかった」

そんなことかとほっとしたが、それが想像を絶するほど困難なことだとはその時気付かなかった——


校了紙を読み進めているうちにこの特集の取材をしていた時のことをどんどん思い出してきた。

妻が「お父さんがどう決めようとついていく」と言ってくれたと大原に語ったとき、宮田が思わず浮かべた嬉しそうな顔は子供のモノのようだった。「早坂電器」ほどの大企業のエリートサラリーマンでも妻の意向がそれほど大きな影響力を持つのか、と少し驚いた。

大原自身は、まだ知子との関係を、夫は夫の役割をしっかり果たし妻は妻の役割をしっかり果たせばいいということで折り合っていると思っていた時だ。

妻のバックアップを得た宮田は、平静な気分で部長面談に臨んだ。場所は本社二階の第三会議室、普段から少人数の打ち合わせなどに使われている部屋だった。

ここを読んですぐにこのテーマに関して詳細な資料があることを思い出した。目の前に横たわっていた「希望退職1」の袋を開けると、ホチキスでとじられたA4数葉の資料が見つかった。

一枚目の上部中央に「希望退職のための面談マニュアル」とタイトルが打たれ、「面談者の心構え」という見出しが続いている。何度も読んだはずのそれを冒頭から見ていく。

〈希望退職者に対する面談の目的は、会社の状況を正確に伝達するとともに、対象者に今後のキャリアに関するアドバイスをすることにあります〉

〈本人の業績や能力を判断した上で、一定の条件下で退職勧奨を行うことは違法ではありません。

ただし配慮のない言葉遣いや退職を強要するような言動は、違法となる場合もありますので、面談での言葉遣いには細心の注意を払うこと〉

取材中、宮田から渡されたこの資料を読んでいた大原の視線がここまで行ったとき、宮田が苦笑いしながら解説を加えた。

「その次が笑っちゃうんですよ。その細かさ！　うちの人事部ではそんなところまで配慮がいくわけがありません。再就職支援会社が、しょうもないことを片端《かたはし》から書き出しているんですよ」

宮田が「笑っちゃう」といった部分にはこんな記述があった。

〈とくに次のような言葉やいい方は絶対に使ってはなりません。あくまでも本人の自由意思で、退職を決断してもらうように説得することが大事です。

・「首切り」「人員削減」「解雇」「リストラ」など強制的な退職を想起させる言葉。

・「退職しろ！」「この先仕事があると思うのか」などの退職を強要する言い方。

・「きみにはみんなが迷惑している」「社会人失格だ」などの人格を否定する発言〉

「笑っちゃう」ほどのことはない。想定の範囲だった。

その後に延々と続く資料を読み込んでいたら宮田から直接、証言を聞く時間がどんどん少なくなっていく。

心配になった大原は「大変貴重な資料ですが、本日は宮田さんのご体験を伺いたいので、これは後で拝見させてもらいます」といって、宮田に向き直った。その後の取材をもとにした記事はこう続いている。

――草野部長はこれまで聞いたことのない優し気な声で切り出した。

「お互い辛いことになっちゃったな」

その一声で、敵側に違いないと思っていた部長も被害者の一人なのかもしれないと、神田はそれまで見えていた光景が一転するのを感じたという。

そして改めてこの三千人希望退職者募集という惨事の加害者は誰なのだろうと思った。

ここ三代の経営者が大きなミスを犯したのは間違いないが、うち二人の経営者は〝快進撃〟早坂電器の立役者でもあったのだ。加害者とばかりは言い切れまい。

演技なのか本心なのか、腹立たし気に部長が続けた。

「年始のあの社長の挨拶は何だったのかといいたいよな。百億円の黒字予定がわずか二週間で三百五十億円の赤字に変貌した」

「早坂電器」の主力の液晶パネルとテレビは昨年後半から立ち直ってようやく再建軌道に乗り始めていると誰もが思っていた。そのことを新年の挨拶で社長が誇らしげに伝えた。それが一転、赤字報告に訂正され、さらに追い打ちのように三千人という大規模な「早期希望退職制度」の導入が告げられたのだ。それ以来「早坂電器」の日本列島中のオフィス・工場に空襲警報が鳴り響いたような動揺が広がっている。

部長が話を続けた。

「会社も、甘いよな、やってられないよな。おれも甘い一人だけど……」

寄り添うようにいっても神田が表情を和らげないのに気付いて、部長はようやく本題を切り出した。

「きみだから言うけど、会社としては新しい道を探してくれたほうがお互いに幸せだと思う社員は二割ほどで、できたら早坂電器の再建を一緒に担ってほしいと考えている社員も二割、あとの六割の社員は面談の中で良い方向を見出せたらなと思っているんだ」

おれはどこに入るのかと緊張感を募らせた神田に部長がいった。

「きみには是非、皆と一緒に早坂電器の再建をやって欲しいんだ」

握手を求めて伸ばした手をすぐに受け止めないでいると部長が不満そうにいった。

「会社がきみを必要としているのだよ、嬉しくないのか?」

美千代にいった言葉が脳裏によみがえった。いまの「早坂電器」は残るも地獄、辞めるも地獄なのだ。どちらの地獄を選ぶか、まだ肚は決まっていなかった。

「少し考えさせてください。家族とも相談しなきゃなりませんので」

その時、草野部長は意外な質問をした。

「きみは早坂電器を愛していないのか」

とっさに「愛していますよ」と答えていたが内心には疑問符が列をなしていたという。

おれは本当に早坂電器を愛しているのだろうか？　愛しているとしたら、早坂電器の何を愛しているんだ？　せっせと売ってきた商品群なのか？　とにかくおれを一人前のビジネスマンにしてくれた上司たちか？　おれと共に汗をかいてきた同僚たちか？

「早坂電器ですか、すごいですね」と多くの人が褒めてくれるブランドか？

いやいや、おれは早坂電器の商品を呪ったこともある、「何だ、こんな出来損ないを作りやがって」と。上司や同僚を本気で憎んでいた日々もあった。ブランドはどうか？　そういえばブランドを憎んだことがない。それどころか誰かにブランドをけなされたときはいつも、けなした相手が憎くなった。おれにとって早坂電器とはそのブランドなのか？

神田の脳裏にこんな考えがくるくると回転しているのも知らぬげに草野部長がいった。

「おれだって辛いんだよ。可愛い部下たちに引導を渡さなきゃいかんのだ」

「部長はこれからの早坂電器の中核になられるのですから」

「馬鹿いえ。おれはこの役目を果たしたら早坂を辞める。部下を切ったおれが、のうのうと居残るわけにいかんだろう」

思いもしなかった言葉が草野部長の口から出てきた驚きで馬鹿な問いかけをしてしまった。

「部長は早坂電器を愛していないのですか」

「愛しているから、早坂電器を無事サバイバルさせたいから、自分の身を切るんだ」

まさか？　と神田はすぐには信じられなかったという。

次の面談の日程を決めて神田は会議室を後にした――

宮田はこんなにロジカルに自分の会社への愛情を語ったわけではない。いろんな角度から質問をぶつけ、大原のほうから「つまりはブランドそのものを愛していたということですか」などとヒントを提示してようやくこれだけのことを吐き出したのだ。それでも誘導尋問ではない、宮田の心の奥を引き出したのだ、という自信があった。

自分の原稿なのに面談の続きがどうだったのだろうと読みたくなっていた。続きはこんな小見出しから始まっていた。

――冷ややかな修羅場

一週間もたたないうちに面談はひと回り終わった。しかし一発回答で決着した者は一人もおらず、全員がふた回り目以降の面談に臨むことになった。オフィスは日一日と浮足立って、面談が始まってから三日後にはもう仕事にならなかった。

辞めてほしいグループに入ったと思しき二割はすぐに分かった。あいつはまじめでお人好しだと神田が見ていた男も、別人のように態度が投げやりになり、周囲と話す口調もすっかりぶっきらぼうになった。中には勤務時間中に外出し、あからさまに再就職活動にいそしむものも出てきた――

取材のこの辺りで宮田は顔を歪《ゆが》めて「人間ちゃあ、弱いもんですね。私も他人のことはいえませんが、人は周囲の視線に支えられて、いや強制されるようにして自分のスタンスを取っているんですね」といった。

大原は山上《やまがみ》証券が倒産するとき同僚や先輩が醜悪な振る舞いをしたのを思い出し、

その幾つかを宮田に話して聞かせた。会社がなくなった後、自分が腑抜《ふぬ》けとなって盛り場を彷徨《ほうこう》していたことも打ち明けた。

「大原さんにもそんなことがあったんですか」と感激したように言い、宮田の証言の防衛ラインは一気に緩くなっていった。


——法人営業部で最も面倒見の良かった小宮山《こみやま》（53歳）が中心となって、自然発生的に情報交換の集まりが開かれるようになった。場所は社内のあまり使われない会議室や会社から少し離れた飲み屋の個室が多かった。

「会社はどうやら、おれのことを辞めさせたいらしいんだよ」

牽制《けんせい》し合っていた数人を見回しながら小宮山がいったときようやく皆の表情がほぐれ、希望退職対象者の最年少・松村《まつむら》（45歳）が小宮山に問うた。

「どうしてそれが分かるのですか？」

「うちのような会社ではきみの実力が出せない、そういわれれば一発で分かるだろう」

「小宮山さんを辞めさせたいなら、皆辞めさせたいってことになる」

松村がお世辞のようにいい小宮山が答えた。

「おれは応じるつもりだよ。皆もそうしたほうがいいんじゃないか。今回は割増《わりまし》退職金をはずんでくれるというけど、次からはきっと出ないぞ」

神田は、自分は残って欲しいといわれたとはいうわけにいかない、と決心していた。それにまだどうするか決めていなかった。

「神田君はどうだった？」

小宮山が問うてきた。

「私のこと、残したいはずがないじゃないですか。いつも草野部長に文句ばかりいっている」

「文句をいえるのは力があるからでしょう。ぼくは力ある神田さんは残すほうの二割だと思うな」

神田が曖昧《あいまい》に応じると割って入るように神田と同期の上泉《かみいずみ》（48歳）がいった。

「私、なんだか、引き留められたようだな」

皆の視線が上泉に集まったが、誰もその先を問おうとはしない。いう気、満々だった上泉も口を閉ざした。会社の覚えがめでたいことを匂わす空気ではないことをすぐに悟ったのだろう――

臨場感を出そうと会話を連ねた原稿にしたのだが、その分、情報密度が薄くなったかもしれない。

とにかく宮田らの情報交換会は嫉妬《しっと》、牽制、憎しみなど互いの微妙な感情のもつれあいの中で何回も持たれたという。

「いやなものでしたよ」と記憶を探りながら宮田がいった。

「腹の探り合い、嫉妬のぶつけあい、実際に口を利かなくなったり、一触即発のような関係が幾つも生まれました」

「わかります、わかります。うちでもそうでした」

結局、宮田は、リストラ案と同時に出された会社の再建案にまったく納得できなかったことと、面談後に見せ付けられた同僚たちのエゴ丸出しの姿にショックを受けて、草野が引き留めようとするのを振り切って希望退職制度に応募した。

その後、紆余曲折《うよきょくせつ》があったが、大原がもっとも驚いたのは、子供たちに宮田が無職の状態であることを隠す大変さであった。

――神田は、退職してからもそれまでと同じ時間に起き、いつものスーツを着て、同じ時間に家を出、同じ道を通って駅まで行き、同じ電車に乗った。

違う行動をとれば、子供たちだけではなく、近所の顔見知りに怪訝《けげん》に思われ、「ご主人、転職でもされたの？」などと言われかねない。それが回りまわって子供たちの耳に入れば受験勉強に差しさわりが出る。

「一度、心臓が喉《のど》から飛び出すような思いをしましたよ」と神田は苦笑した。

「いつものように家を出て駅に向かったのですが、途中の信号を渡るときカーブミラーに見知った顔を見たのです。日向子でした。こっちは体が固まったように振り向くことができず、向こうも声をかけてきませんでした。そのまま駅まで行きましたが、体中にびっしょり汗をかいていました。私の態度を怪しんで後を付けたのだと思いますが、プラットホームにはいませんでした」

家から離れた降りる駅はいいだろうと思ったが、自然と辺りを見回す視線になる。

ここからは会社が契約してくれた再就職支援会社「プレミアエージェント」に寄って、一時間前後、担当者と打ち合わせなどをした後、いくつかの公園、喫茶店、図書館などに繰り出した。とくに図書館は時間つぶしと必要な情報を手に入れるのに役立ってありがたかった。

そうした時間は当初、気晴らしになって悪くなかったが、なかなか職が決まらず、しだいに偽装生活が重荷になってきた。朝、出勤と同じ時間にスーツを着て玄関に立つのだが、体が玄関から外へ出るのを嫌がった。踏み出そうとするとき吐き気のようなものさえ感じた……——


校了紙を読み終え、大原はひと言つぶやいた。

「やっぱり弱いな」

偽装出勤というテーマは悪くないと思っていたのだが、腸《はらわた》を抉《えぐ》る衝撃はない。締め切りに追われていたこともある。リストラの修羅場を体験した者たちはなかなか取材には応じてくれず雄弁でもなかった。

宮田がいった「修羅場のもう一段奥」に何があるのだろうか？

3

書斎のドアがノックされたとき、すぐに「おう」と応じられるだけの冷静さが戻っていた。トレイを手にした知子が入ってきた。

「今日、麻衣子《まいこ》にこれをいただいたの。京都《きようと》に行ってきたんだって」

八つ橋の乗った皿を袖机の上に置いた。

麻衣子というのは一年に一、二回知子と食事をしている高校時代の同級生の一人だ。

「わたしも拓也のことばかりじゃないほうがいいでしょう」

「あいつのこと、話したのか？」

「まさか」

すぐに包装をむき口に放り込んだ。大原の好きな濃い甘みが口いっぱいに拡がったとき知子がいった。

「拓也、本当に学校へ行きそうよ」

え？ 八つ橋を頬張ったまま声を上げた。

三日前、夕食を終えテレビを見ていた大原に、拓也が学校に行きそうだといったが、大原は聞き流していた。

「本当か？」と問うと知子は口を閉じた。高校二年生の不登校がそんなに簡単に治るとは思えなかった。何度か聞かされた希望的観測をまたいってみたのだろうと、それ以上追及する気はなかった。

知子は閉ざした口をちょっとゆがめ笑みを浮かべていった。

「だって腕なんてプロレスラーみたいだもの。少なくとも学校で誰かにいじめられるなんてことはないわ」

「どういうことだ？」

「部屋の中、ちょっとしたジムみたいにいろんな器具があるの。ときどきアマゾンから あの子宛に重たいものが届いていたの、それがそうだったの」

「いじめていた奴と闘おうというのか」

「いじめられていたかどうか、わからない。でも何かと闘おうとはしているのよ」

ふ〜ん。二個目の八つ橋を手にしたとき（闘うのは悪くない）という思いが脳裏をよぎった。

「でも誰かをケガさせても困るでしょう？　そういったんだけど、まともな答えが返って来やしない。あの子、いつの間にかすっかり変わっちゃった。なんだかちょっと怖いわ」

大原はコンビニで自分の資料をコピーしていた拓也の姿を思い浮かべた。あのとき確かに一瞬、自分が知っていたはずの拓也と違う若者がそこにいるような気分に捉われたのだ。

首を振って手の中の八つ橋を口に入れた。

# 2章　不審な死

## 1

予約していた部屋に大原が着いたのはまだ約束の二十分も前だった。

以前は週に一度のペースで、取材協力者を連れて来ていた個室懐石《かいせき》の店だが、「編集委員」になってからは今日が三度目、月に一度にもならない。

取材のために作ったメモをテーブルに拡げていたとき、仲居の声とともに宮田昭が姿を現した。

最初、別の席に行くつもりの客が間違って入って来たのかと思った。宮田昭は二年半前に取材をしたときとは、それほど容貌もかもしだす雰囲気も変わっていた。会わなかった月日の三倍くらい年齢を重ねたように見えた。

頭髪には白いものが目立ち、何よりいかにもできるビジネスマンらしかった表情や所作の鋭い輪郭《りんかく》が緩んでいた。

「その節はお世話になりました」

向かいに座らせて丁重にいうと意外な言葉が返ってきた。

「大原さん、なんか凄《すご》みが出てきましたね」

答えに窮して苦笑いになった。

「北畠さんの記事に引きずられ過ぎですよ」

生ビールで型通りの乾杯をしてから話を切り出した。

「再就職のほうはどうなりましたか」

当時の宮田はまだ再就職活動を始めたばかりで、自分のほうが選ぶ側なのだとばかりに意気軒高《いきけんこう》だった。

「やあ、苦労しました。一年間でアプローチした企業は三十弱、そのうち九割は応募書類の段階でバツです。会ってもくれません」

「九割もですか」

「やっぱり年齢のことが大きいと思います」

「メディアでは『早坂電器の辣腕《らつわん》に企業から引く手あまた』とはやされていたじゃないですか」

宮田は眉間にしわを立ててジョッキに唇をつけ、ゆっくりと呷《あお》ってからいった。

「それは技術系の奴らのことです。事務系はそうはいかないですよ」

「でも『プレミアエージェント』が全面的にバックアップしてくれたのでしょう」

「あそこのスタッフはよくやってくれたとは思います。確かなマネープランの立て方や説得力のある履歴書の書き方など勉強になりました。それでもプレミアエージェント自体が打ち出の小槌《こづち》を持っているわけではないんでね」

「打ち出の小槌？」

「あそこが独自に受注した有望な求人情報はごく例外的にしかないんです。つまりどこの会社にも持ち込まれる情報を仲介してくれる親切なハローワークって感じですよ。だから私はあそこ以外にもネット上で転職サイト二社にも登録しましたよ。そっちは紹介そのものはどんどん来るのですが、エントリーしても片端《かたはし》から討ち死にです。やっぱり四十七歳はつらいですよ」

「なるほど」とだけいって次の言葉を待った。どこかに就職しているはずなのだが、宮田から打ち明けるのを待つほうがいいような気がした。

柔らかな声をかけて入ってきた仲居がお造りを膳に出して下がっても、再就職に触れようとはしない。別の角度から攻めた。

「ソリューション営業というのも時代の先端で、引く手あまたなんじゃないですか」

ソリューション営業とは単に「これ要りませんか？」「ちょうど切れていたから購入しますわ」という営業活動で商品を売るのではなく、一種のコンサルタントとなって、取引先の様々なニーズを受け止め、そのニーズを満たす商品を軸とした解決策を提案するのである。

「今、急速に拡大していますが、あの頃はまだまだ」

「で、どんなお仕事に？」と切り出したのに被《かぶ》せるように宮田がいった。

「本日お呼びだてした件ですが、勝手ながら、辣腕の大原記者に調べていただけないかと思いまして」

「花井部長が不審な死を遂げたということですよね」個室なのに大原は声を潜めた。

「しかし先日、伺った事情だけでは不審な死とは思えませんが」

「まあクビを切られた部下たちが、クビを切った上司の葬儀に行かないのは当然だとしても、迎え入れられた新会社の誰も通夜にも告別式にも参列していないのです」

「花井部長は新会社に行かれたのですか？」

「あの時はまだ決まっていなかったのですが」と勿体《もったい》を付けてから一気にいった。

「東洋《とうよう》デバイスです」

えっと驚きの声が出た。

「ひどいでしょう」

宮田は顔をしかめ額と頬のしわを深くした。

花井徹《とおる》は、「クビ切り役人を務めた自分は早坂電器には残らず辞めるつもりだ」と面談した部下たちに告げていた。そういって辞める以上、その後は名もない企業でひっそりと後半生を送るものだと、部下たちは花井の覚悟に感激したものだった。

それが「東洋デバイス」なのか?

「東洋デバイス」とは「早坂電器」の切れ者社長・山形虎雄《やまがたとらお》が、経営不振の責任を取らされ代表権を奪われて間もなく転出した優良企業である。山形は転出するとたちまち経営陣に加わり、そのニュースがひと頃マスコミを騒がせていた。

すでに山形が力を持っている優良会社に就職したのなら、クビ切り役人としての責任を取ったわけではなく、いい形で身の安全を図ったことになる。おれたちにあんないいかっこしやがってと部下たちは一転怨念《おんねん》をうちに貯め込んだという。

「山形さんが引っ張ったのですか」

「そうに違いないでしょう。私たちの部署には十一人いたのですが、希望退職に応じて出ていった四人も残った七人も、どこかで会ったりすると、『あいつ、一発殴らないと腹の虫がおさまらんな』などと言い合っていたんですよ」

「残った人と、まだ交流なんかあるんですか？」

「出た奴と残った奴との間は、まあ、そう単純にはいかんのですよ。互いの間にいろんな憎しみと仲間意識のクモの巣が張り巡らされましてね」

「宮田さんがいわれた一段奥の修羅場《しゅらば》ってのはそのクモの巣の絡み合いの中の話ですね」

　憎しみと仲間意識の絡み合いについて宮田はこんな話をし始めた。

　話の主人公は宮田と同じ「プレミアエージェント」を選んだ二歳若い志垣《しがき》である。支援スタッフは一対一のパートナーとなり、契約者の面倒を見てくれたが、「プレミアエージェント」の待合室でたまに契約者同士が顔を合わせることがあった。そんなとき互いの面談が終わる時間を調整して近くの居酒屋に立ち寄り、情報交換をすることもあった。

　ごくたまに条件のいい求人情報が出てくると二人はライバルとなるわけだが、そんなとき志垣は、「宮田先輩、先に行ってくださいよ」と年齢条件の不利な宮田に譲ってくれようとした。宮田は「先輩も後輩もないよ」と同じスタートラインに立とうとしたが、悪い気はしなかった。

ある日、珍しく面接までこぎつけたY電機の試験会場に行くと志垣とばったり会った。

「ああ、宮田先輩もここに応募したんですか。それならぼくは遠慮します」

「そんな必要はないよ。競争相手は君だけじゃないんだし」

会場にいた十人を超えるビジネススーツの男たちを見渡して宮田はいった。

「いえ、面接では宮田先輩のこと、推しておきますから」

一週間後、Y電機から宮田の下には「残念ですが」という断り状が届き、同時に志垣の姿は目の前からいなくなった。

「プレミアエージェント」に行くと専属のスタッフが深々と頭を下げていった。

「私の力不足で申し訳ありません。志垣さんはY電機に決まったということです」

話を聞き終えた大原がいった。

「ひどい奴ですね。行くんならきれいごとを言わなきゃいいのに」

「私も当初はそう思いましたが、あいつはあいつで幾つもひどい目に遭っているんです。そのぶん人が悪くなっているんでしょう」

無理をしてええかっこしいをしているのがはっきり見て取れたが、宮田はぎこちなく話を変えた。

「小笠原《おがさわら》のこと、覚えています？」

すぐに思い出した。本名は小笠原だが原稿では小宮山という仮名にした。

小笠原は最初の面談を受けた直後から後輩たちを、

「こんな会社に残ったっていいことないから辞めたほうがいい、次回以降の希望退職では絶対に割増金もつかなくなるぞ」

とあおっていた最年長の五十三歳だった。二度目の取材に宮田が連れてきてくれたが口数も少なく、風貌はもうおぼろげにしか記憶していない。

「あいつ、会社に残ったんですよ」

「まさか、どの面《つら》下げて！」

「どうしても残ってくれと会社から引き留められたからだと周囲にいっているようですが、おれのおかげで何人もが早々と辞めたから残りたい奴が助かった、なんて寝言をいったりしてました。陰であいつは花井部長のスパイだったという奴もいますよ」

花井は原稿では草野となっている。

「しかしそれでは彼は残ったのに花井氏が東洋デバイスに引き取られた説明がつかな

いじゃないですか？」

「二人の間にも何かデタラメなことがあったんでしょう。希望退職制度の嵐に巻き込まれたわれわれは、互いにこそこそと動き回っているうちに、何が真実で何が嘘《うそ》か分からなくなっているんですよ」

ウームとうなり、大原はメモを取っていた水性ペンを置いてジョッキに持ち替えた。

二年半前に聞いたこととかなり「早坂電器」内部の様相が違って見える。

「それで花井氏の死もそのこそこその中で、何かが起きたための不審死に見えるというわけですね」

宮田が曖昧《あいまい》にうなずいた。

「しかし根拠は葬儀に誰も出席させてもらえなかったということだけでしょう」

宮田はジョッキを両手で挟むように持ち軽くゆすっていた。表面が泡立ってくるが口に運ぶでもテーブルに降ろすでもない。大原の視線に気づいて宮田が口を開いた。

「これは又聞きですが、この間、花井夫人が早坂電器に訪ねて来たというんですよ」

「どこに訪ねてきたんですか？」

「訪問したのは人事部です。『一体、主人に何があったんですか』というようなことを執拗《しつよう》に聞かれたといいます」

「その話の全体を始めから教えてください」

「花井部長がなくなったのが三ヵ月前ということですが、ひと月前に奥さんが早坂電器の人事部に訪ねてきて、応対した副部長に『主人の死について早坂電器で何か知っていることはないか』ときいたというんです。副部長は『奥様が知らないものを私どもが知り得るはずもありません』と答えたのに夫人は『何か知っているはずだ』と喰い下がっていたそうです。つまり花井さんの死にはそれだけ怪しげなことがあったということですよね。それが人事部の女の子からソリューション営業部の事務の女の子に伝わり、小笠原さんに伝わり、私にまで伝わってきたわけです。そしてその時ちょうど私は『ビジネスウォーズ』の特集で大原さんの力作を目にしていたのです」

宮田の目を得意そうな光がよぎった。

「小笠原さんとは連絡が取れているんですか」

「ごくたまにですが」と小さくいって話を戻した。

「それで、花井夫人が早坂電器にまで問い合わせたくなるような花井部長の死の真相を腕利き記者の大原さんになんとか調べていただけないかと思いまして」

「どういう亡くなり方だったんですか」

「それについては噂《うわさ》も何も私のところまで入ってきていません」

「警察のほうで不審な点はない、事件性はないと判断したから、新聞記事にもならず、ひそかにご家族だけの葬儀が行われたんでしょう」

宮田は半信半疑の表情でうなずいた。

「それならば私の出る幕はないじゃないですか」

「刑事事件になるようなことでなくても、あれだけ世間を騒がせた早坂電器の希望退職制度の奥底《おくそこ》で起きた悲惨な出来事であるとすれば、大原さんの守備範囲じゃないですか」

「宮田さん、あなた？」

「ええ、私は、われわれを裏切って東洋デバイスに逃げ込んだ花井部長が、何らかの事件に遭遇して精神を病んで自殺したんじゃないかと思っているんです」

「事件というのは？」

「壮絶ないじめとか」

「彼には山形さんの庇護《ひご》があったんでしょう」

「技術系と営業系の軋轢《あつれき》とか、山形の目の届かないことだってあるでしょう」

執拗《しつよう》に食い下がってくる宮田が煩わしくなった。

「その程度の事件では『ビジネスウォーズ』の特集記事になりませんよ」

宮田は反論するのはやめ、体をひねって傍らに置いてあったビジネスカバンのふたを開けた。

「これを見てもらえませんか？」と中から数葉の書類を出した。

「なんですか？」

「我が同志たちの記録ですよ」

大原は書類に目を通し始めた。

「この五年で正社員を減員リストラした上位１００社ランキング」とタイトルが打たれ、その下に会社名と減らした人数が記録されている。

最上段に「パナソニック」（13万５０２人）とある。この巨大な数字が世間を驚かせたことはよく覚えているが、その背後に倒産やM＆Aのどろどろのドラマがなかったので、「早坂電器」ほど騒がれなかった。

二行目に「ＮＥＣ」（４万３４７６人）、三行目は「ソニー」（３万６２００人）、四行目「日立製作所」（２万３０７６人）、五行目「富士通」（１万３５９２人）と続く。

大原の目を追っていたらしい宮田が笑い声をあげた。

「頭のほうはわが電機業界ばかりですが、もっと下にいけばメガバンクや鉄道、百貨店まで飛び出してきます。リストラの人数がうちより大きいところもうちほど騒がれていないんですよ」

大原の目は驚愕《きょうがく》の数字を追い続けている。メガバンクや都市部の鉄道会社でさえ三千人前後のリストラを行なっている。このリストはこの時期、日本経済が急速に縮んでいることをまざまざと示しているのだ。

無言になった大原を揺さぶるように宮田がいった。

「これは何というか、リストラ事変とでもいうべき現象が日本経済の底流で起きているんじゃないですか」

「リストラ事変？」

「前回、大原さんがわれわれを取材された時より日本のリストラはもっと規模を大きくしながらひっそりと日常化しているんですよ。日常化しているからこそ、最近のメディアでは大きく報道されない。でもその日常化の中でリストラの推進者だった面談部長の自殺までの流れがくっきりと証明されれば、大勢のビジネスマンの心に刺さるんじゃないですか」

「…………」

「だから私は名編集長の大原さんのところに飛んできたのです」

宮田の勢いを抑えるようにいった。

「かりに自殺だったとしても、刑事でもないのにその真相がどうだったのかなんて、私には調べられませんよ」

「大原さん、当事者たちに話をさせるのは得意じゃないですか。私も、あのとき、自分でここまでは喋《しゃべ》ってもいいと決めていた範囲をずっと超えて話してしまいましたけど、北畠さんの場合はもっと思い切ったことをいっていた」

宮田は北畠のインタビュー記事を詳細に読んでいるのだ。

「北畠さんは晩年、京桜電機を沈没させた戦犯といわれるようになってしまいましたけれど、あれを読んだら弊社の無能な経営者たちに比べれば覚悟の据わり方がまったく違うと思いました。あそこまで肚《はら》の底をさらけ出させた大原さんの記事を拝見したから思い切ってお願いに来たんです」

「仮に自殺だったとしても」大原は天井の一角に視線を投げてから宮田を見た。

「宮田さん、なんでそこまで思い詰めているんですか」

「私、部長が東洋デバイスにいったと聞いたとき頭に来ましたが、亡くなられてみたらやっぱり部長はいい奴だったと思い直したんです。何としても最後の部長の本当の心境が知りたくなったのです。ねえ大原さん、まず奥さんにお会いするところから始めたらいいのではないかと思いますが」

「そこまで考えているなら自分で聞いたらいいじゃないですか」

「私には人の心を開かせて、その奥にあるものを聞き出す能力はありません」

「取り調べじゃないのですから能力なんて関係ありませんよ。夫人だって、部長の死に関する何かが知りたくて早坂電器を訪ねたのだから核心の部分は分からないのでしょう。宮田さん、元部下だったのですから、奥さんだって知っていることは話してくれるんじゃないですか」

押し問答の形になり、大原の口調がきつくなるとようやく宮田が口をつぐんだ。

無言のまま焼き魚に箸を伸ばし口に運んだ。物足りないほどの薄味は美味とは感じられない。自分の息を整えるように宮田に語りかけた。

「それで宮田さんはどちらに再就職されたんですか」

覚悟を決めたように答えた。

「恥ずかしながら××学院の総務課長兼英語担当講師になりました」

名前くらいは聞いたことのある高校受験のための予備校だった。

「それはすごい、宮田さん、受験生に英語なんて教えられるんですか？」

「相手は中学生ですから。それに私、学生時代のＥＳＳサークル、ああ、イングリッシュ・スピーキング・ソサエティのことですが、それ以来、早坂電器に入ってからも英語との縁はあったんです」

「失礼ですが、年収はかなり下がったでしょう？」

一般の社会人なら触れようとしないことを取材ではない会話の中で気軽に聞いてしまう職業病が大原にはある。

「きましたね」と笑みを浮かべいった。

「ほとんど半分になりました。しかし仲間には私より低収入の人だって少なくないんですよ。老人ホームのような福祉の関係にいった者もいて、彼らは三分の一になっていますから」

「それは大変ですね」

「そうともいえるし、そうでないともいえます」宮田は表情を和らげた。

「早期退職制度騒動に巻き込まれて、それまで〝天下の早坂電器マン〟ということで気取った顔して胸を張って人生をやって来た奴が、その気取った顔をはぎ取られた後、醜悪《しゅうあく》な顔に変わる奴もいましたが、もう一つ別の自分に目覚めた奴もけっこういたんですよ」

「もう一つ別の自分？」

「これまでそんな自覚をしたことは一度もなかったけれど、社会人になってからもう二十年も三十年も自分と家族のためだけに生きてきたんだから、ここらで世のため人のために生きるべきじゃないのか、そうしてこなかったからいま罰としてこんなひどい目に遭わされているんじゃないか。そんな風に思ったやつが少なくなかったんだと私は思っています」

ひと言ひと言、選びながらしゃべっている宮田の言葉が大原の胸にゆっくりと刺さってきた。

大原は、和子に露骨に「嵐出版社」を追い出されそうになっていても、自分のためにだけ生きてきた罰などと思ったことはなかった。しかし、おれも何か大いなるものに罰せられるような借りがあるのだろうか？

「まったく稼ぎのない立場を選択した人もいるんですよ」

「……？」

「そいつは四国《しこく》の田舎《いなか》に帰って母親の介護に専念することにしたんですよ」

あいつですよ、と宮田は口調を変えた。

二年半前に取材したとき、記事中では上泉とした宮田の同期の男の話が出た。彼は出世コースを走っていて会社に引き留められる筆頭候補だった。エリートにありがちな嫌味を感じさせる男として語られていた。

「それは選択というより親孝行を選ばざるを得なかったんでしょう？」

大原の言葉が自然と取材モードに入ってしまう。

「そうでもないんです。近くにお姉さん一家が暮らしていて、母親の介護はできていたから、彼は帰る必要なぞなかったんです。それを、ここで自分が母親の介護をしなかったら、死ぬに死にきれないといって帰郷したんです。再就職活動で、周囲から覚悟していたよりずっとつれなくされることで、別の人生観を持つ自分に出くわしたということなんですよ」

「彼からそう聞いたのですか」

「しばらくメールのやり取りをしていたのでいろんな事情を聞いていました。毎日が自分再発見のような暮らしを送っていましたよ……やがて音沙汰がなくなりましたが、介護が忙しくなったんだと思っています」

宮田は、一瞬、遠い上泉の故郷にでも投げるような視線となった。

「宮田さんも別の自分に出くわして、予備校を選んだのですか」

「私の場合、そんな偉そうなものではないですが、〝天下の〟という修飾語が付かない就職先を選ばざるを得ないことになったら、もっと地に足のついた自分の社会的存在意義が欲しくなったってことですかね、子供の成長を助けるってのも悪くないと思いまして」

なるほど、と相槌《あいづち》を打った瞬間、拓也の顔が脳裏をよぎった。

窓際にやられたおれもどこか無意識でそんなことを思って拓也のことに取り組もうとしたのだろうか？

宮田に遅れてデザートの梨のコンポートにフォークを伸ばしたら、宮田は営業マンの笑みを浮かべていった。

「花井夫人には私のほうからご連絡を差し上げて、面会できるように取り計らいますので、よろしくお願いします」

「宮田さんもしつこいな。それははっきりとお断りしたつもりですよ」

そういった口調に宮田を萎えさせるほどの力がなかったことに自分では気付いていなかった。

## 2

その日もいつも通り自分が定時と決めている十時を一分とたがわずに出社した。すぐにネットで「中森勇雄」と検索し始めたら、また気分が高揚してきた。

ネット上には無数の中森が登場してきていた。

大正もひとケタに生まれた中森の父親は、戦後まもなく闇市《やみいち》の外れに怪しげな食品の「何でも屋」を構えた。腕っぷしと親分肌でまず数人の子分を束ね、世の中が落ち着きを取り戻すのと歩を合わせ、生鮮三品全般を扱う商店へと業態を広げ「中森食品」と名付けた。

「中森食品」の誕生とほぼ同じ時期に生まれた勇雄は学校の成績もよく、大阪《おおさか》万国博覧会が開催される前年に大学を卒業し、成り行きで総合商社に入って、関西にある社員寮住まいとなった。間もなく社名が変更されて食品マーケットとなった「バリューフーズ」に入るつもりは少しもなかった。ところが商社マンが面白くなった入社七年目に、父親が交通事故で急逝すると、迷いなく家に戻り、後を継ぐことになった。

商才は父よりあったのかもしれない。

生鮮三品に命を掛けて顧客の信頼を勝ち取り、その周辺の商品の品ぞろえにも気を配り、支店を大きく増やした。

スーパーマーケットが苦戦し始めた二十一世紀に入っても、手堅い業績をあげているのである。

いまは中森の長男・勇太《ゆうた》が後を継いで社長となり、自分は現場からは完全に手を引くといって会長となった。現場は勇太が三十歳まで修業していた父がいたのと同じ商社から引き抜いてきた五年後輩の男と勇太が仕切っている。表向きはそう触れ回っているが、経営のあちこちに勇雄が嘴《くちばし》を挟み、勇太を困らせているようだ。いまもメディアには勇太より頻繁《ひんぱん》に勇雄が登場している。

「やっぱり中森さんのところなんですか」

大原の背後からささやくような声が降ってきた。

首だけひねって見上げると案の定、永瀬亮《ながせりよう》の顔があった。いまや「ビジネスウォーズ」から外されている大原に気軽に語りかけるのは永瀬だけとなっている。

「なんのことだ」

こちらもささやくように言った。

「うちを飛び出してバリューフーズに転職するんだって、もっぱらの噂ですよ」

大原は黙って立ち上がり、永瀬が付いてくるのを確認しながら部屋を出た。

今日は和子も隼人もどこかスポンサーの会社を訪問に行って不在のはずの三階に上がり、会長室兼社長室の前を通り過ぎて会議室に入った。

「もっぱらの噂って、誰が噂しているというんだ」

「わかるでしょう、あの方です」

「玉木《たまき》氏しか考えられんが、どこでどんな風に聞いたんだ？」

「一昨日のことですが、編集のフロアで内緒話という感じで『大原編集委員は中森会長の会社に拾ってもらうようだな』って私にいいましたよ。もちろんみんなに聞かせたいんですよ」

肚の底に怒りがじりっと焦げる感触があったが永瀬が続けた。

「なんでも中森会長のところでオピニオン誌を立ち上げるんで、その編集長に見込まれたらしいといっていました。いちおうこっそり打ち明けたという形をとっていたので、ぼくも大原さんに確かめるのを遠慮していたのですが、さっき中森勇雄で検索しているのを見て、こりゃ遠慮する必要はないかな、と」

「でたらめだよ。いや、そういう話はあったけど、おれは引き受けたわけじゃない、引き受けるつもりもない」

そうですか、と応じた永瀬の顔に落胆の色が走ったように見えた。気持ちが激して言葉を続けた。

「和子会長がどうしてもおれを放り出したくて、単なる閑職《かんしょく》への異動だけじゃ物足りなくなって次の矢を放ってきたんだ。既成事実で周りを固めて、おれがそこから抜け出られないようにしている」

「そうだとしても、オピニオン誌の立ち上げなんてずいぶん大仕掛けですね」

「バリューフーズだぞ。声をかけてきたのは御年七十三歳の中森勇雄だぞ。この雑誌凋落《ちょうらく》の時代にオピニオン誌なんて作れるわけがないだろう。和子会長と創業以来の腐れ縁があるから、おれをうまく辞めさせるように頼まれて、おれが『ビジネスウォーズ』を飛び出したら、やっぱりオピニオン誌はやめるよといって投げだすんだろう」

永瀬は首をひねり半信半疑の言葉を口にした。

「あの会長、そんな軽い人ですか」

「そうは思っていなかったが、これまでの状況証拠がそう語っている」

「本当にオピニオン誌を作るのかもしれませんよ」

「そうかどうか、今日、中森さんと会うことになっているから真偽はすぐに分かる」

「やっぱり会うんだ」

「和子会長から会うようにって社命が下されたんだ。本当に作るとしたっておれはホイホイ乗ったりしないから」

「もったいないじゃないですか。バリューフーズならうちより経費もいっぱい出るでしょうし大きな仕事ができるんじゃないですか」

「それならきみを推薦しておいてやるよ」

「考えさせてください」

永瀬は冗談めかしていったが本音もにじんでいるように聞こえた。

3

スーパーマーケットが入るには不似合いな瀟洒《しょうしゃ》なビルの最上階をしばし見上げてから、大原は一階の「バリューフーズ」の店頭に視線を戻した。

赤、黄色、緑、青など色鮮やかな野菜や果物が食欲をそそるように立体的に並んでいる。この陳列もプロの技がしっかり裏打ちしているのだと食品業界の専門誌で読んだことがある。

野菜の群の背後に立って客に声をかけていた初老の女店員にたずねた。

「会長室に行きたいんですが、どうしたらいいでしょう」

怪訝《けげん》な表情をしたが、建物の裏側に会長室へのエレベータがあると教えてくれた。

ゆっくりと昇っていくエレベータの中で、中森勇雄は今日の約束を覚えているだろうかという疑念が浮かんだ。あの日、勢いに任せて法螺《ほら》を吹いただけだということも考えられる。頭のどこかに、そのほうがいいという弱気があった。

一応きちんと話を聞いてからきっぱりと断ろうと思っているが、中森はあれほどパワフルな男だ。どうしても逃げることのできない寝技に持ち込まれそうな不安があった。

最上階で降り「バリューフーズ」の会長の部屋とも思えない質実なドアをノックすると、おお、いいよ、と途方もない大声が返ってきた。失礼します、負けない大声をあげてドアを開いた。

広い部屋だったが、何本もの本棚や、新聞ラッカー、幾組かのイスとテーブル、五十インチほどのテレビからぶら下がり健康器まで雑多なものが詰め込まれ、空いている空間は半分しかなかった。

その少ない空間に置かれたソファの真ん中に中森の膨れ上がった体があった。

「おお、来たか、来たか。ここに座ってくれ」

大原が中森の向かいに座ると、奥のデスクにいた女性が立ち上がり二人に茶をいれた。

中森の専属の秘書なのだろう。年齢は三十前後か、すぐに判定はできない。思わず二度見をしてしまうほど美形である。白人とのハーフかもしれない。

中森は茶をがぶりと飲むと当然のようにいった。

「それでいつからうちに来てくれる？」

「はい？」

「こっちも準備があるからな」

「先日、私は中森会長のお申し出をお断りしたつもりでいました。それでもとにかく話だけは聞いてくれとのことで今日は伺ったのですから、いつから来てくれるといわれましても……」

「はあて、そうだったか？　それなら最初から話をしてもいいぞ。とにかくおれとしては、こんなに煮詰まってしまった日本の明日を切り拓くようなピリリとしたオピニオン誌を作ってみたいんだ」

「それは素晴らしいことだと思いますが、それなら経済誌を専門にやってきた私よりずっと適任者がいるでしょう。何でしたらご紹介してもいいですよ」

幾人かの顔が思い浮かんだ。もしそいつらがダメでもこれまでの人脈を辿《たど》れば中森の話に乗ってきそうな奴にすぐ行きつくだろう。

「この間ちょっと話しただけで、きみとはウマが合いそうだと思ったんだ。きみの社会観も悪くないし、北畠大樹の途方もない遺言を記事にした腕利きでもある。だからぜひきみと一緒にやりたいんだ。五十嵐がきみのことをえらく評価していたのも納得がいったよ」

雑誌経営のことも知らずに大言壮語する中森の甘さを粉砕してやろうと挑戦的な気分になった。

「月刊誌にするつもりですか」

中森は視線を半回転させて問い返した。

「ほかに何があるんだ？」

「週刊誌もあれば、隔月刊つまりふた月に一度出す雑誌もありますし、春夏秋冬に刊行する季刊誌もあります」

「週刊誌じゃ忙しくてかなわない。天下国家を論じるのだから、そんなちょこまか発言し続けなくてもいいんだよ。中国がどこまで覇権を拡大するか、日本はどうやって立ち向かうべきかなんて毎週、議論することもあるまい。季刊も悠長だから、まあ月刊誌だな。『ビジネスウォーズ』と一緒だ」

「判型、ええと雑誌の一ページの大きさですが、それをどのくらいにして、ページ数はどのくらいの雑誌にするつもりなんですか？　定価はいくらで部数はどのくらい刷りますか？　取次《とりつぎ》店は、ああ簡単にいうと書籍や雑誌の問屋《とんや》のような卸《おろし》流通企業のことですが、その当てはあるんですか？」

矢継ぎ早に聞いた。

「まてまて。そういう専門的なことは、これからきみと相談しながら決めていこうと思っていた。だからこうしてきてもらったんだ」

大原はもう冷めている茶で喉を湿らせ、覚悟を決めて言葉を吐いた。

「中森会長、失礼なことを申し上げるかもしれませんが、会長は弊社の会長の依頼を受けて、私に『ビジネスウォーズ』から足を洗わせようとこのお話をされているのではありませんか？」

中森は何もいわず体を半回転させて奥に座っていた秘書に声をかけた。

「由紀子《ゆきこ》さん、もうお茶って時間じゃないな、あの一等いい奴を出してくれないか」

由紀子と呼ばれた秘書は中森にうなずきちらりと大原のほうを見た。

一瞬、もう四十歳を超えているのかもしれないと思った。サッパリ年が分からない。こんな場違いな女が、どういう経緯で中森の秘書になったのだろう?

「大原君、きみはどうする? おれはこれからオールドパーをロックで飲むが、きみも同じのでいいか?」

「いえ私はこの美味しいお茶のお代わりをください」

オールドパーはすぐに現われたが、二杯目の茶が出るのに時間を稼がれ、大原が覚悟を決めて問う前の空気が部屋に戻っていた。

もう一度同じことを切り出すのはしんどいと大原が思ったとき、濃い琥珀《こはく》色の液体を口に含んだ中森がいった。

「きみのいったことは当たらずといえども遠からずだが、きみにとっても悪い話じゃないだろう」

「新会長はそこまで私のことを辞めさせたいのですか」

かすかに舌打ちまじりの口調になった。

「和子さんだって、そんな露骨なことはいいはしないよ。そんなひどいことをいわれたらわしだって、話してみる気にはならん」

「…………」

「きみだってわかるだろう。嵐出版社は、いや『ビジネスウォーズ』は、頑張っているのは分かるが、いまだ社会的な公器とまではいかず、彼女の夫が立ち上げた五十嵐家の家業なんだ。この十年間、修業させてきた一人息子を亡き夫の後継者にしたいと思うのは自然なことじゃないか」

「それには異論はありません」

「新会長だってなるべくスムーズにバトンタッチをと考えたから、きみに特別なポストを与えて自然に転職できる形を作ったんだ。おれもきっと近いうちにそうなると思っていたら、きみは北畠大樹で世間を驚かせて、いっそう『ビジネスウォーズ』にご執心になってしまった」

「いっそうご執心なんてことはありません」

「仕事はわき目も振らずに取っ組めばなんだって面白いが、世間を大きく騒がせば騒がすほど面白くなる。おれも何度も世間を騒がす面白さを味わってきたからそれはよくわかる。隼人君もきみの拵《こしら》えた面白さに浮かされてしまって、これじゃ、いつまでもあいつが独り立ちできない」

中森の口調は大原が口を挟めない勢いになってきた。

「いいか、子供はできる親のそばにいたらいつまでも独り立ちできないんだ。親が悪い、子が悪いじゃない、二人の間におのずとそういう力関係ができてしまうんだ」

ちらりと拓也が頭に浮かんだ。

「だからおれは勇太に社長を譲ってからは、できるだけあいつと距離を置くようにしている。そばにいるだけで、おれがあいつの行動を縛り、思考を縛っているのが手に取るようにわかるからな」

「私は隼人君を縛ったりしていません」

「縛っているから、きみにはいずれスムーズに辞めてもらうということで隼人君とも合意していたのに、あいつはきみの今度のインタビュー記事に舞い上がっている。もう一度、きみと一緒にあの高揚感を味わいたくなっている」

「私はすぐに辞めますよ」

「いつだ？」

「いくつか今度のような全力投球の特集記事をものにしてからですよ」

「隼人君にやらせればいいじゃないか」

「彼にはもう少し経験を積んでいただこうと思っています」

「きみが最初の特集記事を手掛けたのは幾つの年だ？」

頭の中で月日を数えて言葉を飲んだ。自分は三十代になってから「ビジネスウォーズ」の編集部に入り、三年後には責任者として特集を担当するようになっていた。

「もう彼の成長を邪魔することは許されん。ここは彼に譲って、おれと一緒に新雑誌を立ち上げれば、きみにはまた世間を騒がす拠点ができる。一億円までだったら君の好きにやってくれていい」

中森の言葉が遠くから聞こえるような気がした。

バンドをやめて嵐出版社に入社した時の隼人は、自分が入社した時とほぼ同年だったのだ。それから十年が経ったいまの隼人はとっくに特集をやっていてもいい。隼人にはまだできないと思うのはわが身可愛さのエゴイズムなのだ。

「なぜそんなに辞めたくないんだ」

中森の言葉が不意に大きく耳に飛び込んできた。

なぜ辞めたくないのか？

和子のやり方が理不尽だから反発してという軽いものではない。

「ビジネスウォーズ」に捧げてきた艱難辛苦《かんなんしんく》が血肉化して切り離すことができなくなってしまったのか？　それとも人生の恩人でも師匠でもある亡き五十嵐岳人との縁をまだ切りたくないのだろうか？

「きみが今の状態であそこに居続けることは、隼人君の成長も『ビジネスウォーズ』の成長も、つまりはきみ自身の成長も塩漬けにすることになるんだぞ」

中森は自分の手で二杯目のオンザロックを作り、口に含んでからいった。

「きみには力があるんだから、若者に道を開けてあげなさいよ」

中森が酔いでほぐれた口調でそう言ったとき、由紀子と呼ばれた秘書から声がかかった。

「会長、わたしも新雑誌の編集部に入れていただけるのですよね」

中森が笑って答えた。

「おれはそれでいいと思っているが、編集長はこの人だからな。それにまだ編集長になってくれるかどうかも分からん。由紀子さんからもよく頼んでくれよ」

「大丈夫ですよ。大原様は会長のご依頼をお引き受けしてくれると思います」

「それはありがたいが、どうしてそう思った？」

「先ほどのお話を伺っていても、雑誌造りには強い愛情をお持ちですし、そう遠くない日に新社長にすべての実権を譲られると決めていらっしゃるようなので……、これからは会長の雑誌しかないかな、と」

「なるほど由紀子さんはいつでも理路整然としているな。でも男は理路よりも勢いとか意地とか、そんなことで動いているんだ。大原君のように仕事ができる奴ほどそうなんだぞ」

「あら、わたしが存じ上げている中で一番仕事ができる方と言ったら中森会長ですが、会長はいつも理路整然じゃありませんか」

「ほう、おれは理路整然か。気が付かなかった」中森が噴き出すように笑った。

「いままでおれにそんなことをいう奴は一人もいなかった。由紀子さん、おれに惚《ほ》れているだろう」

「あら、気づかれてしまいましたか」

中森に臆するところのない由紀子の姿を見ながら、この人は中森とどういう関係なのだろうと大原は訝《いぶか》った。

愛人という言葉が浮かんだがすぐに振り払った。由紀子が会話に入り込んでこなければそういう疑念が大原の脳裏に残り続けたろうが、話のどこにもそんな雰囲気はなかった。

「ということで」中森は大原のほうに向きなおった。

「きみがうちのオピニオン誌の編集長を引き受けてくれるという巫女《みこ》のご託宣《たくせん》が出た

から私も安心した。その際は由紀子さんを編集部に入れてくれたまえ」

「秘書さんには編集の経験はあるんですか？」

「そんな立派なお仕事をしたことはありませんわ。大昔に一度、本を書いたことがあるだけです」

補うように中森がいった。

「由紀子さんは銀座《ぎんざ》にいてな、五年ほど前に書いた『できる男に二言はない』って本がちょっとしたベストセラーになったんだ」

由紀子が続けた。

「しばらくは話題になってお店も流行《はや》ったんですけど、その本のせいで、あちこちでひどい噂なんか立てられて、銀座にいづらくなっちゃって、そしたら中森会長が自分の秘書にならないか、また本も書けばいいじゃないかといってくださって」

中森が笑いながら補った。

「以前から、おれはそういうことをいいちらかしていたんだ。それがちょうどおれが会長になった二年前に実現したということだ。うちでオピニオン雑誌を手掛ければ由紀子さんの夢も実現させられる」

「はあ、それはすごいですね」

他にセリフが思い浮かばなかった。

# 3章　本命

## 1

中森に銀座の行きつけだというバーに誘われたが、辛うじて振り切って山手線《やまのて》に乗り込んだ。

「会長、大原さんにそんなにご無理を申し上げたらパワハラになりますよ」

由紀子のこのひと言で中森はあきらめてくれた。

新宿駅《しんじゆく》で降り、歌舞伎町《かぶきちよう》の中ほどにある行き付けの碁会所《ごかいしよ》「天元《てんげん》」に向った。

「北畠大樹の特集」後のメディアや読者の反響が一段落してから、二週に一度は新宿の盛り場の真ん中にある「天元」に立ち寄るようになっていた。

行く前にはいつも「今日、名人戦はどう？」と長年の碁敵《ごがたき》・岸田《きしだ》健三《けんぞう》に電話を入れているが、断られることはまずない。

二年ほど前まで岸田は「月刊官僚ワールド」の副編集長だったが、雑誌が休刊となって以降、どんな仕事をしているかを聞いたことはない。時々漏らす言葉から昔の人脈を頼って雑誌関係の仕事をしているのだろうと想像しているが、碁会所の席料にもその後の飲み代にも不自由はしていないようだ。

岸田は大原を追い抜き六段に昇格したと威張っているが、打つ度に自分と実力はそう変わらんよと大原は内心でクレームを入れる。むしろ自分のほうが強いかもしれない。

入口を開けると目の前に愛野《あいの》が現れた。

いつも老人の客が多くくすんだ部屋の中で愛野の姿だけは仄《ほの》明るく見える。

「愛しの岸田さん、来ているわよ」

ほほ笑んで部屋の奥を振り返った。常連客が打っている碁を隣に座って見ていた岸田が大原に手をあげた。

大原はあごで個室の「幽玄《ゆうげん》の間」を示し、無人だった部屋にゆっくりと入った。

「もったいないじゃない」

そういいながら岸田が入ってきた。千円の個室料金のことをいっているのだ。

「ちょっと聞いてほしいことがあるんだ。部屋代と酒代はおれが持つから」

茶椀を乗せたトレイを持ってやってきた愛野に岸田が声をかけた。

「オーさんが酒をおごってくれるそうだ。一番いい酒を出してよ」

高いわよと愛野が出て行ってから二人は黙って碁盤の前に座った。

岸田が白石、大原が黒石を持ち、一ランク段位が下の大原が先に打ち始める。

数手進んでから岸田がいった。

「聞いてほしいって、なにさ？」

「今日な、バリューフーズの中森会長に呼び出されて、ちょっと前まであそこの会長室にいたんだ」

岸田は、ぱちんと音を立てて白石を盤に叩きつけたが、その先を問わずに大原の次の言葉を待っている。

「オピニオン雑誌を作りたいから、『ビジネスウォーズ』を辞めてそっちに来てくれっていわれた」

中森が五十嵐岳人・和子夫妻とどんな関りがあり、「ビジネスウォーズ」の創刊をどれほどバックアップしてくれたかを、岸田は大まかに知っている。

「つまり、もう編集委員という窓際でも、居てくれては困るということだな」

「和子会長にはっきりそういわれたよ」

大原が次の手を打つとすかさず応手《おうしゅ》を打ってきて言葉を続けた。

「それでどうするの？」

「おれはもう少し『ビジネスウォーズ』にいてやり残した仕事をやりたいんだ。きみらに、今までおれが手掛けた中途半端な記事をとことん取材し直して完成させろって焚《た》きつけられて、すっかりその気になった」

「じゃあ、打つ手は決っているじゃないか」

盤から目を離さずにいった。

「おれもそう決めていたんだが、中森さんは、おれがそばにいると隼人君の成長を邪魔するっていうんだ。それがちょっと引っかかってな」

「それはそうかもしらん。オーさんは唯我独尊《ゆいがどくそん》だからな」

そのときコップ酒とミックスナッツを持って入ってきた愛野に、岸田の最後のひと言を聞かれたようだ。

「オーさんは唯我独尊じゃないわよ。他人にとっても気配りはしているんだけど、それを口や態度に出すのが恥ずかしいのよね。なんだか高校生みたい」

「そりゃあ、自分でも気づかなかった」

愛野の言葉を冗談にしてしまうようにいったが、大原の脳裏に疑問符が浮かんでいる。自分は他人にとっても気配りをしていて、それを恥ずかしがっているのか？

「その通りと思うのか？」

愛野が出て行くとすぐ岸田に問われた。

「隼人の成長を邪魔してるってか」

岸田がうなずいた。

「少しはそういう面もあるかもしれんが、彼がやろうとすることを邪魔したり、先回りして判断を下したりすることはない。そんなことをいえば、あのお母ちゃんのほうが隼人の成長を邪魔している」

「それなら納得いくまでいたらいいさ」

岸田は最小限の言葉しか発しないが、それが大原の思考を先に進めてくれる。そうだ、中森の決めつけに迷わされることはないのだ。

先ほどから大原の手が止まっている。盤面より頭の中のことに意識のほとんどが向かっている。

「中森さん、オピニオン雑誌をやりたいっていうのは本気らしい」

大原がそういっても岸田は盤面に視線を下ろしたままだ。

「岸田さんはもう一度、雑誌の世界に戻ってくるつもりはないの」

碁笥《ごけ》の中に入れていた岸田の指先が石をかき混ぜジャリっと音を立てた。

「自分はまだ『ビジネスウォーズ』にいたいけれど、適任者を紹介してもいいと中森さんにいってしまったんだ」

「いくらくれるんだ？」

「そういうことはこれから一緒に検討するっていっていた。あ、そうだ。一億円まてなら出すっていっていたぞ」

　顔を起こし岸田は笑いを含んだ声を上げた。

「一億円ももらったら、毎月、豪邸が建てられる」

「給料じゃなくて、そこまでの赤字は覚悟しているってことだ」

「オーさんの月給に50、紙、印刷、製本などで３００、その他若いスタッフ編集二人営業一人の人件費が30と25、25、他に雑費があるとして月５００いや６００か。半分は入り広告や売上げで賄えるとすれば三年は遊べるな」

「中森さんに会ってくれるか？」

「その話はオーさんが『ビジネスウォーズ』辞めてやらなきゃ意味ないんだよ」

「おれと関係なしでもやりたい口ぶりだった」

「そんなことはない。オーさんが辞めることが大前提だよ」

「中森さんの秘書で、銀座から来たえらい美人も加わるようだぞ」

「銀座から来た？」

「ママをやっていたようだが、昔本を書いたこともあって、中森さんの雑誌に加わる気になっている」

岸田は皮肉っぽい笑みを浮かべ、話を打ち切るようにいった。

「50くれるならやってもいいよ」

「じゃあ、話しとくよ」

「ああ」

そこから二人は囲碁に集中し始めた。

やがてほとんど自分の勝ちが間違いないという局面になったとき、大原は宮田の話を思い出した。

「二年半ほど前に取り上げた特集の取材相手が連絡してきてさ」

岸田は、非勢を挽回しようと盤面に覆い被《かぶ》さって読み耽《ふけ》っているが、大原はもう勝負はついたと確信しているから盤面から心が離れている。

「あの『早坂電器』の大リストラ騒動。あの時、希望退職に応募した宮田昭って人からつい最近、突然電話があったんだ。自分に引導を渡したクビ切り部長が不審な死を遂げたんだけど、おれにその真相を調べてくれっていうんだよ」

ふーむと、岸田は生返事をした。

「おれはただの雑誌記者で、警察のような捜査権なんかないんだから無理だというのにしつこくてね」

岸田が顔を上げて盤面を指さした。

「その話を聞いてあげたら、これ、打ち掛け、無勝負でいい？」

「そりゃ、ないだろう」

「それじゃ、静かにしててくれよ。いま妙手《みようしゆ》が飛び出すから」

「わかったわかった、打ち掛けでいいや」と大原は両手で盤上の石を崩した。

手を付けていなかったコップ酒をちびちびやりながら、大原は宮田とのやり取りを詳しく話した。

部屋を覗き込んだ愛野に空のコップを示してお代わりを要求した岸田が最後の一滴をすすってからいった。

「その、宮田っていう人、どうしてそんなに熱心なんだ？」

「自分の首を切った上司には憎も愛も深いんだってなことをいっていたな、それにたまたま『ビジネスウォーズ』の北畠さんの記事を見てその気になったとか」

「オーさん、やる気になっているみたいだな？」

「部長夫人に自分が連絡してみるとまでいっているので、その反応しだいって気にはなっている。何しろ一度は取材でお世話になっている相手だからな」

「特集記事にはならないだろう」

「何が出てくるかによるな」

「何だったら記事になるんだ」

一瞬、言葉に詰まったが思い切って頭の片隅にあったものを吐き出した。

「たとえばその部長、花井っていうんだけど、彼の死が殺人で、その殺人の原因に早坂電器の希望退職制度が絡んでいたら、きっとなる」

「そんなんだったら、とっくに警察が動いているだろう」

「自殺だったとしても希望退職制度が深く絡んでいれば記事になる」

ゆっくり首を傾けてから岸田がいった。

「なるか？」

「あの電通の女子社員の過労自殺事件だってあんなに世間を騒がせたじゃないか」

「なるほど」

岸田は手にしたコップを宙に浮かせたまま視線を遠くに放った。

女子社員の過労自殺事件は三年ほど前、新聞やテレビ、週刊誌などがこぞってキャンペーンを張るほどの大事件となっている。電通の女子社員より早坂電器の法人ソリューション営業部部長のほうが企業社会で大きな存在だろう。もっと大きなスキャンダルになる可能性があるということだ。

「それにしてもリストラは、雑誌のテーマとしてはもうインパクトがなくなったんじゃないか」

岸田が大原の頭を冷やすようにいったとき、大原は宮田の熱っぽい言葉を思い出した。

「宮田氏がリストラはリストラ事変と呼ぶような新しい次元に入ったというんだ。リストラがひと頃より大きな規模で日本中にひっそりと日常化しているんじゃないか、それをくっきりと捉えれば面白いんじゃないか、というようなことをね」

「そういや、おれだってあの特集のあとにリストラされたようなものだし、今のオーナーさんだって半分リストラされているってことだ。その宮田氏に中森さんのところに行ってもらうか」

トレイを持った愛野が部屋に入ってきて二人の傍らの椅子に座った。いままで相手をしていた客が帰ったようだ。

石を崩した盤を見下ろしていった。

「どうだったの？」

「ちょっと話が込み入って来たんで打ち掛け無勝負だ」

「岸田さんの泣きを受け入れたんだよ」

岸田は大原にその先をしゃべらせないように大原の語った話を伝えた。

「あたし、よく知らないんだけど、早期退職制度ってこの頃よくある話じゃないの」

「そうだけど世の中に知られているのは通り一遍の話だ。その人はインサイド情報までとことん話す覚悟でおれに連絡してきた」

「ちょっと待ってて」といって愛野は部屋を出た。すぐに酒で満たした自分のコップを持って戻ってきた。

「あたし、よく知らないんだけど早坂電器なら、本命は希望退職のナンチャラじゃなくて、中国のなんとかっていう強引な人の買収じゃないの」

岸田が驚きの声を上げた。

「愛野、そんなことも知っているんだ」

「何言ってんの、あの頃、オーさん、この部屋でキッシーと熱心にその話してたじゃないの？　中国恐るべしだ、このままいくと日本企業は、上から下まであいつらに飲み込まれてしまう、とか」

「記憶力がいいんだな」と応じて、中国じゃなくて台湾なんだと訂正する気にならなかった。

「だって、国際棋戦も中国に負けてばかりだから、あたしだって自然と中国には目が行くわよ。囲碁ばかりじゃなく、企業までも日本は中国に負けちゃうのかって」

愛野にいわれるまでもなく、早坂電器を巡る騒動はそっちが本命だと大原はよく分かっている。

しかし早坂電器の買収騒動も今はホットな話題となってはいない。「ビジネスウォーズ」のトップの特集にするには弱いだろう。宮田のほうから何か特集につながるような話が出てくるだろうか？

「あれ、どうなったの？」愛野が大原の沈黙を揺さぶるようにいった。

「結構いい条件で買収してもらえそうだったのに、早坂電器が自分からナンダラカンダラをばらしちゃって、すっかりご破算になったってやつ」

すぐに思い出した。

「偶発債務《ぐうはつさいむ》か？」

「ああ、それそれ」

記憶がくっきり蘇《よみがえ》ってきた。あの偶発債務が「早坂電器」をこんなみじめな立場に追い込んだのだ。

あんなにぎりぎりのタイミングでなぜ偶発債務が突然、飛び出してきたのか？　誰が何を考えて、あんな馬鹿なことをしたのか？

世間はこの専門性の高い出来事にそれほど大騒ぎはしなかったが、大原は強い疑念を抱いて取材に取り掛かった。

しかしそれから間もなく五十嵐岳人が脳梗塞《のうこうそく》で倒れ、編集部が大混乱をしたので、この疑問を解くことができないまま特集は〝リストラの修羅場《しゅらば》〟に焦点を当てたものとして見切り発車をせずにはいられなくなった。

その無念をこの部屋で語ったのを最後に、「天元」には一年半も来ないことになったのだ。

(そうだ、この事件で取り組むべきは偶発債務なのだ)

## 2

大原が駅を降りたとき、ホームの時計はちょうど十二時だった。

岸田とは一局打っただけで「天元」を後にし、岸田が行き付けにしている「太平《たいへい》楽《らく》」に立ち寄ったのでこの時間になった。

駅から続く小さな商店街を通り抜け、バス通りを横切る横断歩道を渡ると間もなく大原の家がある住宅街となる。

少し酔っていた。「天元」でコップ酒を二杯、「太平楽」で生ビールの中ジョッキを二杯。最近の大原のアルコールの上限の三分の二ほどは飲んでいる。

信号は赤だったが左右から車が来ないのを確認して悠々と渡った。

バス通りの街灯の明かりが少し間遠《まどお》になった中、通りの向こうから人影が近づいてくるのが見えた。

大柄で、そのシルエットも動きも物騒なオーラを放っているので、道の反対側にコースを変えた。

視線を逸らして通り過ぎようとしたとき、思わず足が止まり声が出た。

「拓也」

拓也も足を止めた。頭の中にある姿よりひと回り大きく見えた。

「どうした？」

ああ、ちょっと、と小声でいった。

「コンビニか？」

ああ、まあ、とだけいって、拓也は大原の来た道をたどり始めた。

大原は一瞬、後を追おうかと思ったがそうはしなかった。追ってどうしようというのか。できることなど何もないではないか。

家のほうに向って歩き出したとき、先日の知子の言葉を思い出した。

（あの子、腕なんてプロレスラーみたいだもの。学校で誰かにいじめられるなんてことはないわ）

確かにあいつは記憶にあるよりひと回り分厚い体つきをしていた。体力的にはもう俺があいつを庇《かば》う必要などないだろう。

もうひと区画歩いてから別のことに気づいた。

あいつとおれと会話が成り立った。

短いやり取りだったが、あいつはおれの問いかけにきちんと答えた。「ああ、まあ」では会話とはいえないかもしれないが、無言よりは進歩だろう。

玄関に出迎えてくれた知子にすぐに伝えた。

「おい、おれ、いま、拓也とそこで話をしたぞ」

「あら、拓也、二階じゃないんですか」

「コンビニに行くところだった」

廊下に上がった大原に知子が問うた。

「何を話したの」

「コンビニに行くのかって聞いたら、ああそうだよ、って答えてくれた」

知子が笑った。

「何がおかしい」

「いいえ、大きな進歩だなって」

皮肉っぽい響きを感じたが指摘はしなかった。あれだけで話をしたという自分がおかしいのかもしれない。

二階に上がり拓也の部屋の前を通るとき、また知子の言葉を思い出した。

部屋の中、ちょっとしたジムみたいにいろんな器具があるわ。

自分をとどめる内心の声もあったが、拓也はまだあと十分くらいは帰って来ないだろうから大丈夫だとそそのかす声に負けてしまった。

ノブをひねった。ガチっと音がして掌《てのひら》に固い抵抗感を感じた。

鍵がかかっているのだ。

もう一度、左右にひねってみたが扉は開こうとはしない。知子に確認しようと階段を途中まで降りたとき玄関のドアが開く音がした。

慌てて二階に戻り自分の部屋に入ってドアを閉めるのと同時に、階段を上ってくる重たい足音が響いた。

その足音は拓也の部屋の前で止まり、鍵の金属音を立ててから部屋の中に入っていった。大原の心臓は鼓動を打っていた。

危なかった。もし拓也の部屋でバーベルでも持ち上げているところに戻ってきたら、「ああ、まあ」と答えた拓也の心はもう一度、固く閉ざされてしまっただろう。

それとも、ああ、すまん、すまん、母さんから拓也の部屋がジムのようなことになっていると聞かされてちょっと見てみたいと思ったんだ、といってクリアできたろうか？

服を着替え、階下に降りた。リビングルームのソファに座ると、知子がお茶をいれてくれた。

茶を一口飲んでから、いやあ、危なかったよと溜息のように言葉を漏らした。

「なんのこと？」

「きみが拓也の部屋がジムみたいになっているというから中を見たくて、ノブをガチャガチャやったんだ。どうしても鍵が開かなくて諦《あきら》めたら、そこにあいつが戻ってきた。部屋にいたらとんでもないことになった」

「あの子、今が一番大事な時だから、気を付けてくださいよ」

叱るようにいわれむっとしたが、それは胸の奥に飲み込んだ。

# 4章　不意の客

## 1

一週間と経たないうちに宮田から電話がかかってきた。

「ビジネスウォーズ」の編集部から歩いて十分ほどの喫茶店「ハレルヤ」で、山形虎雄ら「早坂電器」の経営陣の資料を見直していた時だ。

四人掛けの席が四つ、二人掛けの席が四つの昔ながらの喫茶店だが、「編集委員」になってから二人掛けの奥の席を愛用している。不意に二階に降りてきて編集部を見回す和子や、和子のスパイと化した玉木に知られたくない作業はここに隠れてやることにしていた。年配のオーナー夫妻とも親しくなっていたし、半分以上の席が埋まっていることはめったにないので電話を使うこともできる。

——花井夫人、なかなかガードが堅いんです。もっとスムーズに会ってくれると思っていましたが、申し訳ありません。この時、大原の頭はすっかり偶発債務《ぐうはつさいむ》の謎に占められていたから、少しも落胆などしなかった。

「私は難しいと思っていましたよ。それより宮田さん、山形虎雄氏に話を聞けるルートはないですかね」

偶発債務の謎ならこっちのルートだろうと話を振ったが、それが耳に入らなかったように宮田は話を続けた。

——花井部長のご自宅まで行ってみたんですが、どうやら居留守をつかわれたみたいで……、やっぱり何かありますよね。

宮田の話に付き合おうと気持ちを切り替えて資料をテーブルに置き直した。

「ご主人が不審な死を遂げたということなら、奥さんが家に閉じこもってしまうというのも無理はないでしょう」

——ご近所に話を聞いてみようかと思ったのですが、それは思いとどまりました。万一、奥さんの耳に入ってお目にかかる可能性が皆無になってもまずいので……。

「夫人はあきらめるしかないんじゃないですか？　それより花井さんを引き取ってくれた山形虎雄氏から何かわかるんじゃないですか？　彼へのルートは辿《たど》れないですか

ね」

携帯の向こうに絶句する気配があった後吐き出すようにいった。

——奴はそんなヒューマンな部分を持ち合わせている人間じゃないんです。奴はある意味サイボーグですからね。

「彼はあなた方の修羅場を生み出した最終的な責任者でしょう」

——たしかにあいつが諸悪の根源といっていいですよ。いや経営陣はみな一蓮托生《いちれんたくしょう》の責任があるんだ。

「私は、花井夫人ではなく、山形氏に話を聞きたいな。経営者への取材なら私の得意なジャンルですから」

——あいつは北畠さんと違って現役バリバリですから、あんな遺言のような証言はしてくれないでしょう。

「山形さんのほうは、いやにすぐに諦めるのですね」

——彼は、私にはハードルが高すぎます。

「不審な死を遂げた企業戦士の奥さんもハードル、高くないですかね？」

短い沈黙の後せっかちな口調でいった。

——私、もう少しいろんな角度から夫人を攻めてみます。ちょっといい考えが浮かんだんですよ。ああ一応、山形虎雄もターゲットにしておきますから。

電話を切って苦笑いが漏れた。取材相手をどう落とすか、攻め方も知らないだろうにいやに粘り強い。

大原はもう一度、テーブルに置いた資料に目を落とした。

和子会長に「取り組むテーマについて報告してちょうだい」と言われた翌日こっそり三階の資料室に行って、自分のデスクに移していたものを持ってきたのだ。

一度はすっかり頭に入れたはずのものを一つずつ確認していく。もう二年半も経っているのに、パラパラと開いていると当時の記憶がくっきりと蘇《よみがえ》ってくる。

早坂電器は戦前からの歴史あるメーカーで、ユニークな商品を次々と世に送り出してきたが、長いこと業界で二番手、三番手扱いされてきた。一般消費者に最もなじみのあるテレビの分野で、他社にすっかり後れを取っていたということが大きな理由である。

ところがいつの間にか、時代が「早坂電器」を業界の上位に押し上げる転換点に差しかかっていた。二十世紀の最終盤、それまで世界中どこの家庭にもあったブラウン管テレビに薄型テレビが取って代わろうとしたのだ。

その薄型テレビ商戦では「プラズマテレビ」と「液晶テレビ」が激しく鎬《しのぎ》を削っていたが、「液晶テレビ」に全精力を注いでいた「早坂電器」の「シーザス」が突如トップに躍り出たのだ。

その功績は、中興《ちゅうこう》の祖《そ》と呼ばれる村川英彦《むらかわひでひこ》社長とその後継社長に任命された山形虎雄のものとされた。

当時六十手前の村川には振り上げた大ナタのようなパワフルなカリスマ性があり、四十代後半の山形にはいかなる障害も切り裂くカミソリのような鋭さがあった。

「シーザス」は起用した国民的女優の人気と共に快調に売り上げを伸ばし、その勢いを駆ってさらに「シーザス」を増産するための大工場を大阪府郊外のT市に建設することにした。「シーザス」の一人勝ちがいつまでも続くに違いないと「早坂電器」の内外の誰もが思い込んでいた。

この辺りの資料をいま読み直すと大原も苦笑せざるを得ない。自分も「いつまでも続く」という思い込みと無縁だったとは言い切れない。

内外の思い込みが強かったからこそ、村川は自分よりひと回り若い山形を重用し、社内に反発もある中で、自分の後継者に取り立てたのだ。

山形は優れた液晶パネルの技術者であり経営者としてのセンスもあったから、若い頃から社長候補と目されていた。若すぎるじゃないかと周囲が非難するマイナス点は、村川にとっては、自分が御しやすく院政を敷けるというメリットでもあった。しかしこの二人三脚は始めから危ういバランスを内包していた。

この当時、大原は取材網を駆使して可能な限りのルートを辿ったが、経営トップに話を聞くルートはつながらなかった。やむなく少しでも経営陣に近かった経済記者や元経営者らに取材をした。

その取材原稿にこんな証言があった。

「村川さんは技術の専門家じゃなかったからやはり技術系にはコンプレックスがあったんですよ。そこで技術系で頭抜けて優秀な山形を懐《ふところ》に抱え込んでおけば頼りになるということで山形を優遇したのです。山形は技術者としてばかりでなく、ビジネスマンとしても優れていて、アメリカの技術者や経営者とも英語を流暢《りゅうちょう》に使って、対等のコミュニケーションが取れたんですから」（「月刊半導体」編集長A）

「もともと山形さんは能力が高いだけじゃなく、周囲への当たりはとても柔らかで繊細でした。自分より年長の人には肩書が下の相手でも××さんって呼んでいたり、下請け会社にも彼らの経営に配慮した付き合い方ができたりで、知、情、意の揃った礼儀正しい男と思われていました」（「早坂電器」協力会社S社社長）

「村川はできるだけ長く社長をやりたかったんだよ。でもまだ創業者一族のうるさ型たちの目もあったからそうもいかなかった。そこで自分よりひと回りも若い山形を社長にして抱き込めばずっと院政が敷けると思っていたんだ。山形にはかなり強いグリップを利かせていたんだぜ。何しろ社長室の位置でさえ村川の目が届くところに置いておいたというんだからね」（「早坂電器」元取締役）

ところが抱き込めると思っていた山形がたちまちそうはいかなくなってくる。

「月刊半導体」の編集長Aの証言の後半はこうなっている。

「山形は長いことネコをかぶっていたんですかね。社長に就いたら急に横柄な態度も取るようになりましたよ。実力が頭抜けていたのだから無理もないですが、周囲の年《とし》嵩《かさ》の幹部たちはたまりませんよ。副社長の河野《こうの》（敏郎《としろう》）さんなんて、山形よりひと回りも年長で、村川さんの後は間違いなく自分が社長だと思っていたから、山形には露骨な反感を抱いていました。山形もそういう社内の空気はひしひしと感じていましたから、早く村川さんに続くレガシーがほしいということで、T工場に突っ込んでいったのです」

液晶パネル商戦では大規模工場での大量生産による低コストこそ競争力の源泉だとみなされていたから、「早坂電器」は世界のどのメーカーも追随できない立場を作りたかったのだ。

しかし投資額があまりに巨大なので内外から不安の声も上がっていた。それを山形が薙《な》ぎ払《はら》い村川が了承し、四千億円もの予算が計上された。液晶テレビの世界戦で圧倒的な勝利を勝ち取るための大きな賭けだったが、若い山形は絶対に成功すると確信に満ちていた。還暦を過ぎた村川は、山形ほどではないがきっと成功するだろうと期待を膨らませていた。

取材をしていた当時、大原は（馬鹿な山形、とんだ負け戦に突っ込みやがって）と思った。しかし今、改めて資料を読みながら違う感想を覚えていた。

　これまで「ビジネスウォーズ」の取材を通して自分が見てきたほとんどの経営判断はギャンブルだった。巨大なプロジェクトへの投資が、理論的な分析によって成功するかどうかはっきり分かるものなら経営者などはいらない。投資額が大きなプロジェクトになればなるほどギャンブルの要素が強くなる。そして勝つか負けるかを決めるのはほとんどが運である。

　山形の強気の賭けは裏目に出た。需要は伸び悩み、競合企業もどんどん出てくる。おまけに第二期目の大型工場建設が始まって間もなく、百年に一度といわれたリーマンショックが世界経済を薙ぎ払った。

　次々と立ちはだかる障害を目《ま》の当たりにした村川はショックを受けて慌てふためき、やがて山形と距離を取ろうと決断した。

　新工場の建設という勝ち目の薄いギャンブルに自分を引きずりこんだのは間違いなく山形なのだ。その時は半信半疑ながら建設を承認したが、これ以上、山形と行動を共にすれば自分も同罪とみなされる。自分は疑問視していたのに山形が突っ走ったのだと誰にも言い訳できるだけの距離が欲しかった。

　そこで村川は山形のライバルだった副社長の河野敏郎に大きな権限を委譲し、山形の権力を削ごうとした。

以前から自分よりひと回り若くして自分を追い抜いた山形を憎いと思っていた河野は、村川の意を受け山形を無視していくつかの部門に独自の課題を与えた。

部下たちは村川、山形、河野三人の異なる角度からの指示を受け大いに混乱し、こうしたいびつな経営体制を〝三岐《みまた》の大蛇《おろち》〟と呼んで皮肉った。

巨大なギャンブルに負けた大きな負債をカバーするために「早坂電器」に打てる手はそう沢山はなかった。

その一つは二大メインバンクへの追加融資の要請であり、一つは大規模な「リストラ」であり、もう一つが相乗効果の出る企業との提携関係だった。

二大メインバンク「いろは銀行」と「千代田《ちよだ》銀行」からの融資はそれぞれ三千二百億円を超える巨額に上ったが、二行とも追加融資を断り「早坂電器」を倒産させることなぞできなかった。

三つ目の提携についてはいくつもの提携候補が様々な提携条件をひっさげて「早坂電器」の周辺に登場してきた。

中でもひと際存在感を大きく示したのが、台湾のあの企業「神海」のカリスマ経営者・周太洋だった。

「神海」は、周太洋が一代で起こしたEMS（電機製品製造受託）会社の世界最大手であるが、周太洋はその業態に止《とど》まることに満足せず、自社のブランドを持つメーカーに成り上がることを切望していた。

その周の目の前に「シーザス」という一流ブランドを持った「早坂電器」が弱り切った姿で現れたのだから、なんとしてもこれを手に入れたいと考えるのは当然のことであった。

振り返れば周太洋はまだ「早坂電器」が少しも弱体化していないときから接近していき、日本ではまず見られない強引な手練手管《てれんてくだ》を弄して、村川を翻弄した。「原稿・校了紙」の資料の中に周太洋が村川英彦と最初に出会ったときのシーンのこんな草稿が混じっていた。

――その男はすでに十六年も前に「早坂電器」に姿を現わしていたことをほとんどの「早坂電器」マンは忘れているだろう。

百八十センチを超える長身に分厚い体、部屋の隅々にまで響く大きな声。男のかもす存在感は今と変わらなかったが、態度はまるで今とは違っていた。

男は傲慢に胸を張ることはなく、腰を曲げ笑みを浮かべ丁寧な口調で向かい合っている相手に必死に喰いついている。

それもそのはず、当時の男の会社はＥＭＳ（電気製品製造受託）という日本ではまだ「？」を付けられるような業種のパイオニア的な中堅企業にすぎなかった。

一方、男を呼びつけた「早坂電器」の社長・村川英彦は、横幅は男とそん色ないが、尊大な笑みを浮かべ男を大勢の出入り業者の一人と見ていた。

当時の村川は乾坤一擲《けんこんいってき》、仕掛けた液晶テレビ「シーザス」が大ヒット商品となり、一躍、それまで低位にいた電機メーカーランキングを駆け上り始めていた。

それは「早坂電器」の長年の夢だった。村川は熱に浮かされているような日々を過ごしていた。

「当社ではこの数字でやらせていただきます」

大柄な男は腰をかがめ、見積書と思しき書類を村川に差し出し、ご機嫌を伺うような笑みを浮かべていった。

「ああ、検討させてもらいますよ」

村川は書類に目も通さず同席していた経営企画部の部長にそれを渡した。

その男・「神海」の創業社長・周太洋は少しもめげることなく村川の部屋をあとに

した――

大原はそこまで読んで原稿をテーブルの上に置いた。

生ぬるくなったコーヒーをひと口含みながら、ちょっと生硬な文章だが悪くないじゃないかと思った。

周太洋をその男と謎めかして登場させ物語性を演出したのが効いている。

この経営者との確執をもっととことん突っ込んで、特集「リストラ無惨と無能経営者」のメインに持ってこられればよかったのだが、肝心の〝偶発債務〟の謎解きに自信が持てるだけの取材ができず、「無能経営者」の部分は構図だけを描いて、「リストラ無惨」にほとんどの紙面を割いてしまったのだ。

いまから考えれば村川もとんだ考えなしの横柄な態度をとったものだ。「神海」なんてたかが請負工場じゃないかと馬鹿にしていたのだ。

冷静な目を持って観察すればあの時点で「神海」はもうすでにたかがとはいえない規模とさらなる急成長の可能性を持っていた。それが「シーザス」の大ヒットで村川は目が眩《くら》み増長していたのだ。

それこそ「早坂電器」の悪い遺伝子のなせる業だと取材した誰もがいった。

同業者が自社よりも優れていれば身を縮め、自社が有卦《うけ》に入れば増長する。長いこと電機メーカーの中で三番手グループにいたコンプレックスが順調にいきだすと反対側に膨れ上がるのだ。それは「早坂電器」の遺伝子というより人間の性《さが》なのかもしれない。

## 2

オフィスに戻るとフロアにいた半数くらいの社員の目が一斉に大原に注がれた。どの目も好奇心に輝いているが心当たりはなかった。

(何事だろう?)

中の一人、編集課の制作担当の女子社員が、目を輝かせて大原に声をかけた。

「大原さんにお客様です。三階でお待ちです」

「誰?」

「小西《こにし》さんという方です」

聞き覚えがない。誰だろう。なぜ皆は目を輝かせているのだろう?

「編集委員」となった大原のもとにアポを取らずに押しかけてくる客などめったにい

ないし、それを三階に通すこともない。

大原は三階に急いだ。階段の途中で上から笑い声が降ってくるのが聞こえた。社長室兼会長室がその声の発生源に違いない。

ノックをしてドアを開けると、和子がソファに座り隼人は社長のデスクにいて、和子の向かいに見慣れない女がいた。笑い声は和子から発しているようだ。

ベージュのスーツを着た女は、大原を迎えるようにソファから立ち上がり頭を下げていった。

「先日はありがとうございました」

正面から見て気が付いた。中森から由紀子さんと呼ばれていた秘書だった。

「ああ、どうも」としか言葉が出ない。

和子が女に声をかけた。

「由紀子さんも新しい雑誌に加わるそうね」それから大原を見た。

「編集委員。この方は頼りになりますよ。何しろベストセラーを書いた人なんですから」

「あれはたまたまですよ」

二人の会話を奪うように大原がいった。

「私は、中森会長にきちんとお断りしたつもりですが」

隼人がデスクから立ち上がり、「大原さんも座ってください」と由紀子の隣の席に手を差し伸べた。

由紀子は脇に置いたトート・バッグから紙袋を取り出した。

「会長からこれを大原さんにお届けしろと申し付かりましてお訪ねさせてもらいました。なにしろ会長は言い出すとなんでも可及的速《かきゅうてき》やかじゃないと気が済まない方なものですから」

紙袋の中から一冊の本とクリップで上辺を綴《と》じられた紙の束が出てきた。

「こちらは」と紙の束を大原に渡していった。

「会長がこれまで新聞や経済雑誌のインタビューとか記事に取り上げられたもので、今度のオピニオン雑誌の参考になりそうなものを集めてみました」

先日、ネットで中森を調べたとき、すでに目にしたものがほとんどだろうと思いながら黙って受け取った。

「それからこっちは恥ずかしいのですが、会長がどうしてもお届けしなさいというのでお持ちしました。……わたしの拙い文をまとめたものです」

由紀子は単行本の裏表紙を向けて渡したが大原はそれをひっくり返し表を見た。

『できる男に二言はない』

上辺に中森が口にしていた書名があった。

中央に経営者らしき男のデフォルメされたイラストが大きく配され、その周囲を若きビジネスマンや銀座の女らしきイラストが取り巻いている。ビジネス読み物としてよくあるデザインといえるだろう。

「なるほど」といいながらなんとか次の言葉をひねり出した。

「たしかに会長には二言はなさそうですものね」

由紀子は微笑《ほほえ》んでからさらに一通の封書を渡した。

「それからこれは会長から大原さんへのお便りです」

「怖いな、なんだろう？」

「どうぞお読みください」

上等な紙質の封筒だが封は閉じられていなかった。受け取ってすぐに読むことが期待されているのだ。

隼人も和子も好奇の目を向ける中で、大原は封筒から便箋を取り出した。

便箋には流麗《りゅうれい》な筆の文字が載っていた。

――先日は誠に失礼をいたしました。

その際、会話の中に登場しました愚見の掲載された雑誌記事などをご覧に供します。

貴兄《きけい》の忌憚《きたん》のないご感想などお聞かせていただければありがたき幸せです。

×月×日

中森勇雄拝

大原史郎様

二度読み直し、目が文字を拾うごとに強まる息苦しさを感じた。

どこにも強制的なものはない。古希《こき》を過ぎた一流経営者が、間もなく五十歳になる弱小経済誌の編集者に宛てた文章としては丁重すぎるといってもいい。

その丁重さが大原を真綿でくるむような重厚さを持っていた。

しかし、

（先日の話の中に中森の雑誌記事の話など出ただろうか）

そう思ったが、これも中森の手練手管に違いないと気づいた。

とにかく中森のインタビュー記事や人物論を読まなくてはいけない気にさせ、さらには気の利いた感想を伝えなくてはいけない気にさせて、中森と自分との関係をどんどん太いものにしようというのだ。

「中にもう一通あると思いますが」

小西由紀子にいわれ封筒の中からそれを取り出した。

ひと回り小さい用紙にこれは万年筆に違いない文字があった。

――小西由紀子君の『できる男に二言はない』ですが、なかなか深遠な男の心理が描かれ、思わず失笑するようなエスプリもたんと盛り込まれております。ひと言でもご感想をいただければ由紀子君も大喜びすることと思います。中森拝

見えぬ手と聞こえぬ口説き文句で、グイと中森の懐に引き込まれる感覚を覚えた。

「中森会長は大原君のこと、ずいぶんと買っているのね」

和子の声がしてその手に中森の便箋があるのに気付いた。大原がテーブルの上に置いたものを拾い上げたのだろう。

これは私への信書ですので、といって手の中から取り返した。

「先代もそうだったけど、大原君はこういう年回りの経営者と相性がいいのよ。若者を指導するようなことは似合わないのよ」

ねえ、由紀子さんもそう思うでしょう、と小西由紀子にいった。

由紀子は小さく首を傾けただけでなにも答えない。その代わりに大原がいった。

「私は先代社長からいわれたことを守ろうとしているだけです」

「何のことかよく分かりませんが、それは余計なことだと、現社長と会長がいっているのですから」

大原が口を開きかけたとき、あのおーと由紀子が切り出した。

「中森会長のご用件をお伝えしましたので、私、これで失礼いたします。お仕事のお邪魔をして申し訳ございませんでした」

まだいいじゃないの、という和子の言葉を柔らかく受け止め、部屋を出ていく由紀子の後に大原も続いた。

階段を下りる途中で由紀子が振り向いてほほ笑んだ。

「大原さんも大変ですね」

「小西さんだって中森会長にお仕えするのは大変でしょう」

「皆さん、そういって励ましてくれますけど、お優しい方です」

「はあ」

「わたしの本は自信ないんですけど、プロの編集者にお読みいただいて色々教えていただけたら光栄です」

「私は経済雑誌の編集者ですから」

「もちろんご迷惑をおかけしたら申し訳ないので、お暇の時にでもごゆっくりと、あ、お暇なんてないですよね」

二階のオフィスの前で由紀子を放り出すわけにはいかない気がして、一階までついていった。

「それじゃ」

「会長の記事のほうは、よろしくお願いします。会長、可及的速やかの人ですから、早いうちにご感想をいただけるととても喜ぶと思います」

去っていく後ろ姿に視線をやっていると、ひと区画先で由紀子は急に振り返りにっこりと笑った。大原の視線を弾き飛ばすような輝きが放たれた。

慌てて頭を下げ二階まで駆け上がった。

# 5章　東京本社

## 1

中森の記事も由紀子の本も、丸三日、窓際のデスクの引出しに放り込んだままにしていた。

読んで感想など送ったら、中森の懐《ふところ》に抱え込まれてしまうかもしれないというためらいがあった。しかし読まないわけにはいかないという思いもまた三日間脳裏から消えることはなかった。

今朝、出勤の電車の中で「今日こそ読むぞ」と自分に言い聞かせた。

デスクに座るとすぐ引出しから取り出し、駅前の自販機で買ってきたブラックコーヒーのプルタブを開けてから読み始めた。和子に強要された中森の記事を読むのに、「ハレルヤ」まで行く必要はない。

半日足らずで読み終えた。

「バリューフーズ」を訪ねる前にネットで見つけたものとはあまり重なっていなかった。それほど期待していなかったのに読み進むにつれ引き込まれていった。

記事の中身だけでなく、あれだけ強烈に自分に接近してくる男の存在感が文章に重なってパワーを増し、自分を引き付けたのだろう。生身の中森と向き合っているような気がした。

スーパー業界の動向や事件に関して「バリューフーズ」の創業者としてどう考えるのかというたぐいのインタビューや記事が多いのだが、その合間に中森の日本経済論や世界観がにじみ出ていた。あるいは時の政府の対応や政策に関するコメントも抑えた口調ながら鋭い。

七十を三つほど超えた中森は、確かにいまだリアルタイムで現代の課題と向き合っているのだ。岳人と角度は違うが、同様の気骨と見識を感じた。

それが、岳人が金儲け主義に走った万来舎を飛び出したとき、仲間を募って資金を提供し、「嵐出版社」を立ち上げ「ビジネスウォーズ」を創刊させてくれたのだろう。

デスクの上に小西由紀子の『できる男に二言はない』も取り出してある。目をやる度にあの去り際の笑みが本の周辺に漂っている感じがした。

結局、この本も読んでしまうだろう。そしてメールで二人に感想文を送る。いや、手紙にしなければ失礼かもしれない。

「もうちょっと詳しく聞かしてくれや」

感想を送れば中森はきっとすぐにこんな連絡を返してくるだろう。また「嵐出版社」に直接やってくるかもしれない。そしてさらにパワフルに新雑誌に引き込もうとしてくるのだ。

由紀子の本に手を伸ばしかけたとき、デスクの上に置いたスマホが震え出した。液晶画面に〈宮田昭〉の文字が浮かんでいる。

「はい」

——お仕事中、失礼します。いま、よろしいですか？

畏《かしこ》まった口調に違和感を覚えながら「ええ」といい、立ち上がってゆっくりと部屋を出た。

——最初にお詫《わ》びを申し上げなくてはいけないのですが、お許しください。

「はあ？」

――花井夫人の件ですが、名案を思い付きました。

声が弾んでいる。ドアの外に立ち止まり問い返した。

「なんのことですか？」

――夫人への依頼状に大原さんのあの北畠さんのインタビュー記事を同封させてもらうのです。あれなら効きますよ。

「どういうことですか？」

――私のメール、届いていないですか？

慌てて部屋に引き返しデスクのパソコンの「メール」をクリックした。

幾つかのメールマガジンや広告の中に差出人「a.miyata」を見つけた。

「ああ、来てました」

――あのインタビュー記事の中の、夫人に説得力のありそうな部分をコピーしたものに、その送り状を付けて、夫人にお送りするのです。

「どういうことですか」と言いながらメールの文章に目を走らせた。

――謹啓《きんけい》、先日はお悲しみの喪に服されている中、不調法なご連絡を差し上げ誠に失礼をいたしました。

その際も申し上げましたように、私は花井部長には大変お世話になり、その温かいお人柄に支えられ、また厳しいご指導もいただき、何とか栄《は》えある早坂電器マンを務めてまいった部下であります。

花井部長のあまりに早すぎる、かつご本人にも奥様にも不本意なご逝去に心を痛めております。

私と同様、花井部長をお慕いし、心のよりどころにしてきた部下は大勢おります。私はぜひとも花井部長の生前のご様子をお聞かせいただき、衷心《ちゅうしん》からの哀悼の意をお伝えしたいと思っております。

私のような一介のビジネスマンではお聞きするのは任が重いと奥様はお考えかと思い、一つの資料を同封させていただきました。

これは、かつては「京桜電機」快進撃の立役者となり、カリスマ会長と称されたのに一転、「京桜電機」凋落《ちょうらく》の戦犯と指弾されるようになった北畠大樹氏に、その思いを存分に語っていただいたインタビュー記事です。

インタビューをされたのは私の旧知の名記者の大原史郎氏です。彼のジャーナリストとしての見識と、懐の広いお人柄によって、これまでも多くの経済人がその心を開いて、誰にも明かさなかった内心を吐露しております。

弊社があの「大リストラ」を断行して以来、花井部長はいろんな誤解や悪意をぶつけられてきたことと思います。

奥様も花井部長からお聞きになった切ないお立場を、誰に明かすこともできず胸にしまっておかれていることと存じます。

ぜひ大原氏とお話をなさってその重荷を下ろされることを願っております――


「いやいやこんなことはできませんよ」

そこまで読んで大原は思わずいい、慌てて部屋の外へ出た。

「そもそも当のご本人は亡くなってしまっているじゃないですか。話を聞く相手がいないじゃないですか」

――あのインタビュー記事をもう一度読み直して、大原さんだったら、奥さんがご存知のこと、思っていらっしゃることをとことんお聞きできると確信したんです。

「何も知らないかもしれないでしょう」

――先日、電話で話を伺った感触で、奥さんは部長からいろんなことを聞かされて知っていると思いました。

「得体の知れない経済雑誌の記者なんかに会いたがらんでしょう。せっかくの力のこもった書状ですが、この依頼状を送るのはやめていただけませんか」

――いやあ、すみません。実はもうお送りしてしまったのです。

「まさか」といっただけで絶句してしばらく言葉が出なかった。

そそくさと電話を切りデスクに戻ったが、モニターに浮かんでいる宮田の送り状をもう一度、読み直す気にはなれなかった。

夫を不審な死でなくした妻があんな依頼状と記事で、経済誌の記者に会って夫の死について語るはずがない。

どうして宮田は、部下にカッコいいことをいって「早期退職制度」に応募させようとしながら、自分は「東洋デバイス」のような優良企業に逃げ込んだ元上司の死因をそんなに知りたいのだろうか？

大原はＰＣにも保存してある「取材記録」のファイルを開けて宮田の証言を見直すことにした。

花井についての証言はこうなっている。


――花井徹（55歳）、法人ソリューション営業部部長。

宮田は前職、コンシューマ電子事業営業部から二〇一三年×月に法人ソリューション営業部に異動した。その半年前からすでに花井が部長に就任していた。四半期ごとに見直され部に課される売上げ数字は毎期、膨れ上がり簡単にこなせるものではなかった。

花井は部下のキャリア、資質に合わせて担当先を定めてノルマを課した。適宜ノルマの進捗状況をチェックし、クリアが難しそうな者には担当先の口説き方など具体的なアドバイスをし、時には自分が担当先にまで同行してバックアップすることもあった。

宮田自身も一度、花井から担当先の別の人脈を紹介されてノルマを辛うじてクリアすることがあった。

ときに花井の厳しい叱責を受ける者もいたが、これは打たれ強い部下が叱られ役に選ばれていたのであり、部全体にピリッとした空気を作り出すためのものと思われた

——

これは宮田が「プレミアエージェント」を通じて再就職活動をしているときの取材であったが、花井はまだリストラ後の法人ソリューション営業部の後始末をしてい

て、「早坂電器」に辞表を出してはいなかった。

人格的にも仕事の能力でもレベルの高い優秀な管理職と判断できる。宮田ら何人もの部下に評価されていたのもうなずける。

その花井がなぜ部下への約束を破る形で「東洋デバイス」に再就職をし、やがて不審な死を遂げるのか？　パソコンの中のファイルをいくら睨《にら》んでいてもその解が得られるわけではない。

そしてまた同じ疑問が浮かんでくる。

(何が宮田をここまで激しく衝《つ》き動《うご》かしているのだろう、花井の死に宮田をそうさせる本当に怪しげなものがあるのだろうか？)

頭の中に宮田と花井を浮かべながら半ば無意識で『できる男に二言はない』を手にしていた。

カバー中央のビジネスマンは中森を二十ほど若く凜々しくした姿に見えなくもなかった。

発行日を確認すると五年も前になる。小西由紀子が中森の秘書になるずっと以前だ。中森はその頃にはすでに彼女の店の常連だったのだろう。

目次を見ていく。

1章　できる男に二言はない
2章　できる男にはったりはない
3章　できる男にえこひいきはない
4章　できる男は可愛らしい
5章　できる男は迷わない
6章　できる男は目が輝いている

いかにもクラブのママだった女の視点だが、3章まではまあいい。できる男じゃなくても心がけるべきことだ。

しかし可愛らしいというのはどうだろう？　できる男にそんなものが大事なのか？ふとわが身を振り返った。おれにはそんなものがあったろうか？　たぶんない。可愛らしくあろうと心がけたこともない。

岳人に（お前は可愛げのない奴だな）と何度かいわれたことがある。（これはもう諦《あきら》めようや）という岳人の意に背いて、記事になりそうもない事件や経営者に突っ込んでいったりした時だ。

それでも岳人にだけは可愛がられたという実感がある。可愛げのない奴だなという言葉にすでに愛情が込められていた。

それを和子が台無しにした。あなたのおかげで、前社長は命を縮めたのよとまでいわれた。その言葉が脳裏に蘇《よみがえ》るたびに絶叫したいような悔しさに体がよじれる。

そんなはずはなかったという自分の思いを再確認したくて、「嵐出版社」に居続けているのかもしれない。

もう一度宮田の〈花井徹証言〉に戻った。

宮田は花井を高く評価していたのだ、と改めて思った。他の証言者の評価はここまで高くはない。宮田と花井の間に何があったのだろうか？　その何かがあったとしたら、一体どこで見つけることができるのだろう。

2

地下通路の途中の階段で地上に上がり、新宿西口高層ビルのただ中に立った。

ビルの陰に隠れ沈みかけている太陽は見えないが、Ｍビルの壁面で反射した夕日が大原を赤く染めている。ちょうどその反射光を放っている中ほどのフロアに「早坂電器」の東京本社がある。

ここに立つのは久しぶりだ。「早坂電器」で大規模な早期希望退職を募り始めたとき何度か来て以来になる。

「経営危機」と「リストラ」を組み合わせて記事にしようと希望退職の該当者を探し始めたが、広報ルートでは婉曲《えんきょく》に断られたし、声をかけた何人かの取材網にもすぐには引っ掛からなかった。

そこで「早坂電器」の退社時間にエレベータから吐き出されるビジネスマンを観察し、これはと思う人に接触して話をしてくれそうな相手を見つけようと思ったのだ。

三度目の試みの時、出会ったのが宮田だった。

宮田は先輩と思しき男と一緒に、Mビルと駅の間の飲み屋街の居酒屋に入った。あとを追いかけて店に入り出来るだけ二人に近い席に座った。

宮田がしきりと先輩に愚痴をいっているのが途切れ途切れに聞こえる。はっきりその言葉を口に出したわけではないが、どうやら早期退職に応募するようだ。これなら話を聞かせてくれるかもしれない。後はどこで捕まえるかだ、撥《は》ねつけられる可能性が九割だが一割に賭けるしかない。

二時間ほどで二人は店を出た。先輩は京王《けいおう》線の改札に入っていったが、宮田はまた飲み屋街に戻り、軽い千鳥足でうろつき始めた。大原は見失わないようにすぐ後ろに続いた。宮田が角を曲がったのを追って足を速めたとき思いがけない偶然が起きた。宮田が不意に体勢を変え後戻りを始めたのだ。背後にいた大原にぶつかりしたたか胸を打った。

「あ、すいません」と宮田にいわれ思い切って話しかけた。

「奇遇ですね、またお会いするなんて」

ぎょっとした顔で大原を見返した。

「さっきのお店で隣の席にいたのですが、憤懣《ふんまん》やるかたないお話が少し聞こえまして」

私こういうものですがと名刺を差し出したとき、宮田の酔いが大原の言葉を受け入れる状態にあったのだろう。ふたりはすぐ近くに席にゆとりのある居酒屋を見つけて飛び込んだ。

「急なお願いで申し訳ありません」

「もうあそことは縁が切れますので大丈夫ですよ」

こんなやり取りから話を始め、終電近くまで話を聞き、中一日置いてもう一度会った。

あの時の宮田は一流企業の社員によくある自信に満ちた雰囲気を漂わせていた。希望退職に追い込まれている苦悩は感じられなかった。

大原の視線の先に三十数階建てのMビルがある。「早坂電器」はこのビルの中ほどの三フロアを使っていたが、いまは二フロアに縮小しているという。

初めてあのフロアを見上げた時どの窓にも煌々《こうこう》と明かりがついていたが、いまはすっかり疎《まば》らに見える。あの明かりの下に希望退職制度に振り落とされず「早坂電器」にしがみついた人々がいるのだ。

Mビルの入口にまで到達したとき、日はすっかり落ちて高層ビル街は闇の中に輪郭《りんかく》を消していた。そのぶん窓の明かりがその闇を切り開いている。

入口から今日の仕事を終えたサラリーマンたちが吐き出され始めている。

大原は、人の流れに逆行して入口を通り抜け、ロビーの正面左端のエレベータホールに歩みを進めた。

誰もがその名を知る大手企業だけで十社はここに陣取っている。中小を入れれば五十社は超えるだろう。

あの二つのフロアの「早坂電器」社員はここから吐き出されてくるはずだ。大原は不審者扱いされない位置に立ち、降りて来る者たちの胸に目をやった。「早坂電器」の社員がいまどき社章など付けているはずはないだろう。しかしあの中に早坂電器の「早期希望退職制度」をクリアした社員たちがいるのだ。

早坂電器は「シーザス」の凋落に耐え切れず、「希望退職制度」を導入して三千人もの社員を削減したが、それでも経営は回復せず、村川英彦を始め山形虎雄、河野敏郎らそれまでの経営陣を一掃せざるを得ないところまで追い込まれた。

そこで次の経営者にと白羽の矢が立ったのが、技術者でありながら営業畑も経験していた水沢雄三《みずさわゆうぞう》だった。

水沢は有力部門ではなかったが、「早坂電器」のどの事業部に行ってもそれなりの成果を挙げた。そしてなによりも敵の少ないお人よしだった。村川は「こいつならおれの思うように動かせる」と彼を指名し、強く反対する者はいなかった。

ところがお人よしのはずの水沢は意外な硬骨漢《こうこつかん》だった。社長指名を受けた彼には一つだけ村川にも気付かれなかった秘《ひそ》かな、しかし明確な経営理念があった。

それは、会社の危急存亡の時に〝三岐《みまた》の大蛇《おろち》〟と揶揄《やゆ》されるような経営陣の混乱があっては会社が力を発揮できない、きちんとした命令系統を踏みにじる人々を叩き切るべきだ、という圧倒的な正論だった。

そこで自分を社長にしてくれた村川を始め創業家一族など重鎮らの力を一気にはぎ取った。彼らに与えられていた個室、専属秘書、社用車などすべてを廃止したのだ。三岐の大蛇に引きずり回され頭に来ていた社員たちからは、「快挙だ、これで早坂も立ち直れる」と水沢を見直す拍手喝采が起きた。

しかしこの快挙は水沢一人の決断で行われたわけではない。水沢には二人の心強い味方がいた。

その一人は湯川一光《ゆかわかずみつ》。入社以来ずっと技術畑を経験してきた切れ者で、「早坂電器」では保守本流の液晶開発を手掛けてきた。実力は認められていたのだが、これまではひときわ輝きを放つ山形の陰の存在でしかなかった。山形に憎悪を抱いてきたに違いないとささやかれることもあったが、それを表に出すほど軽率な人物ではなかった。

もう一人は中西克夫《なかにしかつお》。ずっと経理畑を歩んでいて、苦境に陥ってからの「早坂電器」の財布を長年預かっていたので、社の内外で〝リアルCEO〟と呼ばれ隠然たる発言力を持っていた。メインバンクの二行も、中西だけは自分たちと同じレベルのビジネスマンと評価して、まともな議論の相手としていたが、収益を上げる現場を体験していないことが弱みとなっていた。

この三人はほぼ同期入社で、若い頃から共に勉強会を続けていたほどウマが合う仲だった。「シーザス」が好調の時も、〝三岐の大蛇〟による混乱期にも三人でひそかに情報を交換して早坂電器の再建案を検討し合っていたという。

〝三岐の大蛇〟が社の内外から総スカンを食らい、「早坂電器」の凋落がさらに激しくなって来て、村川が水沢を次期社長に担ぎだそうとしているらしいという気配に気づいた湯川と中西は水沢に向って、

「もう彼らに任せてはおけない。ユウちゃん立ち上がってくれよ。おれたちも本気で応援するよ」

と背中を押した。水沢が社長になった直後の大蛇たちの追放は三人の合作ともいえたのである。

当初、彼らは社員たちからは〝三匹の子豚〟と愛らしい呼び名を付けられていた。軽量と見られていたということでもあるが、親近感を持たれていたともいえた。

しかし当初の快挙はつかの間の支持を得ただけで、「早坂電器」の経営は上向くことはなかった。

あれほどの経営危機を乗り切る力が水沢になかったというより、日本の薄型テレビの凋落という時代の変貌を、一経営者に押し止《とど》めることなどできなかったというべきなのだろう。

ホンの一時、回復したかと見えた経営数字も、たちまち赤字の大波に洗われた。そして再び大規模な再建計画が必要となった。メインバンクへの出資要請、人員と事業部門のリストラ、提携企業を探し出しそこへの出資要請。

どれも水沢ら〝三匹の子豚〟の手に余った。当事者能力を失った彼らに代わって再建計画は千代田銀行といろは銀行という二つのメインバンクが主導で作成されることとなった。それは当然銀行の損失が少しでも少なくなるという立場からの計画となり、「早坂電器」には厳しいものであった。

大原はふっと違和感を覚えた。エレベータから吐き出され大原の前を歩き去っていく大勢の人の流れに不自然な動きを感じたのだ。

不自然な動きのもとを見極めると、少し身を縮め人の流れをかき分けて出口に向かう大柄な男の姿があった。大原を避けるように顔を背けているその姿に見覚えがあった。誰だったろうか？

大原は思い出す前に通り過ぎた男の後を同じ速度で追った。

出口を通り抜けるとき男はちらっと後ろを振り向いた。一瞬で大原の姿を認めたにちがいない、いっそう足を速めた。大原も足を速めながら男が誰だったか思い出していた。

小笠原秀人《ひでと》、「リストラ無惨と無能経営者」では小宮山という仮名にした「早坂電器」の社員だ。法人ソリューション営業部では最年長で、「こんな会社に長居したって仕方がない。さっさと辞めないと退職金も出なくなるぞ」と周囲をそそのかし、最終的に自分は居残った男だ。

小笠原は二度目の取材をしたときに宮田が連れてきた。二人ともまだ「早坂電器」に籍を置いたまま再就職活動をしているといっていて、小笠原が残るつもりでいることはひと言も聞かされてはいない。

彼が、「こんなところにいても仕方ないだろう」と何度か宮田に語りかけた威勢のいい語調が耳元に蘇った。

出口を通り抜けた小笠原が突然、走り出した。あわてて大原も後を追った。

人の波をかいくぐり、ぶつかり、舌打ちをされながら、ひと区画走ったところで小笠原が足をもたつかせて転んだ。人の波は一瞬、彼の周囲を避けて膨んだがすぐに同じ流れを取り戻した。

大原だけが彼の傍らに立っていた。その胸は大きく波打ち荒い息になっていた。

彼は両手をついて上半身だけを起こした。

「小笠原さん、大原です。救急車、呼びましょうか」

「やめてください。騒ぎにしないでください」

彼は両手に力を入れて立ち上がろうとしたが、足に力が入らないのかすぐに腰が砕けた。

「全力疾走なんてン十年ぶりですよね。私もこんなに足がもつれるとは思わなかった」といって苦笑いしながら、大原も小笠原の傍らに座り込んだ。

「早坂電器」から新宿駅へとまっすぐに続く帰路から外れた隣のビルの花壇のふちに並んで腰かけていた。

小笠原はまだ肩で息をしている。

「なんで逃げたんですか？」

「あなた、あの『ビジネスウォーズ』の人でしょう」

「覚えてくれていましたか？」

「すっかり忘れていたのですけど、この間の北畠大樹の記事を読んで思い出したんです。あの記者が私を探しに来たとなれば、あのときの証言と違って居残ったじゃないかと、非難されるに違いないと思って」

笑ってしまった。

「そんなことしないですよ。それは小宮山さんの、いえ小笠原さんの自由ですから」

「私のこと、誰に聞いたんですか？」

「取材源は秘匿する、とあのときもお約束したじゃないですか。いまもそれは守っています」

小笠原の目に弱気な色が走り抜けた。

「あの希望退職制度を逃せば上乗せ退職金がなくなるっていわれていましたよね」

「花井の奴に全力で引き留められたんだ。きみは最初から残ってもらいたい中核候補だった、きみまで辞めたらソリューション営業部が空っぽになってしまう、なんてうまいこといいやがって」

「しかし」

「そうですよ。あの希望退職で見込み人数よりずっと多くの人が応募してたちまち上限に達したら、そういっていた自分がさっさと東洋デバイスにトンずらですよ。奴は、私は責任を取って辞めるといった約束を守ったまでだ、といっていたけど、まさか東洋デバイスとは」

「みんな怒ったでしょう」

「ああ、怒ったね。誰だったかな？　あの野郎、ぶんなぐってやるといっていた奴もいましたよ」

「………」

「あの時はいかにも早坂電器のエリート紳士だったのに、いまはすっかりぶっちゃけていますね」

「だって、会社自体がぶっちゃけちゃったですからね。私だけじゃないですよ。居残った奴のほとんどはぶっちゃけましたよ。行儀良くしている理由なんてないからね。まだ同じ早坂の社員だけど、駅のプラットホームで隣り合わせた他人って感じですよ。次来る電車に乗り込むのか、次の次なのか、ちょっとベンチで休むのか、自分でも分からない」

　大原から言い出して西口の飲み屋街に移動した。この辺りには個室とも言えない小部屋を並べた飲み屋がいくらでもある。目についたその一つに入った。

注文した冷やの日本酒をひと口含んでから小笠原がいった。

「私が早坂に残っていること、宮田から聞いたんでしょう？」

一瞬、迷ったが素直に答えた。

「まあ、そうです」向こうから話を宮田に振ってくれたのだ。

「でも小笠原さんに会えると思ってMビルにいったわけではないですよ」

「あいつ、おれのこと、メチャクチャいってたでしょう」

「そんなことはありません」

「あいつ、予備校なんて意表を突くところへ行ったんだけど、何度かソリューション営業部のメンバーに連絡してきて、外に出た奴にも声をかけて、飲み会をやりたがるんです」

「残った人も出た人もですか。出席したがらない人が多いでしょう」

「絶対に来ない奴は二人、いや三人かな。皆に顔向けできないことをしたからってわけじゃないですよ。むしろ小《ち》っちゃな算盤《そろばん》をはじいて駆けまわっていたような奴のほうが顔出ししますね」

「ふうん」

よく分からない。大原自身は山上証券が危篤状態だった時期、早めにやめるにしろぎりぎりまで残るにしろ、納得いく行動をしたごく少数の奴としか、その後、付き合っていない。

「奴は、みんなの動向を探って、幸せ較べをしているんじゃないかと、私は思っているけどね」

「幸せ較べ？」

「早坂に残った奴がどこに配属されてどういう肩書きでどんな仕事をして幾らもらっているのか、出た奴がどこに行ってどんな立場になってしょぼくれているのか、鼻息荒いのか、そういうのを知りたがっている」

「宮田さんは、そういう人ではないでしょう？　履歴書だけで断られるのがン十件もあったって笑ってましたけど」

「本当に笑えると思います？　断られるたびに身を切られるような思いがしたといってましたよ」

「そうですか？」自分も山上証券からはみ出したとき自失状態で盛り場を彷徨《ほうこう》していたことを思い出した。

「でも奥さんに理解があって救われたでしょう」

「そりゃ、最初は励ましてくれますよ。でもやりくりしていれば薄給はだんだんに応えてきますから、理解ばかりもしていられないでしょう」

「そんなことをいっていたんですか？」

「はっきりとはいいませんが、言葉の端々にそう感じられることがありました」

「それで花井部長を恨んでいたんですか？」

小笠原の動作が一瞬止まり、口に運びかけていた焼き鳥を皿に戻した。

「恨むも何も、花井は三ヵ月ほど前に亡くなってしまいましたから」

答えかけていた言葉を変えた気がしたが、詳細は知らないふりでその話題に沿ってみることとした。

「まだお若いのに、やっぱりあの希望退職の前線に立たされていたことがストレスだったんですかね」

「あのときからは月日が経ちすぎているでしょう」

「東洋デバイスに行ってから何かがあったんですかね」

「東洋デバイスへ行ってからのあいつの情報など全く知りません。おれより宮田のほうが詳しいでしょう」

「その宮田さんが何も情報がないと不思議がっていました」

「あいつ、花井とも幸せ較べやっていたのかな？　比べるまでもなくあっちは肩書も収入もおれたちよりましなことは間違いないだろうに」不思議そうに首を傾けてから甲高い声を上げた。

「そうだ、そうだ。ぶん殴ってやるといってたのは宮田だった」

「ほんと、ですか？」

「五人くらいいた飲み会で、みんな、わいわい言っていたから目立たなかったけど、間違いなくあいつだったですよ」

「宮田さん、そんなに花井部長を憎んでいたんですか」

「あの頃はみんなちょっと荒れていて、いろんなことを言い散らかしていた、その一つにすぎませんがね」

大原は昼間見た宮田のメールを思い出していた。

――私は花井部長には大変お世話になり、その温かいお人柄に支えられ、また厳しいご指導もいただき、何とか栄えある早坂電器マンを務めてまいった部下でありま す。

…………

私と同様、花井部長をお慕いし、心のよりどころにしてきた部下は大勢おります

――い。

「ぶん殴ってやる」と口走ったことここの文章が宮田の中で並立しても不思議はない。

「私が取材させていただいていた頃、宮田さんは花井さんのこと評価していたんでしょう？」

「あの頃は奴が東洋デバイスに行くなんて誰も思ってもいなかったから」

「今は評価していないということですか？」

「さあ、ここのところ彼としばらく会っていないからな」

手にしていたグラスの酒に視線を落としたが、大原はその横顔から目をそらさないでいた。

「正直なところ」とゆっくり口を開いた。

「宮田の気持ちは分からないけれど、今のおれはもう恨んじゃいないね。ああいうリストラの津波に襲われたサラリーマンはもう二度と幸わせにはなれないんですよ。どこかで自分を支えていた何かを、一度みんなはぎ落とされたからね。宮田も、花井も、おれも、山形虎雄だってそうかも知れない」

小笠原の言葉が大原の遠い記憶を呼びさました。自己破産した山上証券のあと始末をして一人きりになった時、自分もサラリーマンとして培った何もかもをはぎ落とされて荒涼たる地に立ち尽くしていたのかも知れない。そこに新しい種を植え芽吹かせてくれたのは岳人であり、「ビジネスウォーズ」だった。

また幸わせになれますよといいかけてやめた。そんなことは誰にも保証できないし、ここでただ慰めをいう気分にはなれなかった。

# 6章　母、息子

## 1

スマホの液晶画面に「宮田」の名前を認め、大原はすぐに廊下に出た。

トイレに入って「はい」と応じると、宮田は嬉しそうにいった。

――やっぱり辣腕《らつわん》記者の説得力は大したもんですね。花井夫人、お会いするだけなら、お会いしてもいい、ということになりましたよ。

「私は最初からそのことはお引き受けしていませんよ」

――やっぱり北畠インタビューに感激していました。うちのおとうさんの胸の中にも、世間に向って大きな声では言えない思いがいっぱい詰まっていたんです、とちょっと涙声になりました。

「宮田さんは、何だってそんなに花井夫人に会いたいんですか？」

——二十五年も同じ釜の飯を食い、最後の二年は同じフロアのすぐ近くで過ごしていた早坂電器ムラのムラ人同士ですから、やっぱり本当のところを知りたいですよ。

「頭に来ていたんでしょう」

——それも含めてムラ人ですよ。

「ただ宮田さんについていくだけですよ」

小笠原の話を聞いてから宮田と花井の愛憎が入り組んだ関係を、もう少し知ってみたいと思うようになっていた。

——ありがたい。大原さんにお出ましいただければうまくいったも同然ですよ。

夕方、三階の和子からお呼びがかかった。廊下に出たのに宮田とのやり取りを誰かに聞かれ、和子に告げ口でもされたのかと恐る恐る部屋に向ったが、違う用件だった。

デスクに座っていた和子が、気取った口調で問うてきた。隼人の姿はない。

「大原編集委員、中森会長の雑誌の記事はもう拝見したんですか？」

「ええ」

心の準備がなく素直に答えてしまった。

「それで感想はお送りしたの？」

「それはまだです」

「なんでそんな失礼なことをするんですか。弊社の大事なスポンサーの中森勇雄会長からいただいたものに、もっと丁重に対応してください」

「内容が重厚なので、どう申し上げたらいいか迷ってしまっていて」

「いま編集委員の最優先の仕事ですよ」

はあ、と喉の奥でつぶやくと二の矢が飛んできた。

「あの子のほうはどうしたの？」

「あの子？」

「あの秘書ですよ」

「ざっと拝見しましたが……」

「あの子も新雑誌であなたの同僚になるんですよ。きちんと対応しなさい」

「私は新雑誌に参加するとは申し上げていませんから」

和子が苛立《いらだ》たし気にデスクから立ち上がりソファに座った。

「大原編集委員、あなたはもうわが社でやるべき仕事がないのですよ。創業社長とのご縁があったということで、温情の猶予期間があるだけなんです。中森会長があれだけ親切にいって下さるのにそういう態度を取るなんて、あなたは四方八方にご迷惑をかけているんですよ」

「隼人社長とのお約束がありますので」

「何をいっているのですか」

「パワフルな特集記事をまたやってもらいたい、といわれていまして」

「誤解しないでください。それは単なる話題としていったもので、編集委員に業務として依頼したものではありません。社の方針としては編集委員には可及的《かきゆうてき》速やかに新雑誌のほうに転籍してもらいたいのです」

和子の声が激するのを見計らっていたようにその時ドアが開き隼人が姿を現した。

「ああ、大原さん、ちょうどよかった。いま私と佐伯《さえき》くんとで、経産官僚の時代という特集にかかっているんですが、経産省の奥の院につながる大原さんの取材網はありませんか」

和子が途中で隼人の言葉をさえぎった。

「社長、いま編集委員には別の業務命令を与えてありますので、それはできませんよ」

「このままだと特集ページの三分の一を白いまま出さなきゃなりませんから、そっちをなんとか後回しにしていただいて……」

　開きかけた和子の口から次の言葉は出なかった。

　経産官僚と聞いたとたん岸田の顔がちらりと浮かんだ。「月刊官僚ワールド」の副編集長だったときの岸田に大原も何度か助っ人を頼んだことがある。まだ官庁人脈が切れてはいないはずだ。

「心当たりがないこともありませんよ」

　そのとき和子が態勢を立て直していった。

「隼人社長、もうそういうことには大原編集委員を巻き込まないようにすると、役員会の合意ができたでしょう。中森会長だって勇太さんに社長を譲ってからは、自分はけっして口を出さないっておっしゃっていたじゃないですか」

「しかし〆切が迫っているのに道が開かれないんです。前社長は立っている者は親でも使え、猫の手だけじゃなく獅子の手も使えといっていたじゃないですか」

　ああ、ごめんなさい、大原さんはそういう意味じゃなく、と隼人は慌てて大原に頭を下げた。

「社長、私は嵐出版社の社員なんですから、いつでも嵐出版社のお役に立ちたいと思っております」

大原がいうのをもう一度、和子が遮った。

「取材ルートはあなたと佐伯君で切り開きなさい。編集委員ルートを使うことは会長として認めません」

「でも」と隼人がいいかけたのを「会長命令です」と和子がさえぎった。その息がかすかに荒くなっている。

和子はソファから立ち上がり、「大原君、中森会長と秘書さんへの丁重なお礼と感想を書いてくださいよ。これも会長命令ですよ」といって部屋から出ていった。

二人は言葉を交わすことなく立ち尽くしていたが、大原には和子が二律背反の部屋の状況にいたたまれず出ていったように見えた。

ゆっくりとソファに座りまだ立ち尽くしている隼人にいった。

「私の囲碁仲間に、『月刊官僚ワールド』の副編集長だった奴がいるんだけど、彼なら、経産省にいろんな人脈がある。その他にも霞《かすみ》が関《せき》人脈なら幅広く持っているから、何かと役に立ちますよ」

「それはありがたいのですが、もう一度こっちでやってみます」隼人がしみじみした口調でいい出した。

「やっぱりぼくは会長に逆らえないんですよね。先代がなくなった後この会社は全部、会長のものなんです。会長も創業メンバーの一人だったわけですし、今の役職からいっても、逆らいたかったらぼくはここを飛び出して、自分で雑誌を起こさないといけない」

大原に皮肉を言っている口ぶりではない。

「そういわれても隼人社長や他のスタッフがいなかったら、『ビジネスウォーズ』はやっていけないでしょう」

「現実的な実務のことじゃなくて、人事とか経営的なことでどっちに優先権があるかってことですよ」

隼人は一つ一つ言葉を選びながら学生のような正論をいい続けている。

「わかりました。それなら隼人社長に私から人脈を紹介することはやめましょう」

大原があっさりいうと、隼人の顔をかすかな落胆の陰が走り抜けた。

## 2

花井の家は、大原と同じ私鉄のふた駅都心寄りにあった。

大原と宮田は、先方が指定した土曜日の昼下がり、駅前広場に面したカフェチェーン店で落ち合った。

宮田はたえずコーヒーを口に運びながら、奥さんがこんな対応をしたときはどう切り込んだらいいのですかなどと取材の方法を大原に尋ねた。

表情にも次々とぶつけてくる言葉にも、宮田が気分を高揚させているのが分かった。

「基本は、普通に初対面の人と話すときと同じですよ。礼儀正しく率直に、ということにつきます。ただし普通の日本人の会話ではあまりプライバシーに立ち入らないことがよしとされていますが、それでは取材にならない。通常の会話より倍は立ち入る必要がありますね」

「倍ですか、その加減が難しいな」

「奥さんの表情を見ながら軽くジャブを入れるように聞いていく。顔を曇らせ嫌がっているようならちょっと引く、顔を曇らせても嫌がっているようでなければもう少し打ってみる。このあたりはテクニックじゃないですよ。その人に元々備わったコミュニケーション作法というようなものがモノをいう、宮田さんなら大丈夫ですよ」

「大丈夫ですかね」

「ここまで辿《たど》りついたのは宮田さんなんですから私よりプロですよ」

宮田は声をあげて笑った。高揚感は少しも収まっていない。

質問が途切れ花井家に出発するまで少しの時間が空いた。小笠原に聞かされて以来、宮田の妻のことを確かめてみたかったが、切り出し方に迷っていた。「奥さんはいかがですか」では何を問われたかわからないだろう。「やっぱり給料に不満が出てきましたか」などといったら、花井家できちんと振舞えなくなる心配がある。「早坂マンと予備校講師では、ご家族の受け止め方も違ってくるでしょうね」、この辺りから攻めるかと思ったとき「さあ行きますか」と宮田が席を立った。

駅前広場を渡る宮田の足取りは軽やかだった。

「不思議な人ですな。自分を出し抜いた部長をこんなに愛しているなんて」

宮田は振り返って笑った。

「愛してるってわけじゃありませんよ」

知りたいってことは惚《ほ》れたってことよ、と小声でつぶやいたが聞こえなかったのだろう、宮田がその言葉の意味を詮索することはなかった。

短い商店街を抜けるとすぐ、少し建物の疎《まば》らな住宅街となった。やがてその奥に「早坂電器」の部長にまでなったビジネスマンなら手に入れていてもおかしくない洒《しゃ》落《れ》た住宅が並んでいる一画に出た。

その中ほどで宮田が振り返った。

「ここです」

ブロック塀の中に煉瓦《れんが》作り風に壁面をしつらえた二階建ての家が見えた。

宮田が門柱のインターホンの呼び鈴を押すと、はいと声が響いた。男の声だ。

「先日お電話を差し上げた宮田です」

すぐに扉が開かれ若い男が現れた。細身で穏やかそうな印象だった。

「ええと」と宮田が戸惑った口調でいい男を見た。

「母は、中で待っています」

その言葉で花井夫人の息子と知れた。ジャケットを着ているが一見サラリーマン風である。まだ三十前だろう。

「息子さんにもご同席いただけるのですか、申し訳ありません」

宮田は畏《かしこ》まった口調でいったが、大原の経験では、取材相手が別人になったり複数になったりすることは珍しくはない。

玄関を上がってすぐの六畳ほどの広さの洋間に案内された。

四人が座れるテーブルの向こうに花井夫人が立っていた。黒地のワンピースに白いカーディガンを羽織っているのは喪に服しているつもりなのだろうか。夫と同い年の五十七歳と宮田に知らされていたが、夫人はそれより年がいっているように見えた。

「ご苦労様です」

夫人にいわれ、二人そろって頭を深く下げ、宮田が長たらしい挨拶をした後、二人ずつ向かい合ってソファに座った。

並び合うと、ほとんど相似形である母息子《おやこ》の細く尖《とが》った鼻梁《びりよう》が目についた。

テーブルに置いた魔法瓶から茶碗に茶を注ぎながら夫人が不器用そうに切り出した。

「ちょっと息子に相談しましたら、ぜったいに取りやめるようにいわれまして、お約束をしたからもうそうはいかないといったら、じゃあ、ぼくも同席するということになりましたの」

二人が母息子それぞれに名刺を渡すと、息子も名刺をくれた。中堅食品メーカーの営業部にいて、名は「花井毅《たけし》」とあった。

恐れ入りますといってから宮田は用意してきたらしい台詞《せりふ》を口にした。

「まずご焼香をさせていただけないでしょうか」

二人は顔を見合わせうなずき合い、夫人が先に立って隣の和室に通した。

最近あまり目にしなくなった大きな仏壇の前に飾られた花井の遺影に向けて線香を

立て、目をつぶって手を合わせまた応接間に戻った。宮田の目にかすかに涙がにじんでいるのを見て大原は思った。きっと母息子に好感を抱かれたろう、と。

宮田が次の言葉を切り出しかねていると毅がぎこちなくいった。

「これはすぐに記事になるとかそういうことではないですよね」

宮田に視線を向けられ大原が答えた。

「奥様の意向に反する形で記事にするようなことは決してありません。聞いたお話は取材原稿という形に整理して奥様に見ていただくことができますから」

そういうお約束だったのよと夫人が毅に得意そうにいった。それで毅の肩の力が抜けた。

「今日はお時間を取っていただきありがとうございました」宮田が改まった口調で切り出した。

「花井部長がお亡くなりになったということをうかがい、ソリューション営業部で部長にかわいがってもらった部下一同、大きなショックを受けました。皆でご焼香に参上しようという話が出たのですが、家族葬で済ませられたとお聞きし、押しかけたらご迷惑かもしれないということで、私がご様子をうかがいにまずひとりで参ったのです」

「家族葬ってどなたに聞かれたのですか？」

夫人に問われて宮田は口ごもった。

「誰ということではなく、早坂の中にそういう噂《うわさ》が漂っているというか」ああ、と声を高くして宮田が続けた。

「奥様が一度、弊社を、いや早坂電器を訪ねて来られて、そんな感じのことをいわれたのではありませんか」

「だから嫌なんですよ、早坂は。社員のかたが目引き袖引き、あることないことを噂し合うんですから。私は早坂に家族葬なんて一度もいったことはありません」

「それは失礼しました。私も深く考えずに噂を信じてしまいまして……」

「もっとひどい噂があるでしょう。主人が東洋デバイスのあの方と結託して行き先が決まっていながら、部下にはおれも一蓮托生《いちれんたくしよう》だといって、希望退職を勧めていたというものです。そんなことまったくないんですよ。主人は何の当てもなく早坂を退社したんです。その後は早坂のお知り合いは避けて、ゼロからお仕事探しをしたんです」

夫人の声が涙交じりになると毅が庇《かば》うようにいった。

「ぼくも親父がゼロから再就職活動をするのを見ていました。主に学生時代の友人とか、親戚のつながりなんかを回って。でも早坂電器で部長までやると再就職はかえって難しいようでなかなか決まらず、親父は日に日に痩せて顔のしわも深くなっていきました」

毅の話が切れるのを待ちかねたように夫人がいい出した。

「早坂の人脈を避ける必要がどこにあるのよ、部下の人だってそういうのも利用してお仕事を探しているんじゃないの、といってもおれは立場が違うんだなんていって、自分の身をすり減らしていたんです。何か自分を罰するみたいに苦労を自分で背負い込んだのです」

「まったく親父は絶滅危惧種《きぐ》ですよ。そんなふうにしたって誰も喜びはしないのに」

また夫人が毅の話を途中で奪い取った。

「本当に身も心もすり減りそうになったとき、東洋デバイスにいた主人の高校時代からの友人が『うちに来ないか』といってくださったのです。その人が主人の肩を抱くようにしてお誘いくださったので主人もようやくその気になったんです。けっして元社長から声をかけられたんじゃないんです」

そこで夫人は涙ぐみハンカチで目をぬぐってからも言葉を続けた。

「むしろ元社長は、自分に頼ることなくもっと古い友人を頼ったというので、東洋デバイスに入った主人に冷ややかにしていたと聞いています」

そのとき突然、宮田がソファから滑るように床に正座になった。何事が起きたのかと目を見張る大原の前で、狭いスペースに両手をついて頭を床にこすりつけた。

大原も花井母息子も驚いてソファから腰を浮かしかけたとき、宮田がいい始めた。

「すみません、すみません。私も無責任な噂に連座していた一人です。いえ、私が花井部長の失礼な噂を流したことはありませんが、みんながそんな噂をいうのをたしなめなかったし、心の中ではそいつらと同じことを思い浮かべて部長を恨んでいました。私も同罪です」

まだ頭を上げなかった。

「部長からもっと早く今のようなご説明を伺っていればわれわれも救われていました。われわれは部長をもっと信頼していたかったのです」

「そんなことができる場面はなかったじゃないですか」

「すみません」

「場面を作るどころか、もっとひどいことをしたじゃないですか」

そこまでいうと夫人はいきなり立ちあがって部屋を出ていった。その固い口調も強《こわ》張《ば》らせた背中も、もうこれで話はおしまいだという意思表明に見えた。

母さん、と毅が呼んだが振り返りはしなかった。毅は母の後を追うこともなかった。奥様、奥様と大原が声を上げても無駄だった。それ以上、呼びかける気力は湧かなかった。

宮田はのろのろと起き上がり、悄然《しょうぜん》と元の位置に座った。大原にも毅にも視線を向けなかった。

今日はここまでで引き上げるしかないかと思ったときガチャリとノブの音がした。開いたドアの向こうに夫人の姿があったがわずかな時間で面変《おもが》わりしたかのように見えた。夫人の顔に夜叉《やしゃ》が乗り移っていた。

夜叉は震える手に握りしめていたものを二人の前に放り投げた。

「これを見て下さい」言葉を発したとき夜叉の顔は夫人に戻った。

「これが夫を殺したんです」

「母さん、それは見せないことにしていたでしょう」

毅が母の肩に手をかけたが、母はそれをはねのけるようにしていった。

「早坂電器でいい加減なことがまかり通っているんですから、見てもらわなきゃ」

白い紙を束ねた小冊子だった。十枚ほどの印刷用紙でできているが中ほどにページ三分の一ほどの長さの乱暴な破れ目がある。誰かが冊子を破り捨てようとした痕だろう。

目の前のそれを宮田は手に取ろうとしない。

大原が手を伸ばして取った。

破れ目を重ねて見ると一枚目の中央に大きな文字で「三千人希望退職制度に巻き込まれた犠牲者の運命」というタイトルがあった。

次のページをめくると上辺に小見出しがあり、その下に横書きの文章がぎっしり詰め込まれていた。

小見出しは「小笠原秀人氏について」、以下のような文章が続いていた。

——小笠原秀人氏は、当初、

「こんな会社に将来展望はない、次のリストラ時には割増退職金もなくなるから今のうちに辞めてしまえ」

としきりに皆の尻を叩いていた。

「確かにそうかもしれない」

と彼の煽《あお》りに乗って希望退職を選んだ者は他部署にまで拡がっていたが、彼自身は最後の最後に、

「花井部長に全力で引き留められたんだ」

と言い訳をして「早坂」を辞めることはなかった。

彼は首切り役人花井部長の手下として働いていたに違いないが、結局、花井部長にも裏切られたのだ。会社には居残ったが、周囲の信頼感は全く失い、何をするにも白い目で見られ、針の筵《むしろ》のような思いをさせられたようだ。

〝花井がナワをかけ小笠原が足を引く〟

こういう戯言《ざれごと》をそれとなく聞かせることが、残った部員の間で流行《はや》ったのはそれを象徴しているだろう……——

次ページ以降、一ページ一人、「法人ソリューション営業部」のスタッフの動向が記されていた。

大原はページを早くめくり氏名を追った。上村《かみむら》、志垣、……、大原の知らない名前のほうが多かったが宮田の名前もあった。

「ひどいでしょう」と合の手のように繰り返す夫人の言葉とすすり泣きを聞きながら、宮田と小笠原に聞かされていた人物の記述を走り読みした。

三分の一ほど読んだとき毅がいった。

「それがわが家に送られてきたんです」

「誰がそんなことを？」

大原がいうと夫人がもう一方の手に握りしめていた茶封筒を差し出した。

表には墨で「花井徹法人ソリューション営業部長殿」と宛名がかかれていた。

裏を返すと住所はなく、「早坂電器法人ソリューション営業部の絆《きずな》を確かめる会」という名称があった。

「その名称を見たとき嫌な予感がしたんです。でも主人宛ですし主人に見せなきゃと思って……」夫人の声が泣き声で詰まったがそのまま話し続けた。

「主人は無言のままずっとそれを読んでいましたが、その翌日から、いえそれを読み終えてから、それまでだって居心地のよいとはいえない東洋デバイスで辛うじて自分を支えていた気力をすっかり失ったようになって……、それであんなことになって」

「あんなことといわれますと？」

夫人は体を小刻みに震わせ唇も震わせたがその唇を開こうとしなかった。

大原は毅に視線を向けた。

「お父様はどうされたんですか？」

毅はソファの背にもたれかかり目を閉じている。

「この小冊子がお父上の亡くなった原因となったということですか？」

毅は目を開けない。

「これが父上にショックを与えようとしたとは限らないじゃないですか。誰か有志が、父上も気にしていたに違いない部下たちの現況をただお伝えしたかったということも考えられませんか？」

目を開けない毅から宮田に視線を移した。

「ねえ、宮田さん、あなたやお仲間のところにも送られてきたのでしょう」

宮田は目を開けていたが、視線は大原にでも花井親子にでもなく宙に放たれている。ここに来るまであれほど高揚していた宮田がこんなふうになるとは思わなかった。

大原は話のテーマを変えることにした。

「花井部長をお慕いしていた部下たちに、お悔やみの場を設けていただくわけにはいかないのですか」

毅がかっと目を開けた。

「そんなものを送ってきて父に嫌がらせをした人たちに、父の位牌《いはい》の前に出てきてほしくはありません」

「これ、嫌がらせですかね？」

「そんな陰陰滅滅《いんいんめつめつ》たる現状報告を送りつけてくるなんて、嫌がらせ以外に考えられないでしょう」

「そうですかね。私は弊誌の記事でいろんな現状レポートを書くとき、記事のテーマに沿ったバイアスをかけることもありましたが、これはそんなバイアスのかかったものではなく、ニュートラルな実情報告と見えますけどね。これが陰陰滅滅に見えるとすれば、ニュートラルな現状そのものが陰陰滅滅だからじゃないですかね」

大原の言葉を毅がさえぎった。

「母さん、人事部の人自身がそういったんだよね」

「何といったんですか？」

「こういうものが父に送られてきたけれど誰が送り主か分かりませんか、と。こっちは切羽詰まって聞きに行ったのに、人事部の人はこんな陰陰滅滅な現状は弊社では把握していません。みな退職支援会社の応援で安定した納得のいく次の人生を送っていますと、とけんもほろろだったんです。ねえ母さん」

呼びかけられた夫人は自分を責めるようにいい始めた。

「わたしが悪かったのよ。こんなものを見せなきゃよかった。お父さん、すっかり弱気になっていたから耐えられなかった。わたしが馬鹿だった、こんなものを見せてしまって」

「それでご主人は」とまでいって大原は言葉を途切れさせた。「自ら死を選んだのか」とはいえなかった。いえなかった言葉を聞いたかのように、一瞬、部屋を沈黙が閉ざした。

「わたしが悪かったの、見せなきゃよかった、見せなきゃよかった」

夫人がまたすすり泣きまじりに繰り返した。

「母さんが悪いわけじゃないよ」と毅が背後に回って夫人の両肩に手をかけると、その手が揺れるくらい夫人の震えが大きくなった。見せなきゃよかった、見せなきゃよかった。

「そうじゃないんだ、違うんだよ」

毅にいわれた夫人はその手を払いのけた。力があまりに強く毅の両手は宙に浮き上がった。夫人は自分の肩に両手を回して抱きしめ、思い切り泣き始めた。

大原はかける言葉を失っていた。

まるで幼女が泣きじゃくっているように夫人の泣き声は切れることがない。毅ももう声をかけることはない。その顔に目をやった大原は、毅まで泣き出すのではないかという表情を見出した。

しかし毅は大原の視線の先でくるりと体勢を変え、ドアに向って歩き出し半開きのドアの向こうに消えた。母の、いつまでもやまない泣き声にいたたまれなくなったのだろう。

「奥様」

大原は夫人に声をかけたが続く言葉が見つからない。両肩を自分の手で抱きしめた夫人は泣きやむ気配はない。宮田は魅入られたように夫人から視線を逸らすことはない。

音を立ててドアを押し開き、毅が戻ってきた。表情にも立ち姿にも決然とした意志が張り詰めているように見えた。その手に一枚の紙切れがあった。パソコンの印刷用紙より厚く大きなもののように見えた。

「まったく母さんがそんなに自分を責めているとは思わなかった」

夫人の泣き声はもう掠《かす》れて細くなっていた。

「泣かなくてもいいんだって、それじゃなくてこれなんだよ」

そういって、毅は夫人の顔の前に厚手の紙切れを突き付けた。

これなんだって、もう一度繰り返すと夫人は目を開き、突き付けられたものを見た。

瞼《まぶた》は腫れ、白目は充血し、その縁《ふち》からハラハラと涙が零《こぼ》れ落ちた。充血した目はすぐ前のものが何か判別できないようだった。

母が手に取ったそれがなんであるか、毅はひと言の説明もせず母の目がそれを理解するのを待っている。

母の充血した目にゆっくりと理性の色が戻ってきた。その理性が紙切れの上のものを咀嚼《そしやく》している。目は二度三度と紙切れの上を行き来する。そして突然弾《はじ》けたように声を上げた。

何これ、ひどい！

同時に紙切れを宙に放り出した。

それがひらひらとテーブルの上に落ちると、大原は手を伸ばしそれを拾った。毅も母も大原を咎《とが》めようとはしなかった。

新聞紙半分くらいのサイズの紙には、白地に派手な色を何色も組み合わせた大きな文字が躍っていた。

――早坂電器の法人ソリューション営業部長の「首切り役人・花井徹」は、自分だけ優良子会社「東洋デバイス」に逃げ出した――

「首切り役人・花井徹」の部分は黒地に毒々しい赤い文字で書かれていた。

「何よこれ」

夫人が毅の胸ぐらをつかんでいうと、毅は乾いた声で話し始めた。

「ぼくと父さんが一緒に真夜中に帰って来た日があったでしょう。あの夜、ぼくらは商店街を抜けたところの駐輪場の前の電信柱にそれが貼ってあるのを見つけたんだ。もっと詳しくいうと、ぼくが急ぎ足で家に向っていたら、スーツ姿の男が電信柱からそれをはがしている所を見つけたんだ……。それが父さんだったんだ」

大原は手にした紙切れに視線を走らせながら毅の話に耳を傾けていた。いつの間にか宮田も大原の傍らに立って紙切れを見ていた。

紙切れの上半分に見出しのようにカラフルな大きな文字があり、その下に小さな文字で詳しい解説文があった。大原の目は解説文を拾い、耳は毅の話を聞いていた。

「父さんはぼくを見て驚いたようだったが、すぐに『あっちの電信柱にも貼ってあるからお前、あっちの全部はがしてくれ』といったんだ。最初は何のことだか分からなかったけど、父さんの手の中にある張り紙の文章が目に入ったので、慌てて隣の電信柱に行ってそこにあった張り紙もはがした。その隣の電信柱、その隣の電信柱、それだけじゃなくその辺りの家の塀などにも目をやりながら、見つけたものは片端からはがした。父さんも走り回って必死ではがしていた」

――こんな男だから「東洋デバイス」でもろくな仕事ができるわけはなく、今やお荷物になっている――

「ぼくらは駅前広場のほうにも戻り、疎らな人影の中を必死になって走り回った。父さんはぼくがこれまで一度も見たことがない表情で走り回り、ぼくもそれに煽られて息を切らせて走り回った、すべての貼り紙をはがしたと思う」

――「早坂電器」から花井を引き取った花井の親分の山形虎雄も花井を持て余していて、どうやって放り出そうかと苦心している――

「今まで見たこともない顔をした父さんはぼくがはがしたものもまとめてカバンの中に入れると、家に帰る道々、『いいか、母さんにはこのことは、絶対に内緒にしておくんだぞ』と、ぼくにいったんだ。それはぼくが無意識にポケットにねじ込んだ一枚を、何かの証拠になるかと思って取っておいたものだ」

夫人はよろよろとソファにへたり込み、宮田は大原が読み終えたチラシを奪って読み始めた。

「もちろん母さんにいうつもりなんかなかった。それよりあれで全部のチラシをはがし終えたのか、また明日からもこの犯人が貼りに来やしないか、それが心配だった。

その夜、布団に入ってからもそれが気になって居ても立ってもいられなかった。父さんはぼくよりずっとそうだったに違いない」

　ひどーい、と夫人が悲鳴のような声を上げた。

「明け方まで眠れなくて、ぼくはもう一度駅周辺をチェックしてみようと思って、そっと起き出して家を出たんだ。そしたらあの通りに不自然な動きをする人影があってどきりとしたんだけど、それが父さんだったんだ。父さんはぼくを見たけど声を上げなかった。騒いで誰かに見とがめられて噂になったりすることを警戒したんだと思う。だからぼくも知らないふりをして必死で紙切れを探したけど、もうどこにも見つからなかった」

　毅は少し口調を和らげた。

「父さんがおかしくなったのはその時からなんだ。あの小冊子を見たときとは全然比べ物にならないよ。母さんのせいじゃないんだよ」

　毅が口を閉ざし母も唇を結んでいた。息詰まるような沈黙の後、母が言葉を発した。

「どうしてわたしに教えてくれなかったの」

「あんなひどいこと、聞かせられないでしょ。それに父さんと、何があっても絶対に母さんには知らせないと約束したんだ」

「だって……」

「ぼくは翌日からあの道の人通りが少なくなる時間帯に帰って、こっそりパトロールするようにしたんだよ。またやる奴が出てくるんじゃないかと思ってね。そしたら父さんもそうしていたんだ。それでも二人とも見知らぬ者同士のように視線さえ交わさなかったよ」

3

「あんなひどいことする奴がいるんですね」

宮田が体中に貯まっていた思いを一気に吐き出すようにいった。

大原はちょっと口を歪《ゆが》めコーヒーを口に運んだ。

「東洋デバイスの奴でしょうね」

花井家で見せられ聞かされたことが、大原の脳裏をくるくる回っていて落ち着いた判断ができない。ひとつだけ間違いないと思うことが頭の中にあるが、それはまだ口にしない。

「東洋デバイスって陰湿ですね」

　またコーヒーに口をつけた。


　二人はそう約束していたかのように言葉を交わすことなく、待ち合わせたのと同じ喫茶店に入り、駅前広場に向かって開けた大きなガラス窓の隣の席にいた。

「息子君、あんなこと、よく話してくれましたね」

　宮田のその言葉にやっと口を開く気になった。

「お母さんがああなっちゃったら、あれしかなだめる方法がなかったんでしょう」

「大原さんにはいい資料が手に入ったということですよね」

「あれじゃ、うちの記事にはなりませんよ。つまりは自然死なんですから」

「あれ、自然死ですか？」

　半信半疑の宮田の言葉に大原はすぐに答えられなかった。

　あの母息子の愁嘆場《しゅうたんば》の後、少し冷静さを取り戻した二人は、大原に問われるままにぽつりぽつりと花井の死について話した。

　電信柱への張り紙事件以来、花井は東洋デバイスに出勤できなくなり、寝られなくなり、食べられなくなり、急速に衰えたという。

そしてある朝、布団から起きて来なくなった。

お父さん、どうしたの、お父さん。

近隣の耳も気にしない夫人の悲鳴に部屋に飛び込んだ息子が、父の呼吸を確かめ、慌てて救急車を呼んだ。

花井は花井家から一番近い救急病院に運び込まれたがすぐに死亡が確認された。死因は心筋梗塞《しんきんこうそく》だったという。

「わたしはあの小冊子のせいだと思っていたけど、小冊子よりもっとひどいものが電信柱に貼られていたなんて。あれがお父さんの命を奪ったのよ」

夫人は忌々《いまいま》しげにいった。

「自殺とか、元部下に殺されたというのでしたらまた違ったことになりますが」

微妙に宮田の問いに対する答と違う角度からいった。

「そうですか」

同意した宮田の表情にかすかに安堵のようなものが見えた。それが大原のどこかを刺激し、肚《はら》の底に収めていたものを吐き出させてしまった。

「あっちのほうは宮田さんでしょう？」

安堵の表情がスローモーション映像のようにゆっくりと固まった。

「あっちって……？」

「『三千人希望退職制度に巻き込まれた犠牲者の運命』ですよ」

「何のことですか？」

「宮田さんが送りつけたのでしょう？」

「まさか」

「二十年も記者をやって来たんですからそのくらい分かりますよ」

「ひどいな」

「分かった理由を私にいわせたいんですか。そんなもの、すぐに十くらい上げられますよ」

宮田は慌《あわただ》しくカップに手をやって、がぶりと飲んだ。むせて咳《せ》き込み、口の端からひと筋コーヒーをこぼした。

「そんなに驚かなくてもいいですよ」ポケットに突っ込んできた小冊子を取り出して続けた。

「私は、これが夫人がいうほど陰陰滅滅で、花井部長への恨みがこもったものだとは思わなかったですよ。胸が痛むものも、ホッとするものも、励まされるものもありました。宮田さんはそれを花井さんにも読んでほしいと思ったんでしょう。それが宮田さんが望んでいたことだったんでしょう」

宮田は思わずうなずいてから固まっていた表情を解いた。

「隠すこと、ないじゃないですか、それはやっぱり花井部長への愛ですよ」

宮田の目の中の潤いがふいに膨らみ始めた。

「そんなカッコいいことじゃないんです」

潤いは溢《あふ》れて頬《ほお》から零れ落ちた。

「花井部長をうんと驚かせてぶちのめしてやろうと、みんなから聞き出した話の悲惨な部分を強調して書き始めたのです」

喉《のど》が引きつったように言葉が途切れ途切れになる。

「でも出来上がったものを読み直してみたら気持ちが変わったのです。たとえば上泉。私は田舎に帰ってからのあいつのことを知っていたのに、始めはあのリストラ騒ぎの時のイヤみな姿ばかりを強調してそっちの方向に盛《も》りさえしました。何度か読み直しているうちに、これじゃあいつに申し訳ない、そう思うようになったのです。自分は上泉のありのままの体験を聞いて胸が痛んだ。部長にもありのままを伝えてそれで胸が痛まないようなら、私とは違う色の血が流れているんだとあきらめるしかないと……」

宮田は記事の中で使った仮名の「上泉」といい続けている。

「そういう心境になって書き直したレポートを送ったら、突然、花井部長が亡くなって、早坂電器の旧知の人たちにも東洋デバイスにいった仲間にも連絡しないで密葬をやったらしい、人に言えない死だったんだ、不審死だったんだ、自死かもしれないと思って、自分のレポートがその原因になったんじゃないかと心配だったんでしょう。それで私を焚《た》きつけて、そうかどうか確かめようとした……」

大原の話を聞きながら、宮田は小さくうなずき続けている。

「花井夫人が、これが夫の死の原因だといってあのレポートを投げ出したとき、宮田さんの顔はほとんど生気を失っていましたよ」

「本当ですか」

「それなのに息子さんがあのポスターのようなものを持って来て、『母さん、これなんだよ』という言葉を聞いたら、見る見る元気になっちゃって、やっぱりと思いましたよ」

「花井部長が亡くなったことについて、きちんとしたことを知りたかったたっていうのは本当です。私のレポートのせいじゃなきゃいいなと心底願っていました」

「部長をぶっ殺したかったのでしょう？」

「まさか」と即答で否定され、大原はいった。

「小笠原さんから聞きましたよ」

「何を、ですか？」

「あなたがソリューション営業部のOBたちの混成飲み会で花井さんのことをそういってたって」

あのやろう、反射的に呟《つぶや》き、慌《あわ》てていい直した。

「飲み会でそういったかもしれませんが、花井さんに対する私の気持ちだって単純なひと色じゃありませんよ。部長はおれたちにできるだけの配慮はしてくれたんだ、部長という立場では精いっぱいだったんだと思ったこともあるし、あの野郎、自分だけいいところに逃げ込みやがってと憎らしく思ったこともありました。『ぶっ殺す』は憎らしい思いが胸に収まりきらなくなったときに飛び出したのかもしれない。あれを送ったのは、おれたちはこういう悲惨の中でのたうち回っているんだぞ、お前のせいでもあるんだぞと突きつけたかったのです。どう受け止めるかは彼しだいだと思っていました」

「私もそれを信じていますよ。それに較べたらあの張り紙は真っ黒な悪意に満ちていた」

「あ、ありがとうございます」と突然、宮田は嗚咽《おえつ》をもらしテーブルの上の大原の手を握りしめてきた。

「あの冊子で泣かれる必要なんかないですよ。淡々と記述されていて愛情も感じられました」

「でも……」

「匿名ってことが気になりますか？」

宮田がはっと息を呑《の》んで大原を見た。

「それなら花井親子に打ち明けて、正体を明かさずすみませんでしたって謝っちゃったらどうですか。今から戻りましょうよ。私もご一緒させてもらいます」

「それは勘弁して下さい。そんな度胸はありませんよ」

身をすくめて必死にいう宮田の姿にそれ以上背中を押すのはやめることにして、話を切り変えた。

「分かりました。それは宮田さんにお任せします。あっちの真っ黒な方は誰の仕業《しわざ》ですかね」

宮田は救われたように息をつき、あわてた口調でいった。

「あれは東洋デバイスの人間がやったことでしょうね」

たしかに東洋デバイスの中での状況に触れていたが、大原にはそう思えなかった。

「しかし、花井さんは深い恨みを買うほど長く東洋デバイスにいなかったでしょう」

「でも早坂から東洋デバイスにいった奴だったら……？」

「心当たりはあるんですか」

「技術畑の者は何人も行っているんですが、営業畑はほとんどいないと思います」

「早坂からいった人たちは、東洋デバイスの中で〝山形一家〟を形成していたのですかね」

「わたしはそこまでは知りません」

「宮田さんだったら、豊富な人脈を辿ってその辺りは把握できるでしょう」

はあ？　といって宮田が大原を凝視した。

「花井部長の心筋梗塞死だけでは記事にできませんが、その背景に早坂電器から東洋デバイスにいった山形虎雄グループのせめぎ合いがあるとしたら話は違ってきます。希望退職制度の究極の悲惨が見えてくるということになります」

「…………」

「そもそもあの希望退職の悲惨は山形さんに端を発しているんでしょう」

「いや、それをいうなら『シーザス』を大成功させた村川英彦社長が発端でしょう。山形さんだって村川さんには逆らえなかったんですから」

「しかし山形さんが博打《ばくち》の様な巨大投資をして大こけした」

「それも村川さんだって了承しているわけですから」

「宮田さんは村川さんの方が罪が重いと思っているのですね」

一度、首を左右に振ってから答えた。

「あのT工場の建設を決めたときだって村川さんの方が権力をもっていたんですから」

大原は若く恐いもの知らずだった山形がつっ走り、村川は半信半疑でついていったという証言やデータを多く目にしている。花井の死にどちらの罪が重いかといえば山形だろう。しかしここで水掛け論を続けても仕方あるまい。

「とにかく宮田さんにはほとんど罪がないことが分かってよかったじゃないですか」

「ほとんど？」

「一〇〇％の真相は神のみぞ知るでしょう。花井さんの不幸の背景をもっと大きな構図で考えれば、『神海』の周太洋に手玉に取られたことがあるでしょう。中でも私は最終段階で飛び出してきた『偶発債務《ぐうはつさいむ》』が不思議でならないんですよ」

宮田はコーヒーカップに置いていた手を放し大原の手を握った。

「そうなんですよ。私もずうっとおかしいと思っていた」

その言葉を初めて知った大原がにわか勉強した『ビジネス用語集』には次のような解説がされていた。

——「偶発債務」とは、ある企業の決算時点で、現実のものとなるかならないかがまだ決まっていない債務＝借金のことである。

たとえばある企業A社が、企業B社の債務の保証をしていたとする。A社の決算時点ではまだこの債務をB社が返済できるかどうかは分からなかったが、返済できない可能性がある。返済できない場合にはその債務はA社の借金となる。これがA社の偶発債務である——

経営危機に陥った「早坂電器」を買収しようとしのぎを削ったのが、台湾の剛腕経営者周太洋が率いる「神海」と日本の経産省傘下の「産業革新機構」であった。

周囲がびっくりするほど気前のいい買収条件を提案する「神海」が有利に進んでいたが、決定されるぎりぎりの段階でそれまではっきり示されていなかったという「偶発債務」が内外に、もちろん「神海」にも知らされた。それによって今までの流れが一転してしまったのだ。

「あんな馬鹿なことはないでしょう。あれじゃ、わざわざ周太洋に買収の条件を切り下げる材料を進呈したようなものだ」

大原は、取材しきれなかった当時の無念さを思い出して舌打ちするような口調になった。

今度は宮田のほうが冷静になっていた。

「あれはわれわれの集まりでも話題になっていましたよ。まさか周太洋に有利になる材料を進呈する奴がこっちにいるはずもないから、逆じゃないか、と」

「逆？　どういう意味ですか」

「周太洋じゃなく、こっちに有利になるということですが……」

「こっちって誰のことですか？　早坂電器の弱点を買収相手にさらして有利になる人がいるのですか？　まさか経産省じゃないですよね」

「そう問い詰めないでくださいよ。誰も確証があっていっていたわけじゃなく、思いつきを言い合っていた時のイメージのことですから」

しかし大原には、「逆」というひと言でいままで見えていた構図が、がらりとひっくり返るような気がした。どうひっくり返るかはまだ大原自身よくわかっていない。

# 2部　偶発債務

# 7章　外堀

## 1

その朝、いつもの時間に起きた大原が一階に降りると、食卓に拓也の姿があった。

「あの子、学校に行けるようになったわよ」と知子にいわれてから一週間ほどが経っていた。

「おお、どうした」

驚きがそんな言葉になった。

拓也はわずかに照れたような表情を浮かべ、「ああ」というくぐもった声を返した。

「学校はいいのか？」

学校に行けるようになった拓也はそれ以来大原より一時間ほど早く家を出ていた。

「拓也がね」キッチンから出てきた知子がいった。

「お父さんに話があるんですって」

ふうん、といいながら大原は自分の席に座り込んだ。

納豆を小鉢にあけてかき混ぜ始めても拓也は何もいおうとはしない。大原は黙って納豆をご飯の上にかけた。

「どうしたの？」

知子が促すとようやく拓也がぎこちない口調でいった。

「おれ、学校、行くのやめるよ」

大原には言葉の意味が理解できない。

「母さんが行くようになったって、いったけど……？」

大原の声に被《かぶ》せるように知子が拓也にいった。

「それじゃ、お父さんに分からないでしょう」

「行けないんじゃない、もう行けるけど、行かないんだ」

「どういうことだ？」

「行ってみたら、ぼくは高校なんかに行きたくないことが分かった」

「え？」

「高校じゃ、ぼくには必要じゃないことばかり教えている」

ようやくわかってきた。引きこもりの次は青臭い学校無用論なのだ。力の抜ける気がしたが、拓也の言葉に沿って問うことにした。

「じゃあ、お前には何が必要なんだ？」

「…………」

「どこで、誰が、それをお前に教えてくれるんだ？」

「いま、探している」

頭が回転し始めてきた。

「近頃は高校進学率はほぼ一〇〇パーセントだし、大学進学率だって半分以上いっているだろう。大学まで行ったほうが職業選択の幅も広がるし、人生の幅も広がるとわかっているから、みんな、そういう選択をするんじゃないか」

「…………」

「一応、大学までは行って、そこでやっぱり自分には必要じゃないと思ったら中退したっていい」

拓也は黙り込んでしまった。口元に笑みに似た表情があったが、その向こうを覗くのには途方もない時間がかかることをもう学んでいた。

一難去ってまた一難なのか？　登校拒否と高校中退と、どちらがましなのだろう？

「もう、お父さんは、せっかちなんだから」知子が拓也の沈黙を埋めにかかった。

「そんなに急に考えがまとまるわけがないじゃない」

その先を話すつもりじゃなかったのか？　と肩透かしを食った気がした。

「拓也ももう少しよく考えなさいよ」

ああ、といって拓也は立ち上がり二階に行こうとした。

「もう少しお前の考えを聞かせてくれよ」

拓也は三分の一ほど首をひねって知子を見たが、黙って階段に足をかけた。

「お前、よく考えもしないでそんなことをいったのか」

大原の声が届く前に拓也の姿は階段に消えていた。

「あなたもそんなに理詰めで追い込まなくてもいいじゃないですか」

「追い込んでなんかないだろう」

「追い込んだから黙っちゃったんでしょう。もう少し話を聞いてやってくださいよ」

「きみはあんな拓也のたわごとをそのまま聞いていていいと思っているのか？」

「聞こえますよ」

知子が腰をかがめ拓也の消えた二階への階段をのぞくようにして声をひそめた。大原はムッとしたが黙ったまま納豆まみれの飯を口に押し込んだ。二人の間にもう少し先まで話し合って了解ができているのだろう。それをおれにはまだ伝えないのだ。二人の了解を時間の経過のなかで既成事実化するつもりじゃないだろうか？

拓也と入れ替わるように美咲が下りてきた。いつもは大原より早い時間に登校していて朝食が重なることはめったにない。

「だからまだ早いっていったのに」

美咲が知子にいった。拓也との話を聞いていたのだ。

「すぐに結論の出るような話じゃないから少し考えておいてもらおうと思ったのよ。それをお父さんあんなに性急に問い詰めちゃって」

「問い詰めちゃいないだろう。あいつはうっすら笑っていたよ」

「えっ」と美咲が声を上げた。

「父さんには、あれが笑っているように見えるんだ」

「……？」

「あの子、父さんに不満があるときはああいう顔しかできないのよ。反論をいったり怒ったりできないのよ」

「馬鹿いえ」

「気づいてもいないんだ」

知子が割り込んだ。

「いいの、お父さんは、そういう人なんだから」

大原は何もいわず納豆飯をかみしめた。

ここ十数年、家のことはずっと知子に任せて口は出さなかった。拓也はどこで、反論もできなければ怒りもできない関係をおれと作ってしまったのだろう？　いやその前に、それは本当のことなのだろうか？

## 2

大原は出社するとすぐ袖机の引出しから「偶発債務《ぐうはつさいむ》」の資料を取り出した。昨日、半日かけてネット上の関連資料を片端《かたはし》からコピーし、以前のものと合わせて二つの袋が一杯になっていた。

誰にも邪魔されないようにこれからすぐ「ハレルヤ」に行き、資料を読み込み「偶発債務」の謎にチャレンジしなおそうと思っていた。

袋をバッグに詰め部屋を出ようとしたところで、三階から降りてきた和子と出くわした。

「大原編集委員、いう通りにしてくれたのですね。中森会長が喜んでいましたよ」

中森の雑誌記事と小西由紀子の本の感想を送っておいたのだ。

和子に命じられたからではない、事の成り行きから返書を書くのは人としての礼儀だと自分にいい聞かせたのだ。

しかし和子は編集部と営業部に在席していた半分ほどの社員に、「嵐出版社」の大株主の中森勇雄と大原とが親密な関係にあり、近いうちに「バリューフーズ」に転籍するのだと嬉しそうに吹聴した。

「中森会長は、あなたの感想文を見て、こういう視点で自分の考えを受け止めてくれるのなら、一緒に雑誌を作っていけるなと安心していましたよ」

「私にはそういうつもりはありません。私はこの春の人事異動で会長から発令された編集委員としての仕事に全力を傾けるつもりでいます」

「あなたのつもりは関係ありません。これは会社の方針ですし、中森会長の意向でもあるんですよ」

「隼人社長は、これからも私と一緒に仕事をしていくお考えであるように理解しておりますが……」

隼人の気持ちを脚色して伝えているという自覚があった。あのとき隼人は「会長命令には逆らえない」といったのだ。

「それはあなたが都合よく理解しているだけですよ。隼人社長も役員会ではわたしと同意見でした」

フロアには咳払《せきばら》いさえ立たなかった。玉木も佐伯も息を殺して二人のやり取りがどこへ行くのか耳を傾けている。

その静けさの中で和子が次の言葉を吐こうとしたとき、突如大原のデスクの上でスマホが震え始めた。

手に取ると隼人からの電話だ。救われたように声を上げた。

「はい、大原です」

——ああ、すみません。例の件ですが、やっぱり今回だけは大原さんの人脈を紹介してくれませんか。締め切りは今週いっぱいなのにすっかり行き詰ってしまって……、会長には内緒にしてください。

漏れた声が和子に聞こえるような気がして慌てて廊下に出た。

「佐伯君だって、永瀬だっているじゃないですか？」

佐伯は全国紙の毎朝《まいちょう》新聞で数年ジャーナリストの修業をしてきた隼人の一年後輩だし、永瀬は大原がこの三年ほど鍛えていた有望な若手記者だ。

――二人ともあちこち駆け回ってはいるんですけど、うまくいかないんです。

「テーマは経産官僚の時代でしたよね？」

――ええ、財務官僚の時代が終わって、経産官僚が〝影の総理大臣〟なんて言われてますからね。「ビジネスウォーズ」でとことん実態を暴いてやりたいんですよ。

「わかりました。心当たりにすぐ当たってみます」

部屋に戻ると待ち構えていた和子にいわれた。

「とにかくまた中森会長とその後の相談をしてくださいよ」

大原は曖昧《あいまい》にうなずいたが和子はそれ以上いわなかった。隼人の電話が和子の耳に届いていたような錯覚を抱いた。

「ハレルヤ」に行くのはやめて、心当たりに留守電を入れてから、自分の席のパソコンで「経産官僚」を検索することにした。

官僚の世界のことはかなり知っていたつもりだったが、矢部《やべ》内閣になってからこれほど経産省出身の官邸官僚が力を持つようになっているとは驚きだった。隼人の助っ人になるためというだけではなく、興味を引かれてどんどん資料を読み込んでいった。

どのくらい時間が経っただろうか？　電話がかかってきて、画面には待っていた相手の名前があった。

「ああ、すみませんね」とひとこと言って廊下に出た。

――なによ、仰々しい留守電、残しちゃって。つまりはまたおれに白星くれるってことだろう？

「岸田さんさあ、あなた、まだ霞が関にルートあるんでしょう」

――なに、突然に？

「弊社の若社長が、経産官僚を取材しようとしているんだが、取材に応じてくれる人がいなくてぼくにＳＯＳを出してきた」

――このあいだは変な雑誌に引きずり込もうとして、今度は若社長の援軍か。若社長はオーさんの天敵なんじゃないの。そいつのために追い出されそうなんだろう。

「追い出そうとしているのは若社長のおっかさんのほうだ。彼の本音は分からんが、ぼくにＳＯＳを出すくらいの親近感は持ってくれているんだ。それで経産官僚の時代って角度から特集をやりたいらしいんだけど、ぎりぎりまで話してくれそうな人いない？」

一瞬、無言になってからいった。

――ちょっと時間くださいよ。

「超特急なんだ。明日の昼くらいまでに何とかならないかな、恩に着ますよ」

――最初から秒読みか。困った若社長だな。

そういって岸田は電話を切った。

岸田に宙ぶらりんにされて、大原は自分が切実に隼人の願いを叶《かな》えたいと思っていることに気づいた。

隼人の役に立っておけば自分の立場が少しは有利になるという計算がなくはないが、それだけではない。

隼人が「嵐出版社」に入社して以来、岳人に頼まれ、彼の家庭教師のような立場で経済誌記者のイロハから教えてきた。その隼人が、奴にはまだ重荷の社長という肩書を背負わされて、大原に泣きを入れてきたのだ。ここであいつの泣きを笑みに変えてやらなければ岳人の遺志を受け止めることにならない。

「お前ほど腕利きじゃなくていいから、あいつを一丁前にしてやってくれよ」

上手《うま》くいった特集の校了の後、二人で立ち寄った居酒屋のカウンターで岳人はこういって頭を下げた。半分は嬉しがらせと分かっていたが鼻腔《びくう》が膨らむ思いがした。

親父に息子は仕込めないんだ、ともいった。

その時はそういうものかと半信半疑だったがいまならわかる。父と息子の間には夾雑物《きょうざつぶつ》が多すぎる。シンプルに師と弟子にはならない。いま拓也より隼人のほうがよくわかる、隼人のほうが可愛いかもしれない……。


デスクに戻り経産官僚の資料読みの続きを始めて間もなく、スーツのポケットでスマホが震えた。岸田だった。

——新谷英明《しんたにひであき》にむりやり頼み込んだよ。いま事務所で原稿を書いているからその間に挟み込んでくれるということになった。

「岸田さん、そんな大物を知っていたんだ」

——あのとき、メディアに叩かれていた彼のところに、おれがいの一番に馳《は》せ参じたんだぞ。彼、『ありがとうございます』っておれの手を握りしめたんだぞ。

新谷英明は数年前、時の政府と物議をかもし、世間を大騒ぎさせて、経産省を飛び出したキャリア官僚だ。飛び出してから政府を厳しく批判するベストセラーを出して、広く知られた存在になっている。

「今からか、隼人社長にスケジュールを確認するからちょっと待っていてくれないか」

——何いってんの。今からしかダメっていってるんだよ。隼人君にどんな予定が入っていても来てくれなきゃ。

「わかった」

電話を切ってすぐに隼人に連絡を取った。

——新谷英明？　そりゃ凄《すご》い、大原さん凄い人を知っているんですね。ぼくらも狙いを付けていたんですが、どこからもつながらなかったんです。

「おれの古い囲碁友達が無理の利く仲らしい」

——ところで、明日になりませんか？　間もなく大事なお客が見えるんで空けておくように会長にいわれているんですが……。

「いまからがダメだったら、紹介はあきらめてください」

——分かりました。なんとかします。

「取材の要点をちゃんと整理しておいてくださいよ」

——了解です。

# 3

岸田に住所を送ってもらった新宿通りを一本中に入ったビルの前に現地集合ということにした。

大原がタクシーを使って到着したとき、五階建ての瀟洒《しょうしゃ》なビルの入口にすでに隼人の姿があった。

いい心がけだと思ったが、隼人の隣にもう一人いた。

「大原さん、ありがとうございます」

嬉しそうな笑みを浮かべた永瀬亮だった。高い背をちょっと丸め、恐縮しているような姿に見えた。このところ仕事が絡むことも一緒に飲む機会もないから、距離を感じているのだろう。

隼人が言い訳がましくいった。

「永瀬君の企画なんで連れてきました」

「岸田氏にはこっちは二人で行くということになっている」

「まずいですか」

新谷は約束が違うじゃないかと怒りそうな厳しい人物に思えたが、ここから帰らせるのも気がさした。岸田の判断に任せることにした。

間もなく現われた岸田はやはり渋い顔をした。

「強引に了解を取り付けたからね」

「じゃあ、ぼくは引き上げるから、永瀬君が一緒に行ってくれ」

隼人がいったが大原には異論があった。

「隼人社長が話を聞いたほうが何かといいでしょう」

「肩書も見てくれもそのほうが新谷への説得力があるだろう。岸田も大原に賛成した。

それならと憮然《ぶぜん》として永瀬がその場を離れようとしたとき、目の前のビルの中から一人の男が出てきた。

「新谷さん」

岸田が声を上げ、永瀬も足を止めた。

「ああ、岸田さん」

新谷は大原がテレビで見知っている隙のないスーツ姿と違い、Yシャツの袖を肘まで捲《まく》り上げノータイだった。なりふり構わず仕事に打ち込んでいたという気配を漂わせている。ビルの前の自動販売機で缶コーヒーを買うために降りてきたという。

岸田が「ビジネスウォーズ」から三人もやって来たんですが多すぎるでしょうというと、「それじゃ、コーヒーは五本買いましょう」「それならこちらで買わせてもらいますよ」というやり取りとなった。

永瀬が遠慮がちに最後尾に付き、エレベータで五階の新谷の部屋に上がった。

八畳間を三つつなげたくらいの広さがあった。奥の窓を背景にコの字型にデスクが三つ並んでいる。その中央のひと際《きわ》大きいデスクを新谷が使い、両脇のものは事務員のような存在が使っているのだろう。

壁際はほとんどのスペースが本棚で占められ、ぎっしりと本が詰まっていた。入り口前の三分の一ほどにソファが並べられ接客スペースとなっている。

そこに向かい合って座り、大原たちが名刺を渡して簡単な自己紹介をした後、岸田と新谷がジャブのような言葉を交わした。

「新谷さん、相変わらず暴れまわっていますね」

「岸田さんにきっかけを作ってもらったようなものですよ」

新谷の身分が不安定だったころ「月刊官僚ワールド」で岸田に最初のインタビューを受けたことを愉快そうに語り合ってから岸田は不意に隼人に水を向けた。

「さあ、どうぞ始めて下さい」

隼人は畏《かしこ》まって切り出した。

「弊誌『ビジネスウォーズ』はこんな雑誌でございます」

最近の三号分を持って来ていた。中に北畠大樹のインタビューのものがあった。

「ああ、これは読ませてもらいました。面白かったですよ。やっぱり何でも命がけの本音は面白いですな」

そこから話が早かった。

「経産官僚の時代といったって、そんなに自慢のできるものではありませんよ。内閣と強力なお友達関係ができた官庁が権力を持つようになったというだけで、自力で強くなったわけではないですからね」

新谷が皮肉っぽくいった。

「経産キャリアの古井《ふるい》卓也《たくや》が秘書官となった矢部首相に食い込んだというのが大きいのですよね」

隼人が緊張した口調で問うた。

「まあ、先物買いが当たったという意味では彼の手柄といってもいいでしょう。しかし矢部も官房長官もだらしなさすぎますよ。ここまで奴ら、経産官僚を主軸とした官邸官僚に力を与えていては政治家とはいえないでしょう。彼らは官邸官僚を使っているつもりでも、実は官邸官僚に使われているんですよ」

「内閣人事局を作り上げたことが官邸の強大化に大きくものをいったと思うのですが

……」と隼人がいいかけたところで新谷がその続きを奪っていい始めた。

「そうそう、十年前の政権は〝脱官僚依存政治〟をマニフェストの最初に掲げるくらい官が強かったのに、今や官邸に全面降伏した〝官邸忖度《そんたく》官僚〟ばかりになってしまいましたからね」

「どうして官僚はトップキャリア六百人強もの人事権を官邸に渡したのですか」

「国益より省益を優先する官僚の力を政治に取り戻そうとした『公務員制度改革』は自民党政権でも長いこと懸案でしたからね。たえずそっちへ向けての流れは、大なり小なりあったのですよ。それがひょんなタイミングで実現したら今度は力関係が大きく逆転しすぎたという現代のイソップ物語ですね」

「ひょんなタイミングの実現といわれましても、そこのところでは、前の政権でやったように、官僚がサボタージュをするとか、対抗勢力となる政治家たちに根回しをするとか、いくらでも方法があったんじゃないですか」

隼人と永瀬が補い合うように質問をし、大原と岸田は口を挟まずただ眺めていた。けっこう勉強しているじゃないかと、大原は眼を細めるような視線になった。

「官僚の中にも政治家と手を組もうとしていた人たちがいたということですよ。その半分は、このままでは日本の政治がおかしくなってしまうという正義漢ですね。もう半分はこのまま霞が関にいても官僚としては二番手でしかいられない、あるいはいつまでも政治家の手先でしかない、それには我慢ならないから政治家と組んでも日本国を牛耳《ぎゅうじ》りたいという途方もない野心の持ち主です」

「それは？」

最後までいわず隼人が疑問形で言葉を切った。

「あなた方のほうがよく知っているでしょう」

新谷はシニカルな笑みを浮かべて指を折りながら、最近よくメディアに登場する官邸官僚の名前を数え上げた。

「彼らは霞が関ではなく永田町《ながたちょう》で天下を取ったのですね」

「キャリア官僚というのは子供の頃からずっと高みを目指して突っ走ってきた人間たちなんです。しかし彼らが培ってきたのは国民をリードする政治家になるための能力ではなく、リードする能力のある政治家の参謀になる能力なんですね。だから取り入る甲斐のある実力政治家にしっかり食い込もうとしてきた」

「首相は気が付いているんですか」

「気付いていたって利用できるなら利用しようということですよ。もちろん信頼関係がないわけではない、信頼関係がなければ利用もできないですからね。これが政治家ですよ」

なるほど、とうなずいた隼人に新谷はからからと笑って見せた。

笑みで細めた目の端で新谷が壁の掛け時計を見た。もう終わりにしたいというさりげない意思表示だ。一時間といわれていたがまだ五分ある。

大原が口を挟んだ。

「お時間のようなので私にも一つだけお聞かせいただけますか」

隼人と永瀬が驚いたように大原を見た。

「古井さんのような卓越した官邸官僚の能力は属人的なものなのですか、それとも官僚機構は次々と彼みたいな官僚を生み出し、これからも官邸を内部から操縦するということが起こりえますか」

新谷はニヤリと笑って口を開いた。

「ここまで一心同体の官邸と官邸官僚のシステムを長いこと続けてくればもうそれは捨て去れないかもしれないですね。ニュアンスは少しずつ違うでしょうが、こういう関係はずっと続くんじゃないでしょうか」

そこまでいって新谷は、さあ、とソファから立ち上がった。大原も立ち上がって新谷に近づき、いつの間にか片手に握っていた封筒を取り出した。

「本日はお忙しいところありがとうございました。これは些少《さしょう》でございますが、取材謝礼です。どうぞお納めください」

「そんなものいいですよ。旧知の岸田さんに久しぶりに会って世間話をしたようなもんですから」

大原は押し問答はせずに「弊社の決まりですので失礼します」と封筒をソファの前のテーブルに置いた。

## 4

岸田は「ちょっと先生と話があるんで」と新谷事務所に残った。

隼人は「急いで会社に戻らなきゃ会長に殺されます。今日は本当にありがとうございました」と、永瀬に目もくれず地下鉄の入口に駆け込んでいった。

大原は残された永瀬に声をかけた。

「軽く一杯行くか」

「いいですね」

まだ日は高かったが、周囲の居酒屋にはもう暖簾《のれん》がかかっていた。その一つに入りカウンターに並んで座った。先客は一人もいなかった。

おしぼりで額の汗をぬぐいながら大原がいった。

「『経産官僚の時代』はきみの企画なのか？」

「取材には駆り出されていますが、社長の企画ですよ。それが急についてこいと強引にいわれたので、別の約束をキャンセルしてもらいました」

「佐伯は？」

「佐伯さんも関わっていますが、ぼくのほうが手足に使いやすいってことでしょう」

生ビールをゆっくりと呷《あお》ってから大原がいった。

「これで特集、行けるのか」

「なんかちょっと難しい話ですよね。そうはいってみたんですが、他にいい企画もなかったものですから」

「駄目じゃないか、そんな温《ぬる》いことじゃ」

「まだ社長の本心がつかめないから、攻め方が分からないんですよね」

「攻めてみなきゃいつまでも分からないだろう」

「下手に攻めたりしたら会長に怒られますから」

「会長、企画会議に出てくるのか」

「時々出てくることがありますし、会議じゃなくても、日常的にいつも社員たちの社長との接し方を見張っているような感じで……」

永瀬は言葉を選びながら和子の様子を大原に語った。大原も言葉を選びながら永瀬の考え違いを正したりした。互いに和子や玉木にもれたらまずい言葉は口にしなかった。

やがて永瀬が話題を変えた。

「あれ、いくら入っていたんですか」

言葉の代わりに指を五本とも開いて永瀬の目の前に突き出した。

「一時間にもならないあの話でずいぶん弾みましたね」

「いまの新谷さんなら一時間の講演でその十倍くらいもらっているだろう」

「あれ、会社から出るんですか？」

「出るわけないだろう。おれはいま何もするな、何かするなら許可を取れと会長からいわれているんだ」

「だって社長から依頼されたんでしょう」

「隼人君から、会長には内緒にしてくださいと頼まれているからな」

「大原さん、人がいいな」

「馬鹿いえ、おれの人の悪いのは知っているだろう」

なにかをいいかけた永瀬は黙り込み、ビールの三分の一ほど残ったジョッキを手にして眺めている。

自分は割り切っている。会社から居場所と給料をもらい、自分が中途半端にしてきた事件の真相を明らかにする取材ができる間は会社にしがみつき続ける。会長が攻勢をかけてきているが、隼人が自分を必要としている限りまだいられるだろう。

隼人もきっと割り切っているのだろうが、どう割り切っているのか？　利用価値がある限り、会長を騙《だま》しだましおれを会社に置いておく。利用価値がなくなるか、会長の攻勢をかわし切れなくなったら諦《あきら》める。

いや、あいつはそこまでの戦略家ではない。まだおれの弟子のつもりでおれに甘えているのだ。

私はやっぱり会長に逆らえないんですよね、先代がなくなった後この会社は全部、会長のものなんです。

あのときの隼人のセリフがまだ脳裏に残っている。あんなことを決然と言いながら、取材が思うようにいかないとすぐにおれにＳＯＳを寄こす。あんなに器の大きな親父を持ちながら、あいつはまだまだ二代目のお坊ちゃんなんだ。

笑いの衝動が湧いてきた。こらえきれずに衝動が口から噴き出した。

「どうしたんですか？」

永瀬が驚いたように大原を見た。あいつがお坊ちゃんならこいつは青二才だ。口にする言葉は一丁前だが性根が据わっていない。

「お前、もっと必死になって企画を立てて、必死になって取材に飛び回って、必死で隼人君を攻めろよ」

「…………」

「じゃなかったら、お前も隼人君も、どこに行っても通用する編集者にはなれないぞ。『ビジネスウォーズ』はじりじりと衰退して遠からず消滅してしまう」

「だから社長は大原さんを頼りにしているんですよ」

「かりに隼人君はそうだとしても、会長は隙さえあればおれを追い出そうとしている。きみも知っての通りいまも妙なことを仕掛けている」

ああ、と永瀬の表情が微妙に揺らいだとき、大原のスマホが胸ポケットで震え始めた。

「ああ、今日はお世話になりました」

岸田だった。

——なによ、来てないじゃない、いまどこにいるの？

一瞬で言葉の意味を理解した。「新谷事務所」での別れ際、岸田は「ちょっと先生と話があるんで」といった。大原は先に帰ってくれという意味だと思ったが、岸田は先に「天元に行っていてくれ」といったつもりなのだ。

「天元か？」

――幽玄の間の奥の盤面の前で待ち続けているよ。

――そういう薄情な人なのよ。

近くで愛野の煽《あお》るような声がした。

「悪かったよ。これからすぐにいく」

スマホを切った大原が立ち上がりながら永瀬にいった。

「聞こえたろう。これから新宿の天元に行かなきゃならん。誤解があったようで、岸田さんが膨れ面をしている」

大原が内ポケットから財布を取り出すと永瀬がいった。

「ここはぼくに出させてください。会社に伝票を切りますから」

「若造が何いっているんだ」

「ぼくじゃなく、会社が払うんですから」

「会長が通してくれないだろう」

「隼人さんのところだけで済む伝票もありますよ」

「わかった」と財布をしまった。

外へ出てタクシーを拾おうと思った。地下鉄で行くより早いだろう。

大通りに出て、それじゃといいかけたとき、永瀬が車道に飛び出して、行き過ぎようとしたタクシーを止めた。

乗り込んでもう一度それじゃといったが、永瀬も大原の隣に座り込んだ。

「きみも来るのか」

「岸田さんにお礼を申し上げるのはこっちの役目ですし、あの美人の席亭はお初というわけでもないですから」

「きみは女がテーマだと口が達者になるな」

「女性誌の記者のほうが向いていますか」

「バカヤロウ」


「わりい、わりい、先に帰れっていわれたと思っていた」

幽玄の間ではなく、大勢の客のいるスペースにいた岸田を見つけてそういった。

「白星が目の前に転がっているのにそんなわけないだろう」

「甘いな。お礼はお礼、白星はまた別だからね」

幽玄の間に移動すると、永瀬が姿勢を正して頭を下げてから岸田にいった。

「今日はありがとうございました。おかげさまであんなに著名な方からコメントをいただきました。これで記事にも迫力が出てきます」

「お役に立ててよかった。オーさんにはいつもよくしてもらっているからね、あ、白星のことだけど」

他の客の相手をしていた愛野がやって来た。

「永瀬さんも一緒なんだ」

「名前まで覚えていてくれて光栄です」

岸田がすかさずいった。

「ママは若いイケメンにはめっぽう弱くてね。一度会ったら頭に焼き付けてしまうんですよ」

「それはますます光栄です」

「オーさんとこ、イケメンで口八丁の手強いのがいるんじゃない」

大原が笑みを含んだ声を上げた。

「口じゃなくて、原稿を書く腕をもっと磨けっていったばかりだよ」

大原と岸田、永瀬と愛野が向かい合って碁盤を囲んだ。

大原は黒石を持ち、先に盤上に石を置く。岸田より一ランク下である。

愛野は、「星目《せいもく》にしようかしら」といって永瀬に盤上に九つの石を置かせた。これは通常の計算なら9ランクの差ということだが、永瀬が申告通りの棋力であれば愛野との実力の差は20ランクくらいあるだろう。

そんなにたくさん石を置かせては勝負が面白くならないと、愛野はどんな初心者にも九つまでしか置かせない。それでも要所で相手にアドバイスして適切なところに打たせるからいい勝負になる。

大原はいつものように最初の一手を打つ前に目をつぶり心身を空《から》にしようとする。軽い座禅のつもりである。もちろんまったくの無などにはできない。自分の力を損なう気負いや弱気をできるだけ心に滞《とどこ》おらせずやり過ごすのだ。やり過ごすのではなく封じ込めようとしたら負の感情が却《かえ》って強くなり、力は損なわれる。

「おい、最初から負けましたのポーズか」

いつも岸田のその声を聴いてから目を開け最初の一子を盤上に下ろす。

この瞬間、天地創造という言葉が頭をかすめることがある。

石を置かれていない盤上は宏大な空《くう》である、そこにはあらゆる可能性が開かれている。

しかし形に置き換えない可能性はただの無でしかない。ずっと無のままであり続けることに意味はない。打ち手はひと石、ひと石盤上を埋《う》め、可能性を具体的な形にしていく。開かれていた可能性よりずっと貧しいものとして……。

「オーさんの碁、なんだか変わったね」

数手目に岸田がいった。

「そうか？」

「石のいく道がこれまでと違う」

「自分じゃ、わからないよ」

本当にわからないのだがなんだか嬉しくなっている。

「岸田さんは変わらないね。いつも粘っこい手を打ってくる」

「勝負師はみんな粘っこいものだよ。まして今や六段だからね」

六段と聞いて腹の底がチリリと焦《こ》げた。こうして打っていても、おれより強いはずがないとしか思えない。

中盤に差し掛かったところで岸田が不可思議な手を打ってきた。岸田の地所を広げるつもりなのか、それとも大原の勢力を制限するのか、どちらともとれるが判断がつかない。

考え込んでしまった。長考を混ぜ返すような岸田の声が耳元でした。

「新谷さんにいくら謝礼を出したんだ」

地所を広げるには打たれた石の反対側に隙間がある。勢力を制限するといっても〝厚み（＝勢力）には近寄るな〟という格言どおり、やや無謀に思える。

「失礼な数字じゃないだろうな」

ああ。岸田の言葉がようやく耳に入った。

これ、と片手を開いて岸田の目の前に突き出した。

「まずいか」

「いや、おれでもそのくらいにしただろうが、あんなにベストセラーを出して、おれがよく知っていた新谷さんとは金銭感覚が違ってしまったろうから、どう出るかと思ってね」

「どう、出た？」

「それが、あの封筒、オーさんが置いたテーブルから一ミリも動かさないんだ。おれが帰るまであのままさ。だからどう思ったか表情さえ見ることができなかった」

　ふうん。盤に向かっていた大原の関心が岸田の言葉に移っていた。

「まあ、いい。おれはあの新谷英明のコメントをあの取材で『ビジネスウォーズ』に載せるには片手がちょうどいいと思ったんだ。あれ以上少ないと呆《あき》れられるし、多すぎれば馬鹿にされるだろう」

「多すぎると馬鹿にされるんですか」

　隣の席から永瀬が声をかけてきた。

「おれはそう思っている。自分の貫目が足りない分、カネで補おうとするのを見透かされるんだ。玉木さんの取材謝礼を何度かみたことがあるが、いつもおれの相場観より五割は多かったな。玉木さん、相手に見透かされたと思うよ」黒石を打ちおろしてから言葉を続けた。

「おれがいなくなるまでにきみはきみの感覚を作ればいい。こういう感覚こそ、そいつの器というものだ」

「そういうの、先代が教えてくれたんですか？」

「若い頃は全部、岳人社長のいう通りだった。そのうち自分で決めるようになったけど、基本は全部、岳人社長の基準だな。先代の社長だったら、今回はどうしたかな？」ちょっと首を傾げてから続けた。

「その場ではまったく謝礼なんか出さないで、後でもっとずっとスケールの大きいメリットを返す、なんてことをするかもしれない」

「もっと大きなメリットって？」

「わからないよ。それは岳人社長の貫目に基づいたものだからな」

「貫目って何ですか？」

「貫禄とほとんど同じだが、もちろん見てくれからくるものじゃなくて、生き方が醸す存在感といえばいいかな。……新谷さんが何かとんでもない窮地に陥ったときに救ってあげるとか、会いたがっているのに会えない人に会わせてあげるとか……。何しろ岳人社長はヤの字の幹部にだって長い付き合いの人がいるんだから、おれには想像もつかないことができるんだ」

「ぼくはそんなところは見たことありませんが」

「六十を過ぎたころからは、目立つことは何もしなくても貫目がモノをいうようになっていたんだ」

「………」

永瀬が言葉を失ったとき、岸田が割り込んできた。

「やくざ屋さんと永田町は、貫目がモノをいう二大修羅場ですよ。あの辺りを廊下トンビしていた時たまに岳人社長を見かけました。周りのごつい建物にすっかり馴染んでいましたね」

大原と岸田の碁は珍しくヨセ勝負となった。

いつもはお互い、中盤からの〝生きるか死ぬか〟の戦いで、勢いに任せてやや無謀な手を打ち、結局どちらかが破綻する。

だから最後まで打たず、途中でどちらかが「こりゃ駄目だ」とか「ああ、騙された」などといって投げることになる。

「ヨセ勝負」とは後半まで互いの地所が拮抗しているとき、細かな陣取り合戦を行うことだ。

この段階になるとかなり正確に一手の大きさが数えられるので、「天元」で毎日のように打って経験値の積み重ねのある岸田に一日《いちじつ》の長《ちょう》がある。

ところがこの日は、最後まで打ち切って終局を迎え、数えやすいように互いの陣地を整地してから数えてみると、大原が一目《いちもく》勝っていた。

「あら、いい碁、打ったのね」

隣席からちらっと視線を送ってきた愛野が大原を見ていった。

なんだよ、岸田が心底悔しそうにいって碁盤が置かれたテーブルの足元を見回した。相手から取った黒石が落ちてやしないか確認しているのだ。一つ落ちていればそれも陣地として数えるから陣地は同数、ルールで白番の岸田の勝ちになる。

「あんないい人紹介してやったのに、一目差で勝つかね」

「そうか、負けてやるんだった」

大原が冗談と分かる口調でいっても岸田の悔しそうな表情は変わらなかった。

「永瀬さん、どっか他所の碁会所で打っているでしょう」

大原たちの囲碁が終わると間もなく永瀬との碁を最後まで打たずに愛野が感想をいい始めた。まずい手を打てばその理由を解説して他の良い手を打たせるという、まったくの指導碁だから勝敗を確認する意味がないのだ。

「え？　どうしてですか」

「この間より、三ランクは強くなっているもの」

永瀬は両手を頭の上に重ねて、「ばれましたか」といった。

「どこで打ってんのよ」

「碁会所じゃありませんよ。ネット囲碁です」

近年インターネットを通じて打てるサイトがいくらでもある。

「いつから？」

「社長に、大原さんの行きつけの碁会所でママに打ってもらったっていったら、碁はいいぞ、先代も大原さんも碁をやっているからいい編集者になれた、といわれて、それならやってみようと思ったんです。ママさん、これからたまに来るかもしれませんが、よろしくお願いします」

「それならオーさんと一緒に来なさいよ」

「やっぱり大原さんあっての私ですか、天元はあきらめて、ネット碁一本でいくかな」

「馬鹿やろう」大原が横から口を挟んだ。

「お前はいま囲碁にエネルギーを使っている場合かよ。『ビジネスウォーズ』に命をかけて、おれを蹴ちらすような大ヒットを飛ばしてみろ」

# 8章　取材依頼

## 1

玄関を開けると目の前に知子が硬い表情で立っていた。

表情ばかりか立ち姿も固い線ばかりでできているように見えた。

「おかえりなさい」もいわない知子に思わず「どうした？」と問うた。

「拓也が帰って来ないんです」

「どこへ行ったの？」

「それが分からないんです」

「分からないって」

リビングに入ると知子が、テーブルに置いてあった紙切れを大原に渡した。

「こんなものが部屋にあったんです」

何やら文字が書かれている。慌てて読み始めた。

〈何がしたいのか　探しに行ってきます　見つけたら戻ってきますから　心配しないでください

拓也〉

バカヤロウが。

そうつぶやいてから、もう一度同じことを知子に語りかけた。

「あいつ、どこに行ったんだ？」

「わからないのよ」

「心当たりはないのか？」

「学校とか、名前を知っている友達のところには連絡してみましたけど、どこにもいないのよ」

「M子さんには聞いてみたのか」

電車で二時間ほどの遠方にある知子の妹の家だ。年に一度しか行き来がないが、心当たりはそれくらいしかない。

「あの子、行くほどの仲じゃないでしょう」

リビングのソファに座り込んでから、少したいめらったがいってしまった。

「警察には届けたのか？」

知子は神妙な口調で問い返した。

「届けたほうがいいんですか？」

問われたとたん、届けると何かまずいことが生じるかもしれないという考えが浮かんだ。

下手をすれば失踪した高校生として、学校や近隣で噂《うわさ》にのぼるだろう。拓也の名に、「不登校」の上にもう一つありがたくない修飾語が重なることになる。

明日にでも、いや今夜中にひょっこり帰ってくるかもしれないのだ。それなら警察に届けて大ごとにするまでもない。

「何か、行き先を匂わすようなことは聞いていないのか」

「この間、あなたとあんな話をしてからも学校に行っていたから、気が変わったのかと思っていたのよ」

ふと思いついてソファから立ち上がった。駆け足で二階に上がり拓也の部屋を開けた。

むっと汗臭い空気があふれ出て、目の前に一年ほど前に見たものとはすっかり様変わりした光景が広がっていた。

右手の壁の中央に本棚付きのデスクがあり、その上にはパソコンと何冊かの雑誌や本、紙切れ、置時計、筆立てが乱雑に置かれている。

その反対側の壁に押し付けるように丈の低いベッドが置かれ、くたっと半分丸まった布団が載っている。ベッドの奥の窓際の左端には、背の高い真っ黒なスチール棚。スチール棚は三段になっていて、中段にたぶん二十インチの小型テレビとビデオデッキ。上段と下段には幾つもの鉄製の器具が置かれている。大きさの異なる幾つかのダンベルとバーベルのプレート。ベッドの上にも何やら黒々とした鉄の塊がある。

この部屋の主はもはや大原が知っていた拓也ではないのだ、ずしんとそう思い込まされた。

後をついて来た知子がいったん鏡に映りこんでからいった。

「ねえ、なんかトレーニングジムみたいでしょう」

「ああ」

半分しか埋まっていないデスクの本棚には、筋トレに関する本が圧倒的な存在感を放っている。

「この中になんかヒントになるものがあるんじゃないか」

「探してみたけど、分からなかったわ」

大原は一冊ずつ手に取り書名を確認してみた。『最速で筋肉をつける方法』『自宅でできる筋肉トレーニング』『マンガで分かる筋トレ』『筋トレは脳トレ』……。

一冊だけぱらぱらと開いてみたが、ほとんどのページが筋肉ムキムキの若者とごつい鉄製の器具とで埋められていた。

「あいつ、本屋には行けるのか」

「みんなアマゾンよ。しょっちゅう宅配便が来ているわ」

思いついてパソコンを立ち上げた。息子であっても他人《ひと》のPCを覗いてはいけないというためらいがあったが、そんなことをいってはいられない。

インターネットを開いてから、まず「お気に入り」をチェックすることにした。上から順に見ていくが、どれも家を出ていくヒントがありそうには見えない。

最近、見ていたものに違いないと思い、検索履歴をクリックした。どこかにあいつが宿泊できる民宿か何かの情報がないか？

定番のプラットホームや幾つかのブログが続いている。大原も名前くらいは知っている有名なブロガー、ボディビルダーらしき人のブログ、高校生の掲示板などもある。

背後に立って知子も大原が開けるページを覗き込んでいたが、

「あの子、こんなもの見てるんだ」

独り言のようにいった。拓也のことを心配している口調ではない。

いつの間にかモニター画面からヒントを探る気持ちは薄れ、大原は拓也の心理をさぐり始めていた。

あいつは父親から、学校以外に行く場所がどこにあると問われて、返事ができなかった。

それではまずいと自分でも思ったのだろう。そしてあいつは考えた。どこへいったらいいのだろうか、と。

その答を本の中に見つけたのか、ネットの中で行き当たったのか、あるいはもっと他のものなのか？　正面からの答でなくともどこかでヒントになるものを見つけたから、それを確認しに家を出たのだろう。それは何なのか？

大原はデスクを離れて窓際のスチール棚の前にいった。

何の気なしに上段にあったダンベルを持ってみた。前腕《ぜんわん》が逆に曲がるほど重かった。平たい円盤のような重りに十キロと刻印されている。こんなものを毎日振り回していれば、あのガタイになるだろう。

下段にあったバーベルのプレートをシャフトに差し込んでみた。

「危ないわよ」

知子にいわれるまでもなく今度は細心の注意を払った。両側に差し込むから二十キロになる。

棒を両手で持ち少しゆらして持ち上げようとしてから疑問が生じた。

これを持ち上げるにはベンチのようなものに横にならなければいけないのではないか。まさか重量挙げの選手のように立ったまま、頭上に持ち上げられはしない。見渡すまでもなくそんなものはこの部屋にない。

思い立ってバーベルをベッドの足許のほうに置き、その前に腰をついた。両手でバーベルを支え膝の上に置いてから両足を伸ばし背中をベッドの上に投げ出して横になった。ゆっくりとバーベルを膝から腹へとずらしていく。胸まで来たところで軸を握り変えエイと掛け声をかけ両手を前に突き出す。

思いのほかあっさりと持ち上がった。両手で上げるには二十キロでは軽すぎるのだ。

あら、できるんじゃない、と知子がまた気軽な声を上げた。

そのとき背中の下に違和感を覚えた。布団やシーツではない何かがあるのだ。慎重にバーベルを足の下まで戻してから、その違和感の元を探った。

雑誌だった。週刊誌ほどの厚さのそれを手に取ると、表 表紙《おもてびょうし》に「座禅入門」と大きな雑誌名があり「人生、初めまして7」という小さな副題があった。

雑誌名を目にしたときピンとくるものがあった。

「これだ、知子、これだ」中を開きながらいった。

「何のことよ」といわれても雑誌から目を離せない。

目次に「座禅、東洋医学、西洋医学から」「生命を育む」「ＤＮＡは語る」……、そして探していたものがあった。

「日本列島・合宿座禅道場めぐり＝どれがあなたに最適か！」

「これだよ、これに違いない」

知子が、大原の肩越しに開いたページを覗き込んだ。

「がっしゅく、ざぜん、どうじょう。あの子が何だって座禅道場なんかに」

「あいつがまだ学校に行けなかった頃この部屋の前で、結跏趺坐《けっかふざ》しながら、おれが会社でおかれている状態を話したことがあった。あいつは結跏趺坐に関心を持った。その頃から外に出られるようになったんだから、座禅の効用に関心はあったんだろう」

知子は半信半疑の表情を崩さない。

「このあいだ、おれに何を学びたいんだと聞かれてその時は答えられなかったけど、その後、あれこれ考え抜いて座禅をやってみようと思ったんじゃないか」

そうかしら？

ありえないことのような口調でいわれた。

「他に心当たりがあるのか」

知子が返事をしかねているので大原は「合宿道場めぐり」のページを開いた。

その冒頭の見開き二ページには広々とした和室に十数人の男たちが座っている写真が掲げられている。

中央で主宰者と思しき人が男たちを見ている。ほとんどが中高年のように見える。一番端には一人明らかに彼らよりずっと若そうなのがいた。そんなはずはないのに
（拓也だろうか？）とその顔に見入ってしまう。

写真の下辺にこの道場の特徴や実際の教室のやり方などを紹介した文章があった。

大原の頬に頬をくっつけるように知子もページを凝視している。

冒頭の道場は千葉《ちば》県の房総《ぼうそう》半島の先にあるという。大広間に、コの字型に十数人の

男たちが座っている。コの中央に立っている白髪の男は男たちに話しかけているようだ。どこか新興宗教の教祖のような雰囲気を放っている。

ここはちょっと遠いな、ここをあいつが選ぶだろうかと思いながらページを繰っていった。

どれも写真も紹介文も似たような内容なので住所だけに注目した。

東京にも数ヵ所の道場があった。その他、神奈川《かながわ》、埼玉《さいたま》、山梨《やまなし》……。埼玉の道場が大原の家からは一番近い。

「どこだと思う？」

答を期待しないままいってみた。

「ほんとうに座禅道場？」

まだ不満そうな口調だった。

「仮に、の話だ」

「この中なら一番遠い山梨よ。いまのあの子、近いところなんて行かないわ」

「どうして？」

「いまのあの子、簡単な道を行こうって心境じゃないでしょう」

大原の手から雑誌を取って、知子は書斎を出ていこうとした。

「どうしたんだ？」

それに答えず階段を降りて行く高い足音がした。大原も後を追った。

リビングルームの電話を取ると、雑誌を見ながら番号ボタンを押した。

「何をするんだ？」

「問い合わせるのよ」

雑誌に視線をやったまま答えた。そこに道場の住所と電話番号が載っているのだ。

「問い合わせてどうする？」

「あの子がいるかどうか、確認するの」

「いたら、どうする？」

自分への問いかけでもあった。

知子は答えず大原もそれ以上問わなかった。長い間、受話器に耳を押し当てていたが一度切ってもう一度ボタンを押した。今度は「誰も出ないわ」とすぐに諦《あきら》めた。

その後、二件の番号にかけたが一件は同じ反応でもう一件は留守電だったらしい。

三件で諦めて大原のほうを見た。

「明日、かけ直すわ」

「いたら、どうするんだ」

口をつぐんだ。そこまでは考えていないようだ。

「あいつは、もう踏み出したんだ。いたとしても待っているしかないだろう」

「まだ高校二年生よ」

「連れ戻して何ができる、その前にどうやって連れ戻すんだ？」

知子は口を閉ざした。もう一度同じ問いを発しようとしたときその口が開いた。

「長くても三日ね」

「……一週間は待とう」

「四日」

「四日、経ったらどうする？」

「そこに書いてある道場に片端《かたはし》から連絡して、どこかにいたら、いるところに飛んでいくわ」

「飛んで行ってどうする？」

知子はまた言葉を失ったので、大原から助け舟を出した。

「いたときにまた考えるか」

「ええ、それに座禅の道場とは限らないから他も探してみる」

「もう心当たりはないんだろう」

首を傾けてから「学校の先生に相談してみるかもしれないし」ちらりと大原を見て続けた。

「四日経ったら、警察にも届けるわよ」

「その時また考えよう」

不満そうな表情をしたが口は開かなかった。

## 2

大原は書斎のＰＣの前に座っていた。知子との話を切り上げてから二時間近く経っていた。

モニターいっぱいに手紙の文面がある。

――陽春の候、××さまにはご清栄のこととお喜び申し上げます。

私は、月刊経済雑誌「ビジネスウォーズ」の編集委員、大原史郎と申します。突然、書状を差し上げる失礼、平にお許しください。

……――

「早坂電器」の元社長の村川英彦を筆頭に、前々社長の山形虎雄、前々副社長の河野敏郎、前社長の水沢雄三、湯川一光、中西克夫ら、住所を把握していた「早坂電器」の最高幹部だった六人に昨日、送った取材依頼状である。

しばし迷ったが「北畠大樹の遺言」のコピーも同封した。宮田と同じ手を使うことに気がさしたが、あれだけのビッグネームが取り繕うことなく本音を明らかにしたことが、なにがしか彼らの心を揺さぶるかもしれないと思ったからだ。

先方が興味を引きそうな部分に蛍光ペンで傍線を引いた。それでもきっとダメだろうと思っていた。北畠大樹は本当に遺言として言い残しておきたい状態にあった。しかし村川ら六名はそうではない。

六人に取材依頼状を送ったことを東都《とうと》新聞の田中雄介《たなかゆうすけ》には伝えたが愛想なくこういわれた。

「まあ、彼らは難しいと思いますね、私はもうちょっと可能性のあるところを探ってみるよ」

「そういうところがあるなら早くいってよ」

「いったけど、時間がないって却下されたじゃないの」

はっきり覚えてはいないが、締切りぎりぎりのタイミングで乱暴な言葉を交わすのは二人にとっていつものことだった。

それでも田中は本業の合間を縫って最後まで大原に付き合ってくれた。

二人の問題意識はこの特集記事に取り組んだ時から共有されている。

田中経由で動いてくれたフリーの経済記者の取材原稿にはこう書かれている。

〈「……、水沢はまったくの無印だったんだよ。それまで誰一人、奴が『早坂電器』の社長になるなぞと考える者はいなかった。本人が一番そう思っていただろう。選任されてから、びっくりするとともに奴が村川の子分だったと思い出す者もいたくらいだ。

だから皆、水沢が村川にいいように操られると思いこんでいた。ところが驚いたことに奴は社長になると間もなく、村川ばかりか、それまで無責任に経営に嘴《くちばし》を入れていた有力OBたちも経営から遠ざけた。部屋も車も秘書も奪い取り、単なる元経営者にした。それまでの三岐《みまた》の大蛇《おろち》の誰の命令を聞いたらいいか分からない状態を一掃したんだ。

これには眉に唾を付けて奴のことを見ていた社員たちもすっかり見直し、これなら『早坂電器』も生まれ変わって再建の緒に就けるかもしれない、と期待を膨らませたよ」（元取締役）〉

ところがそうはならなかった。

〈「奴は、そういう小手先の社長らしさを演じることはできたんだけど、真の経営の力は小指の先ほども持っていなかった。たちまちそれが露呈してきて、一年足らずでまた大幅な赤字を作った。まあ、奴の責任というより、液晶の一本足打法でつんのめっていた『早坂電器』が、とうとうすっ転んだということに過ぎないんだがね」（前出取締役）〉

この後、間もなく宮田や小笠原が巻き込まれた三千人規模の「早期希望退職制度」が実施されたが、本業の回復が図れない以上、それは経営的には焼け石に水だった。

こうなると小手先の社長らしさは全く通用しなくなり、水沢は借りてきた猫のようにおとなしくなった。そして三千二百億円という巨額な資金を貸し込んでいた二大メインバンクの千代田銀行といろは銀行の言うがままに振舞うようになった。

二行とも「早坂電器」にそれぞれ一人ずつの取締役を送り込んでいたが、銀行マンにメーカーの経営そのものを回復させる能力はない。できることは社長を使って可能な限り損失の少ない再建策をでっち上げることであった。そこにはいろんなプレーヤーが登場してきていた。

まず銀行と並ぶ力を持っていたのは経産省である。彼らは建前上は国益と称する省益を貫くべく各方面に働きかけていた。

両者のせめぎあいについて大原の旧知の金融ジャーナリストはこう証言している。

〈借金の塊りとなった「早坂電器」に出資してくれる可能性があったのは二社、一つは「産業革新機構」です。もう一つは周太洋の「神海」です。

経産省は自らが所管している「産業革新機構」にはめ込みたかった。そうすれば技術流出が防げるという大義名分もあるし、天下り先としての安定感も高まる。しかし二つのメガバンクはそれにいい顔をしなかったんです。

なぜなら「革新機構」の改革案は、周太洋の提案に比べて二大銀行に大きな負担を強いるものだったからだ。

それでも経産省から局長級の幹部が根回しの裏舞台に登場し、金融庁の手も借りながら、一方で周太洋を脅し、一方で銀行に因果を含めていうことを聞かせようとした。ところが周はそんなやわではなかった。

「あっちこっちで対日投資の促進を煽《あお》りながら何をいっているのだ」と逆に局長たちを脅し返した。

かつてメガバンクは、大蔵省、その後改組された金融庁に抵抗することなどまったくできなかった。それが二〇〇五年に会社法が改正されて、それまで提起しにくかった「株主代表訴訟」が大幅に増え、その対象者も拡大されるようになると、

「金融庁のおっしゃるような手段を取りますと、株主から訴訟を起こされ、大きな損害を被ります。またもや公的資金を投入していただく事態を招くことにもなりかねません」

といって断ることができるようになった〉

こうして周太洋は大風呂敷ともいえる「早坂電器」改革案をひっさげ、二大銀行も、もはや銀行のほとんどいいなりとなっていた経営陣も手玉に取ることができた。

そのあたり、大原の「男は」から始まる原稿ではこう書かれている。

――男は意気揚々だった。

自分に余計なことをいってくる日本の役人たちに、

「日頃、対日投資を強化したいなぞといってくるのに、何でそんな正反対のことをいうのか」

と反論をぶつけたら言葉を失ってやがったと得意げに周囲に吹聴した。

いろは銀行も千代田銀行も金融庁の「役員まで送り込んだ取引先企業が経営危機状態になったら、メインバンクもそれを負担しなきゃいけない」というお説教にひれ伏したりはしない。

「水沢社長ら経営陣はソーラー事業部門を売却しないばかりか従業員の大幅リストラもしないという条件にすがって、最低限の責任は果たせたと胸をなでおろしているから、『革新機構』の出る幕はすっかりなくなりましたね」（幹部社員）

「銀行も当初、周の気前の良さに眉に唾を付けていましたが、周は本気なのだと確信を得たところで、その方向に全力で突っ走り始めました」（金融雑誌記者）

経営陣がその方向で社内を口説き始め、周囲のメディアもそう報道しているので、早坂電器の社員たちは平静状態に戻りつつあった。

ところがどうしたことか、この段階にきて一つの事件がひっそりと生じた。

事件はひっそりと生じたのだが、この提携話に大きな影響を与えた。

そしてこれが一番不思議なことなのだが、この事件が、なぜこの段階で、誰の手によって起こされたのかが、はっきりしていないのだ――

ここからがいま大原の脳裏をすっかり占めている（偶発債務《ぐうはつさいむ》）の記述なのだが、大原はこの用語の略述に、もっとも分かりやすかった専門家のコメントをさらに砕いて使った。


――たとえば「早坂電器」が子会社「早坂興産」の債務（＝借金）十億円の保証を行なっていたとします。「早坂電器」の決算時点で、「早坂興産」は経営悪化状態にあってこの債務を返せるかどうか危ぶまれていたが、どちらに転ぶかはまだはっきりしていなかった。後に返せないことになれば、この十億円は「早坂電器」の債務となります。こういう可能性があるものが「偶発債務」にあたります。つまり決算時点ではまだ確定していないが、将来、債務になる可能性があるものが「偶発債務」です。

（××会計事務所）――

片端《かたはし》からにわか勉強をして言葉の意味は一応理解したが、なぜあの時点でそういうことが起きたのかその理由については、幾人もの専門家が首をひねった。原稿はこう続いている。

――「神海」は出資する前に、「早坂電器」の資産査定（デューデリジェンス）をしたが、その際、偶発債務の提示がしっかりと行われていなかったという。そんな馬鹿なことはない。出資の条件を決めるには「早坂電器」の経営状態をよく知る必要がある。

百戦錬磨の周太洋にそんな抜かりのあるはずがない。

誰もがそう思うのに、驚いたことに周太洋に「偶発債務」三千五百億円もの詳細が伝えられたのは、ひと通り出資条件が提示され、それが合意される取締役会の直前だったという。

さらに驚くことには詳細を伝えるにあたって、「早坂電器」の取締役の間では、意見が分かれていたという。

「今頃になって伝えても周は大丈夫なのか」と危ぶむ勢力と、「了解済みだから大丈夫だ」と胸を叩いて請け合う勢力がいたが、結局はそのまま周太洋に伝えられ、周太洋はそれを逆手にとって大幅な〝買収条件〟の値切りを始めたのだ。

ここに二つの大きな疑問がある。

一つは「偶発債務の告知が本当にそんなに遅れたのか、本当だとすればその理由は何なのか」である。

もう一つは「遅れたのが本当だとして、それをそんなにぎりぎりの段階で周に知らせるには、よく練り上げた交渉戦略がいるはずなのに、なぜあっさりと伝えて、周の〝買収条件〟の大幅な値切りを招くようなことをしたのか」である――

このあたりはパソコンのキーを叩く指の遅さをもどかしく思うほどのスピードで原稿を書いたことをまざまざと思い出した。それほどくっきりと疑問が浮かんでいた。しかし校了の半日前まで粘ったが、この謎を解く証言はどこからも得られなかった。

これこそこの特集最大の〝売り〟だと大きな期待をかけた謎が解けないことに落胆し、大原はこの部分をあっさりと書き飛ばし、「リストラ無惨」を中心とする原稿を書いたのだった。

今度こそいくら取材に日数をかけようときっと解いてみせるという思いは、過去の資料をチェックするたびに強くなっている。

目の前のPCがメールの着信音を響かせた。資料から目を離しメールを見る。

「差出人」に（宮田昭）の名前がある。

――先日はお世話になりました。

あの日、大原さんの花井家の奥様と息子さんに対する接し方は、さすがにベテランの記者さんだと、非常に感服し勉強になりました。

今後の私の仕事で出会う人たちや家族との接し方にも参考にさせていただきます。

とくに最後の喫茶店でのアドバイスは胸に沁《し》みました。あの日は尻込みしてしまいましたが、昨日、花井家に伺い、真実をお話して心よりお詫《わ》びを申し上げました。

最初、奥様は言葉も出ないご様子でしたが、息子さんは「あれはそんなにひどいものではない」と却《かえ》って励ましてくださり、その後、奥様も息子さんの意見に賛成してくださり、感激したことにはその後三人で手に手を取って泣いてしまったのです。

あの日以来ずっと私の心に滞っていた鬱屈《うっくつ》が一気に晴れて、私の心と体を締め付けていたものが解かれたような気がしています。

これも皆大原さんのおかげです。

本来ならお目にかかって御礼をいうべきところですが、とりあえずご報告と思ってメールをさせていただきました。益々のご活躍を祈念しております――


あの日は、謝りに行くことなどとんでもないという態度だったのに気を変えたのかと大原は意外だった。手を取り合って泣いたことには、ちょっと感動した。花井夫人は情緒不安定だった。ちょっとしたことで泣きもすれば笑いもする。同じ相手をときに憎みときに抱きしめる。たぶん誰かを抱きしめたいときに宮田が訪れたのだろう。

すぐに返信を書き始めた。


――嬉しいメールをいただきました。花井家を訪問されて、夫人、息子さんと手を取り合って泣くような心を許し合う関係になれたとのこととても喜んでいます。

私はいま「早坂電器」の例の謎を解き明かそうと改めて取材を開始しています。

いま水沢社長を筆頭に六人の経営幹部にも正式に取材のお願いをしており、また何人かの取材仲間からもアプローチしてもらっています。

宮田さんには、先日ご相談した時にも、とても難しいといわれてしまいましたが、その後何かお気づきになることがありましたら、教えていただけるとありがたいです

——

# 9章　社長、会長

## 1

玄関に迎えに出た知子が二階を気遣うような仕草をしながら声をひそめていった。

「あの子、ついさっき帰って来たんだけど、あなた、何もいわないでね」

廊下に上がりこんだ大原も足音を忍ばせる気分になっていった。

「どうして？」

「あの子、思いつめた顔しちゃって、わたしにも何も説明しないんだから、あなたが聞いたらもっとそうなっちゃうわ」

拓也が家を出てから三日が経っていた。

知子の言葉を反芻《はんすう》しながらリビングに移ると、珍しくテレビを見ている美咲の姿があったが話を続けた。

「聞くのが親の役目だろう」

「もうしばらく待ってください」

「十七歳が二日も外泊をして、その理由を親に説明しないってことはないだろう」

声はまだ抑えているが、自分が口にした言葉にいら立ちが煽られていた。

「二十歳《はたち》過ぎてるなら家から追い出せばいいけど、十七歳じゃそうもいかない」

「あなたのいうことも分かりますけど、もう少しわたしにまかせてください」

「わたしもお母さんのいう通りがいいと思うけど」

テレビから目を離さず美咲がいった。

「お前が口を挟むな」声が荒くなってしまった。

「子供の教育は親がやることなんだよ」

みさちゃんはいいから、という知子の声と美咲が小さく舌を出すのが同時だった。

いら立ちが募り二階の拓也の部屋に駆け上がりそうになったがこらえた。

三ヵ月ほど前まで家のことは、子供のことまで全部、知子に任せていたのだ。いまでもまだ拓也との距離の取り方がよく分からない。

テレビがCMに差し掛かったところで美咲は二階に上がっていった。

大原は通勤用のジャケット姿のまま夕飯を食べてから二階に上がった。美咲と拓也の部屋の前を、静かに通り過ぎて自分の部屋に入った。

大原がいつもの時間に帰ってきたことも、部屋の前を通り過ぎて書斎に入ったことも、拓也は気が付いたに違いないが、部屋からは物音一つ聞こえなかった。

書斎に入るとすぐにＰＣの電源を入れてから部屋着に着替えた。

この二泊三日の間、どこで何をしていたか聞かないと父親の役を果たせないという考えがまだ頭に残っていたが、ＰＣが立ち上がるとそれは消えてしまった。


その日の昼過ぎ、和子に社長室に呼ばれリストにあげた十ほどのテーマについて色々と聞かれた。隼人も社長の椅子に座っていたが、隼人からの質問はほとんどなかった。

和子の勘がいいのか誰かから情報を得ているのか、すぐに「無能経営者と悲惨な希望退職」について質問が集中した。

「これはどういうことを調べているのですか」

「いま新たに調べているということではなくて、新たに調べるべきことを探すために過去の取材資料をチェックしている所です」

「それでどんな新たな調べるべきことが出てきたんですか？」

「いま検討中です」

「北畠さんの特集が終わってからもうふた月も経ったでしょう。何をそんなにのんびりしているんですか」

「これでも一生懸命やっているつもりですが」

大原が柳に風と受け流していると、和子の声が急に甲高くなった。

「隼人社長もいい加減分かったでしょう。大原編集委員は社長がルーズにしているから図に乗って、あの席でのんびりと資料を眺めているだけなんです。それが明らかになった以上、どうしてもバリューフーズに転籍させて、中森会長にしっかりと教育しなおしてもらわなきゃいけません。役員会でもそういうことに決まったでしょう」

「しかし」

隼人が言葉を濁したのを弾き飛ばすように大原に命じた。

「大原編集委員、中森会長からそのことについてお話がありますから、明日にでもご連絡を差し上げて可及的《かきゆうてき》速やかにお訪ねしてください」

「明日にでも、ですか？」

「間違いなく明日にしてください。これは会長命令です。あなたに、のんびりと資料を眺めている以外の急ぎの仕事なんてあるわけがないでしょう」

ＰＣが立ち上がったので、すぐにメールを開いた。

（受信トレイ）に（58）という数字が浮かんでいる。いろんな企業の宣伝からスパムメールまで雑多なものが送られてくるのでこの数になる。片端《かたはし》から差出人を確認し、不急のメールを次々に削除していく。

読む必要があるのは四分の一ほどに過ぎなかったが、その中に待ち望んだものは一件もなかった。

正式に取材を申し込んだ「早坂電器」の元幹部への依頼状には「後日、お電話にてご意向を伺わせていただきます」と書いた。それでも末尾に「ビジネスウォーズ」の住所も固定電話の番号も、大原のスマホの番号と公私のＰＣメールのアドレスも記した。

六人のうち誰か一人くらい、向こうからメールでもくれるかもしれないというかすかな期待があったが今のところ全くの空振りだ。「後日」とは、手紙が着いてから三日後くらいが適切だと思っていた。

それが明日になる。

明日、現職が分かっている相手には職場に電話をかけ、現職がないはずの相手には自宅に電話をかけるつもりだ。

よくいって相手と話ができる可能性は六分の一だろう。あとは途中で秘書か家族に「おりません」と居留守でも使われ遮断《しゃだん》される。万が一、話ができても取材についてはけんもほろろに断られる……。

最初から負け戦と分かっている。依頼状を書いているときから石の壁に頭をぶつける予感に取りつかれていた。それでもやらなければいけない手順の一番めだ。ここを通らなければ次にいけない。

明日、午前中いっぱいを使って石壁に頭をぶつけてみよう。

その後、和子に命じられた中森に連絡をしなくてはならない。「すぐに来てくれ」といわれたら応じるつもりになっている。

しかし午前中、負け戦に次ぐ負け戦で消耗した後、中森とのやり取りが出口の見いだせない迷路に入ってしまったら、自分は中森にしっかりと拒絶の意思を伝えられるだろうか？　自分はそうできる立場にまだいるのだろうか？

じわじわと部屋の空気が重たくなるような息苦しい感覚に襲われ、跳《は》ね除《の》けるように深い呼吸をしたときある考えが浮かんだ。

反射的に立ち上がり、座っていた椅子のクッションを手にして廊下に出た。

拓也の部屋の前にクッションを置き、その上に腰を下ろした。背筋を伸ばしゆっくりと結跏趺坐《けっかふざ》の体勢を取り、半眼となる。

結跏趺坐。座禅の座り方である。胡座《あぐら》に似ているが、胡座では片方の足の甲だけが他方の腿《もも》に乗る。それに対し結跏趺坐では足の脛《すね》を交錯させて、両足の甲を他方の腿の上に乗せる。座位ではこの体勢がもっとも安定し心身の集中力が高まるとされている。

座禅や瞑想《めいそう》に関する様々な書籍を読み、いくつかの体験会にも参加して、納得できるまで自己流にアレンジした結跏趺坐が、いまではしっかりと大原の身に付いている。

結跏趺坐になり、気息《きそく》を整えると、間もなく自分の心身が空《から》になる。

本当に心を空にすることは高僧でもなければ不可能だ。そうではなく心に浮かぶ雑念を止まらせることなく流すのだ。雑念が形を取り思考となる前に放り出す。次にやってくる雑念に同じことをする。それが心を空にすることとなる。

いったん空にしてから浮かんできた思考は自分の中に確かな根を下ろしているような気がして自信が持てる。

どのくらい時間が経ったろうか。二十分、いや小一時間かも知れない。空の心身に時間はない。

空の心身にゆっくりと新たな自分を注ぎ込んでいく。心身が解毒されたような感覚がある。

その感覚のまま半眼を開き拓也の部屋のドアを見る。中からはどんな物音も立たないが、息遣いのようなものがかすかに感じられる。向こうにもこちらの息遣いが届いているだろう。

すらすらと言葉が出てきた。

――おい拓也、帰って来たらしいな、元気か？　母さんが、しばらくはお前に話しかけるなというから、ここでしゃべるのは独り言だ。

子供に起きた大変なことの事情を聞いてアドバイスをするのが親の役目だと父さんは思うのだが、ここは母さんに従う――

この辺りから本当に独り言のような気分になり自分の口の中だけで話すようになっていた。拓也がドアに耳を付けていても聞こえないだろう。知子と美咲への忌々《いまいま》しい思いもどこかへ消失している。

――父さんも相変わらず会社で困った立場に追い込まれている。今度はスーパーの

「バリューフーズ」に行くことを命じられているんだ。

お父さんが尊敬していた「嵐出版社」の創業者の五十嵐岳人さんが亡くなった後、岳人さんの奥さんが会長となって後を継いだ。

奥さんは、お父さんがいつまでも「嵐出版社」にいてせっせと仕事をしていると、息子の隼人さんが社長としても編集長としても力をつける邪魔になると心配しているようだ。

隼人さんはまだ若いし、父さんは彼が成長するように接しているつもりだから、そんな心配はいらないと思っているのだけれど、そういう心配をするのが母親なのかもしれない――

ふいにすぐ近くで足音がしたかと思うと声がかけられた。

「どうしたの、あなた？」

夢から覚めたようにゆっくりと振り返った。知子がトレイを持って立っていた。大原の姿勢を見て、何をしているかすぐに気が付いたようだ。声をひそめていった。

「だから、しばらくあたしに任せてといったじゃない」

「おれはただ座禅をして、独り言をいってたんだ。何も会話をしていたわけじゃない」

「まったくう」

知子が部屋のドアに手をかけようとしたとき中からドアが開いた。すぐ内側に拓也がいた。

「何？」

知子にいった。タンクトップ姿だった。そこからはみ出した腕にも肩にもこれまで目にしたことのない筋肉が盛り上がっていた。

「ああ、おりんごよ。あなたと父さんに持ってきたの」

「ありがとう」

拓也が皿の一つを取ってドアを閉めようとしたとき、大原が足を入れていた。

「少し話を聞かせてくれないか」

目をぱちくりさせていった。

「話すことなんかないよ」

「どこか座禅の修行場所を探して二泊三日も家を空けたんだ、それなりの発見はあったろう」

拓也は微妙に視線を逸らし瞬《まばた》きを繰り返した。美咲の言葉が蘇《よみがえ》ったとき、あなた、拓也が少し落ち着いてから話を聞きましょうよ、と知子がいい、大原は素直に足を抜いた。

大原の部屋のテーブルの上にリンゴの皿が乗っている。

大原はデスクの椅子に座り、知子はテーブルの反対側の小さな椅子に座っている。

「あいつ、自分からドアを開けられるんだ」

「学校にだって行けていたんですから」

「それでも三日間の家出の理由は聞けないのか」

「聞けないんじゃないの、聞かないの」

「おれは聞くべきだと思う。そうしなきゃ親じゃないだろう」

「あの子から、そうしたほうがいいような気配が漂っているんですもの」

はっとした。知子の顔を拓也の笑みに似た表情がよぎったのだ。

言葉を失った大原を残して知子は部屋を出ていった。足音を聞きながら、知子と拓也には何か共通する母と息子の絆《きずな》があるのか、ふっとそう思った。

知子も美咲も拓也も、おれには家族がよく分からない。だからみんな知子に任せていたのだ。いや任せていたから分からないのか？　会社の人間のほうがよっぽど分かりやすい、そう思いかけてすぐに和子や隼人の顔が浮かんだ。いまではあいつらもすっかり分かりにくなっている。分かりあっていたと思えるのは岳人だけなのか？

## 2

いったん「ビジネスウォーズ」の編集部に顔を出してからすぐに「ハレルヤ」に直行した。

十時半から小一時間ほどスマホを抱え込み累計二十本ほどの電話をかけたが、そのうちの一本もあの六人の誰ともつながらなかった。

マスターにはあらかじめ「明日、奥の席で少し電話を使わせてもらいますよ」と了解を得ていたが、いつにもまして客がいなかったので申し訳なく思うこともなかった。それでもコーヒーを三杯も頼んでしまった。

職場にかけたものは代表電話から先はまるでその会社に当人がいないかのような応対をされた。

自宅にかけたものはすべて「留守番電話です」となったので、「メッセージをどうぞ」に沿っておよそ次の通りに吹き込んだ。

「先日、ご依頼状を差し上げました『ビジネスウォーズ』の大原史郎と申します。

突然のお願いで恐縮ですが、誤解、曲解による記事、評論などに対し、不本意にお感じになっていることなど、率直なお話を聞かせていただけると幸いです。

後刻、またお電話させていただきますが、入れ違いになるようなことがあれば、お手紙に書きました電話、メールアドレスなどにご連絡たまわれば幸いです」


昼飯を終えてからは編集部に戻った。

依頼状にうっかり編集部の電話番号も書いてしまったから、ここで待ち構えているしかなかった。万一電話がかかってきたら、周囲にその内容を悟られないよう、どういうやり取りをしたらいいのか、一応シミュレーションはできている。

テーブル上の電話機とスマホに神経を尖《とが》らせながら、大原の視線はその手前に拡げた資料の文字群に向けている。どれも「早坂電器」関係の資料である。その意味はなかなか頭に入ろうとせず目だけが文字の形を追っている。かなり通り過ぎてからそのことに気付き、もう一度文字をたどり直して、ようやく七割がたの意味を読み取る。そんな時間がどのくらい続いただろうか。

おおはらくーん。

フロアに声が響き渡った。大きくはないがよく通る甲高い声だ。

声の主が近づいてきて、デスクにかがみこんでいた大原の頭の上からいった。

「中森会長のほうはどうでしたか？　すぐにいかなくてもいいのですか」

和子の口調はいら立ちを丁寧な言い方で覆ったとすぐにわかるモノだった。

「失礼のないタイミングを計っていました。いま、かけるところです」

大原は慌てて卓上の電話に手を伸ばし、頭に入っている番号を押した。

――はい、中森の席でございます。

事務的に応じたのは小西由紀子だった。

「『ビジネスウォーズ』の大原ですが、会長はおいでになりますか」

――あら大原さん。

小西由紀子の声が和らいだ。

――会長は外に出ていらして、今日はここに戻って来られません。

「ああ、そうですか。それなら明日また改めてご連絡いたします」

ホッとして切りかけたとき、小西由紀子が言葉を継いだ。

――大原さん、わたしもあのリスト、見せていただきました。

「固くて、趣味に合わないでしょう」

――とっても面白かったですわ。あそこに出てくる経営者の方の中に、わたしがお店をやっていた時、お目にかかった方もいらしたりして……。

「本当ですか？」

どの事件ですか、と問いかけて話を逸らした。和子の耳が頭の上にあることをつい忘れていた。

慌てて「それではまたご連絡いたします」と電話を切ると和子が聞いてきた。

「いらっしゃらなかったの？」

「ええ」

「だから、あなたが朝のうちに電話をしなきゃダメだったのよ」

「また改めてご連絡しますので……」

それ以上、追及することなく和子が部屋を出ていくと、大原と和子のやり取りに聞き耳を立てていた部屋の緊張が一気にほどけた。

それを待っていたように席を立って玉木が話しかけてきた。

「大原さん、中森会長に大いに気に入られているそうじゃないですか。きみは一匹狼の強さがあるから、『ビジネスウォーズ』で一歩一歩進むより、中森会長のような怪物の下で、のるかそるかの大博打《おおばくち》を打つほうが似合っていますよ」

言葉の隙をついてやることにした。

「私が中森会長に気に入られているって、どなたがいわれていました？」

いやまあ、と口ごもって答えにならず玉木は部屋を出ていった。三階に上がったのだろうか、今のやり取りだけで和子に報告する材料があっただろうか？

また資料に視線を落とした。するとたちまち六人からの電話のことが気になり、文字のつながりが追えなくなる。それでも懸命に資料に集中しようとした。

「偶発債務」について、探るべき謎の焦点はくっきり絞れてきている。

誰が、何のために、あんなぎりぎりの時点で、早坂電器の「偶発債務」がこれまで示されていたよりずっと大きいことを開示したのかという前回の原稿の時点での疑問にまた戻ったのだ。

「何のために」を素直に考えれば次の二つの答が浮かんでくる。

第一は「早坂電器」の企業価値を下げて、買収金額や組織・人員の整理など買収条件を切り下げることである。

第二は買収するには経営状態が悪すぎることを露骨に示して、買収断念を選択しやすくすることである。

ここに「誰が」が絡んでくる。一も二も、あまりにも気前のいい買収条件を提起した周太洋が、自分にとって有利な立場を作りなおすためにしたと見えるが、そうともいいきれない。

周太洋に買収を断念させたい勢力はあちこちにいるのだ。

まずは経産省である。経産省は国家として薄型液晶パネルの最先端技術を持っている「早坂電器」を台湾に奪われたくはない。自分の支配下にある「産業革新機構」のもとに抱え込みたいのだ。

直接、周太洋に当たったのに、官には抵抗しきれないパワーと理屈ではじき飛ばされたので側面攻撃で足を引っ張ろうとした可能性がなくもない。

二つのメインバンクの間にもスタンスの違いがある。メガバンクの中でも経営の厳しい「いろは銀行」は何とか損失を少なくしたいため気前のよい周太洋案に乗っているが、「千代田銀行」のほうは経産省、金融庁に近く「早坂電器」を台湾のものにしたくないという経営陣内部の発言力も弱くはない。

いろは銀行の剛腕の武藤《むとう》頭取がそれをひっくり返そうとしきりに永田町、霞が関に働きかけていたという未確認情報はいくつか入ってきていた。

この辺りのことは暫定稿にこう書かれている。

——まず経産官僚は、千代田銀行に先に意向を伝えたようだ。それを担ったのは本省の官僚ではなく経産から官邸官僚となった内閣府の首相補佐官らしい。となればもう経産マターではなく、官邸案件となっているのだろうか。

「千代田銀行は、経営状態も悪くはなかったし、日本の技術を安易に海外に流失させることに抵抗感を持っていたようだ」（前出金融ジャーナリスト）

しかしいろは銀行はそうはいかなかった。

「いろはは利益幅を大きく減らし、日本の技術を大事になどと綺麗なことをいってられる立場になかった、損失を最小限に抑え込みあわよくば儲《もう》けたい、それには周の出した条件が有難かったんですよ」（同）

経産&千代田銀行的思惑を実現するには周太洋を振りほどかなくてはならない。

〝肉を切らせて骨を断つ〟とばかりに「偶発債務」をぎりぎりの時点でさらけ出し、周太洋を振りほどく捨て身の技だったとも思える——

（前出金融ジャーナリスト）となっているのは、田中雄介が取ってきた証言だが、たぶん同じ「東都新聞」の財研（財務省記者クラブ）にいる後輩だろうが、そのことを打ち明けようとはしない。現場の仕事が少なくなった田中にとって「ビジネスウォーズ」の仕事はまずまずの小遣い稼ぎとなっている。そのネタ元を大原に知らせるほど甘くはない。

ひそかに会う時に使う場末のバーで田中に暫定稿への意見を聞くと肩をすくめられた。

「何かお忘れではないですか」

「…………」

「この時点ではもう革新機構は早坂電器とはすっかり手を切っていたんですよ。周を振りほどいたら、何の救いの手も残らないことになります」

「まだ首の皮一枚残っていたろう。首相補佐官と官房長官に厳命されていたはずじゃないか」

「官房長官はそのつもりだったのですが、いろは銀行の武藤頭取に『この段階で神海ではなく、革新機構に乗ったら当行は株主代表訴訟をされて、当行の誰もかれもがみぐるみはがされてしまいます』と捨て身の反論を食らいそれ以上、突っ込めなくなってしまったのです」

「それ取材原稿にあげてくれていないだろう」

「あげましたよ」

それでは「早坂電器」のかつての責任者、三岐《みまた》の大蛇《おろち》はどうか？「東洋デバイス」で華々しく活躍している山形虎雄はもう関心はあるまい。すっかり過去のことになっているだろう。

村川英彦は、三匹の子豚、とりわけ自分を社外に放り出した水沢には恨み骨髄だろう。彼らが手柄顔をするような展開にならなければいいと、それを願っているだろう。副社長の河野敏郎も村川とほとんど同じ心境にあると思われる。

手柄顔ができない。つまり世間から「何という愚かな売却をしてしまったのか、経営者の風上にも置けない」と呆《あき》れられるようになればいいのだ。

だから突然飛び出した「偶発債務」は、彼らにとって嬉しいことだったろう。「ざまを見やがれ」と祝杯を挙げたかもしれない。しかしそのために彼らが何か仕掛けをできたのか？ その可能性をイメージすることはできない。彼らはもはやそれほどの力や熱意を持ち合わせているはずがない。

では現役の「早坂電器」の社員や経営陣はどうなのか？

一般社員はすでにほとんどが、自分たちの行く末について判断停止状態にある。「早坂電器」を愛しているから、日本企業のままであってほしいという思いはとうの昔に失っている。

このままでは去るも地獄、残るも地獄と思っている社員が大半だろう。その点、「神海」に抱え込まれたほうが展望が切り拓かれるかもしれない、という一縷《いちる》の望みを持っている者もいるが、去るも地獄なのはどちらになっても同じだと思う社員が圧倒的に多い。

水沢を筆頭とした経営幹部、三匹の子豚の気持ちがどうなのか？　これを判断するのが一番難しい。

彼らは二つのメインバンクと経産省・革新機構と周太洋という三つの勢力の狭間でぎゅうぎゅうの目に遭わされてきた。

もはや当事者能力を失い、ほとんど二大バンクの言うがままだというのが周囲の評価だが、その中で水沢も湯川も中西も少しでも自分の面目が立つ道を選ぼうとしている。

社長になった当初、実力ＯＢ達を切り捨てたことで社の内外から称賛された水沢は最もええかっこしいだから一番そのことを望んでいる。気前のいい周太洋の買収案は自分の手柄だと世間にいわれたいだろう。

技術畑のトップとなった湯川は技術の「早坂電器」が評価される買収を勝ち取りたがっていた。周太洋の買収案は彼にとって望ましいものだっただろうか？

三代にわたり「早坂電器」の財務を握り、経営者としての力量は最も高いとメインバンクからも評価されていた中西は内心、自分以外の子豚を馬鹿にしていたかもしれない。どこかで、(おれを軽く見るなよ)と自分の力の見せ場を作りたかったのかもしれない。

ところがどういうわけか、「偶発債務」の厳しい数字を周太洋に開示することを申し合わせたあの経営会議に中西は出席していなかったという。

欠席はメインバンクの意向によるものだという噂《うわさ》も、中西自身の意向だという噂も聞こえてきたが、どちらであろうともその後に起きたことを説明できないのだ。

この辺りの見立ては田中雄介ら主だった取材者とは共有している。

3

17：05。依頼状を送った六人から何の連絡もない。

資料から顔を上げると、すぐ隣の編集二課の島で、佐伯と永瀬が何か声をひそめて話している。言葉の断片から特集「経産官僚の時代」の話だと知れた。

新谷英明の取材の後、永瀬がテープ起こし原稿を見せてくれようとしたが、「ぼくはいいよ」といって断った。見れば何かいいたくなるかもしれない。なるべく口を挟まないようにしようと、いつの間にかそれを心がけている。

二人の話の途中でドアが開き隼人が部屋に現れた。そのまま大原の席に来て耳元で「会長が強引ですみません、よろしくお願いします」といった。

それから佐伯と永瀬の話に加わると、一課の島にいた玉木が立ち上がり隼人の隣にいった。和子や隼人が二階に来ると必ず自分が秘書であるかのように近くに侍《はべ》るのだ。

「それは違うんじゃないかな」

玉木が永瀬にいったようだが、もう少し聞きましょうよと隼人にいわれ口を閉ざした。

大原のデスクのスマホが震えた。それ以上に大原の心臓が震えた。来たかもしれないと液晶画面を見て軽く落胆した。

「はい、大原です」

――ああ小西ですが、いまよろしいですか、中森に代わります。

たちまち野太い声が耳元に響いた。

――おれだけど、電話くれたんだって？

「和子会長からお電話するように申し付かったものですから」

――きみのテーマ・リスト面白く拝見しましたよ。いろんなことに取り組んできたんだな。それで一度、談論風発《だんろんふうはつ》をやりたいと思ってね。

「はあ、覚悟しています。会長から社命だといわれておりますので」

――社命！　きついね、おばはんも。ところで今夜は空いているの？

「いま大事な電話を待っておりまして」

――このスマホを持って出ればいいだろう。

「会社に来るかもしれませんし、こちらが辞を低くしてお願いしている件ですので」

突然、中森が話題を変えた。

――大原君、きみ、まだあの碁会所《ごかいしょ》にいっているかい？

面食らいながら、何年か前、岳人に連れられ中森と共に「天元」に行く流れになったことを思い出した。

「ええ、まあ」

——それじゃ、一時間後にあそこで待ち合わせようや。個室があったろう、予約しておくから。電話のことはきみほどの辣腕《らつわん》なら何とでもなるだろう。頼みますよ。

返事を待たずに電話を切られ、その強引さに怒りより、なんだか面白くなりそうだという気分が湧いてきた。時々メディアを賑《にぎ》わす辣腕経営者、中森勇雄の行動力が好ましく思えた。「あなたはジジ殺しなのよ」という和子の言葉が耳に蘇った。

どう対応すべきかすぐに考えていた。

ここで待っていられなくなるのなら、こちらからひと通り六人に電話をかけよう。きっと誰も応じてくれないだろうが、それをやっていれば万一編集部に電話があったときに言い訳になる。

大原は資料を袋に入れそれをカバンに収めた。

「お先に」と誰にともなくいって部屋を出た。階段を下りる途中で近くにある公園のベンチを使おうと心を決めていた。もうそれぞれの会社は終わっているのだから自宅にだけ電話を入れ、留守電を残せばいい。

繁華街の吹き溜まりのような場所にある公園にはほとんど人がいなかった。ブランコの奥の二つのベンチの片方に、こぎれいなホームレスなのか草臥《くたび》れた営業マンか判別しにくい男がすわっていた。

男と最も離れた位置に腰を下ろし、片端から電話をかけていった。まず家庭の電話、これはすべて留守番電話だったので短い伝言を入れた。会社も念のためかけたが、一社以外は「営業時間が終わりましたので……」となり、一社は相手までつないではくれなかった。

六番目の電話を切った手の中でスマホが震えた。もしやと思って画面を見ると期待していたのとは別の名前があった。すぐに事情が呑《の》み込めた。

「中森さんていまでも来ているの？」と電話に出た。

――五年前なら半年に一回くらいかな、一番最近では三年前に岳人社長とご一緒にいらしたのが最後よ。それで何なの？　今日は。

と愛野が答えた。

「おれに会いたがっているんだ」

――幽玄《ゆうげん》の間を予約されたわよ。それで何をしようっていうの？

「それがおれにもよくわからない」

そう言いながらベンチから腰を上げ、駅への道を小走りになった。

# 4

中森の電話からちょうど一時間後に「天元」のドアを開けると目の前に、いつもはくすんでいる部屋を明るませる女が立っていた。

「時間に正確なんですね。会長がいっていた通り」

小西由紀子だった。入口脇の「幽玄の間」のガラス越しに手を上げる中森が見えた。

中に入ると碁盤の前から中森が笑声を上げた。

「せかせて悪かったね。きみも忙しいようだし、おれも明日から混んでいるんだ」

愛野がトレイに二つのコップ酒を乗せてやって来た。

「会長ったら、三年ぶりなのに、毎週来ているみたいに大きな顔をして……」

愛野が去り、ひと口飲んでからいきなり中森が問うた。

「それで今は、あのリストの中の何をやっているんだ？」

「あれこれ資料を読み込んでいます」

「おれにいったからって、和子さんにすぐもれるってことはないから正直に話せよ」

「嘘《うそ》なんかついていません」

「じゃあ、誰の電話を待っていたんだい？」

問われて逆襲することにした。

「会長は、今日の午後、どちらにいらしたんですか？」

中森は一瞬、言葉を飲み、笑い出した。

「それじゃなきゃ、経済雑誌なんかやれんよな」

中森は座り直して碁笥《ごけ》のふたを開いた。

「きみ、いまここで何段でやっているんだ」

「五段ですが、六段はあると思います」

「じゃあ、互先《たがいせん》でやろう。きみ黒でいいだろう？」

互先とは同ランクの戦いということだ。先に打ち始める黒が有利なので、あらかじめ相手に六目半の地所があることにして勝敗を決める。同格の相手に碁を挑まれては断る気になれない。

中森のエネルギーに飲み込まれまいと、三回ほど深く長い静かな呼吸をしてから黒石を作法通り右上隅に打った。

「石の持ち方は一人前だな」

中森はすぐに対角の隅に打ってきた。

大原はまた三回、深呼吸をしてから右下隅に打った。中森はすぐに対角隅に打った。

手が進んでいく。大原は必ずひと呼吸、あるいは十数秒ほど考えるが、中森は大原が打つと間髪を入れず次の手を打つ。

エネルギッシュな高齢者にありがちな打ち方だが、それでも中森の手に乱れはない。

「三年ぶりとは思えませんね」

ついお世辞のような言葉が出た。中森はそれには応じない。

「月に一回、プロに教えていただいているんですよ」

盤側に座っていた小西由紀子がいった。

「それは内緒っていったろう」

表情を変えずに微妙な手を打ってきた。今までとは違い定型から外れた手である。

「こういうところはプロに教わっていないんですか」

そういってから昔、囲碁雑誌で見た嵌め手《はて》だということに気づいた。相手が間違いそうな手を打って混乱させ大きな得を図る手である。正しく応じれば打ったほうが損をする。

一分ほど考えて正しい応じ方をくっきりと思い出しその手を打った。

「知っていたか」

中森は愉快そうにいい軌道修正を図った。そう応じれば中森にもほとんど損はない。

「やっぱりきみは油断ならんね。和子さんじゃ勝てるわけがない」

「何をおっしゃいますか、相手はわが社で一番偉い会長なんですから負けるわけがない」

盤から目を離さないまま軽口で応じた。

「肩書が仕事をやるわけじゃないからな」

「仕事をやらなくても、肩書は人事をやりますから」

盤側の由紀子が笑いだし、つられて中森も笑った。

中盤の生死をかけた攻防に差し掛かると中森も考慮時間を使い始めた。それでも大原の半分も時間をかけない。

「きみ、考えているんじゃなくて、ただ迷っているんだろう」

「いいえ、会長のように直感だけで打つのは心配ですからよく読んでいるのです」

「直感こそ最善の判断なんだぞ」

「会長のようなことをいわれる経営者がいるから若いビジネスマンが道を誤る」

最終盤の勝負所に来て中森が考え込んだ。

現在は少し自分のほうがいいと大原は思っているが、この競り合いに勝ったほうが勝つだろう。

眉間にしわを立てて考え込んでいる中森を見て、「直感はどうしました」と軽口をいいたい気分になったが控えた。この局面で中森の集中を乱してはなるまい。三分後、中森が音を立てて盤面に白石を叩きつけた。もっとも恐れていた一手だ。

大原も考え込んだ。中森は黙ってコップ酒に手を伸ばした。まだ半分残っている。どのくらい時間がたったか分からない。迷いながら次の手を打った。中森の次の手は早かった。小考して大原が応じた。中森はすぐに次の手を打つ。これが大原の読み筋になかった手だ。大原は対応を考え始めたがいくら読んでもいい手が浮かばない。長考になったが中森は軽口を入れてこない。

次の手は迷いながら打った。大原の考慮中に中森は応手《おうしゅ》を考えていたのだろう。すかさず打ってきた。大原も長考はしなかったが迷いの手だった。

数手後に競り合いの結果が出た。成果は中森の白が七割、大原は三割だった。盤面を見渡して大原がいった。

「負けました」

あら、会長凄い！　傍らから小西由紀子がいった。

「おれに飴《あめ》をしゃぶらせたんじゃないだろうな」

「もちろんです」

「きみの碁は筋も形もいいんだけど、ごまかしがないからこっちも間違えない。悪いことじゃない、その先に本当の上達がある」

「私に飴しゃぶらせてるんじゃないですよね」

中森は大笑してコップを手にし大きく呷《あお》った。大原も中森の半分くらい飲んだ。

「それで重要な電話はどうなった？」

「連絡取れずです」

愚痴のような言葉がポロリとこぼれた。

「きみのような誠実な編集者に返事も寄こさない横柄な経営者がいるんだ」

起きているすべてを見抜かれているような気になった。

「それは応じない権利が先方にありますから」

「そりゃそうだ。おれも何度もそういう対応をしてきた」

大原さんが特別なんですよ、会長からこんなに熱心にお誘いするのは、と小西由紀子が口を挟んだ。

「誰なんだい、その権利を行使している奴は？」

口ごもった。軽口の延長で話せることではない。

「早坂電器だろう？」

「どうして？」とまで言って言葉を飲んだ。イエスと答えたことになってしまう。

「きみのリストの中で、今も記事になりそうなのはあそこくらいだろう。その上一番愛想のない説明があそこだった。これは隠しているな、と」

「そんなことはないでしょう」

「で、水沢雄三だろう」

「和子会長に何か聞かれたんですか？」といって二度目の失言に気づいた。和子が知っているはずはないのだ。

「水沢は返事さえ寄こさないのか」

大原は答えられなかった。

「そんな奴じゃないんだけどな」

「ご存じなんですか」

「ああ、東京商工会議所の企画委員会で一緒だった。気のいいやつだよ。いま子会社で監査役をやっているんだよな」

大原がうなずくと、彼に会いたいんだなといって由紀子に手を伸ばした。由紀子は小さなハンドバッグの中からスマホを取り出し中森に渡した。

不器用そうな指使いで画面に触り、出るかなといいながら耳に押し当てた。息の詰まるような空白の時間の後、中森の声が弾けた。

「ああ、水沢社長、バリューフーズの中森です。あのときはたいそうお世話になりました」

機嫌のいい丁寧な口調で、今は「早坂電器」と縁のなくなった水沢を社長と呼び続け、近況をやり取りしてから、いきなり核心に踏み込んだ。

「私んところで新しく創刊しようと計画している新雑誌の編集長候補に大原君というのがいましてね、社長にお目にかかりたいと、生意気なことをいっているんですよ。なに、いまは老舗《しにせ》の経済雑誌にいるものですから、疾風怒濤《しっぷうどとう》の経験をされた社長の思い出話を伺いたいというところです」

ちらっと大原に目をやった。

「ええ、その大原史郎君です。ええ『ビジネスウォーズ』の主《ぬし》みたいな男で、この間の北畠さんの絶筆を仕掛けた腕利きですよ」

　先方が大原の依頼状の話を持ち出したようだ。

「はあ、そんな微妙なことを伺おうと、……やっぱりアグレッシブな奴ですな。私が見込んだだけのことはある」

　笑いに紛らした。

「でも水沢社長だって、御社と神海がいまのような展開になっている以上、できるだけ真相を話してあらぬ誤解はふっ飛ばしたいでしょう」

　また大原を見た。

「ご事情はよく分かりました。それなら一両日中にご検討いただきご連絡下さるということで、よろしくお願い申し上げます。すっかりご無沙汰していますが、近々一度、東日本カントリークラブに行きましょうよ」

　電話を切ってから大原にいった。

「みろ、きみのおかげでゴルフをやることになってしまったよ」

「はあ」

「もう一度、依頼状をよく読んで考えてみるといっていたよ。ゴルフくらいしないとあかんだろう」

「すみません」

ありがとうございます、という言葉は喉の奥で押し止めた。頼んだわけじゃない、勝手にやったのだ。

「連絡はおれんところに来るから、来たらすぐにきみに伝えるよ、あの様子ならいい返事に賭けていていいぞ」

「すみません」

「強引でしょう、会長は。周りの人が困っていても平気なんですから」

小西由紀子が笑みを浮かべて割り込んできた。

「困るなんてことはないだろう。大原君が望んでいたことなんだ」

「あの感想とリストを拝見して、会長、すっかり大原さんのことを気に入ってしまって……」

「恐縮です」

「あれだったら全部、うちの新雑誌でもやれるよ」

大原はコップ酒を口に運んで時間を稼いだ。どういったらいいのだろう。

「あれは」ぽつりと言葉をひねり出しながら頭をフル回転させた。

「岳人社長との連係プレーで生み出した弊誌の財産ですから、あれをやるのは弊誌です」

「岳人はあっちへ行っちゃったじゃないか」

天井に向けて顎を突き出す仕草をした。

「受けた御恩も、岳人社長の理念も『ビジネスウォーズ』に残っていますから、私はきちんと継承したいと思っています」

何かを言いかけ口を半開きにした中森の表情が一瞬、固まったが、すぐに和らげて言葉を発した。

「本気か？　岳人に恩返ししたいのか？　うまい言い訳なんだろう」

中森の目をただ見返すことしかできない。

「だからお前、和子さんの要求を呑めないわけか。隼人君のために身を引くって気持ちにはならないわけか」

今度は大原の表情が固まる番だった。

そんなふうに考えたことはない。やり残したものを片付けるために「嵐出版社」に居続ける、隼人を一人前にしてくれと岳人に頼まれたから居続ける、そう思っていたが中森のいう通りなのかもしれない。岳人がおれを一人前の編集者にしてくれた。実社会に出てからの育ての親なのだ。

「きみ、そのことを和子さんにいったのか」

苦笑いをして心中が混乱しているのを誤魔化した。

困った奴だなと小西由紀子に語りかけてからいった。

「じゃあ、一年、きみにやるからその間に岳人の恩にすっかり報いたらいい」

「一年やるって、中森さんに私の月日を預けたつもりはありませんが」

「生意気な奴だな」言葉とは反する笑みを浮かべた。

「嵐出版社は和子さんと隼人君のものなんだ。彼女らのやりたいようにやらせなきゃ筋が通らないだろう」

「それは分かっています。でもまだ早すぎるでしょう。それに隼人君は私を会社に置いておいてくれるつもりです」

「あの子はおれの前では和子会長のいう通りにするといっているぞ」

隼人の心が揺らいでいるのは大原も感じている。しかし先ほどの隼人は母の強引さを謝ってくれた、自分の味方なのだ。

それ以上の決定的な会話は何も交わさず、中森は「まだ他に用があるんだ」といって由紀子を伴い「天元」を去っていった。

入れ替わるように愛野が部屋に入ってきた。

「何かやりこめられていたわね。会長の声が部屋のガラスをびりびり響かせていた」

「中森さんが勝手にいいたいことをいってただけだ」

「オーさんも会長には弱いのね」

「中森さんが、おれにとってありがたいことをやってくれたんで、敬意を表しておとなしくしていた」

「なにをやってくれたの？」

大原は曖昧《あいまい》なことをいってごまかした。ここで打ち明けたら一両日中に返ってくる水沢の応《こた》えが悪いほうに出るような気がした。

中森は水沢に親し気に遠慮なく注文を付けていた。あれほどの仲なら会うだけは会ってくれるのではないか。いま大原の中にそういう心証がある。

「今日、岸田さんは？」

「この時間に来てないんだから来ないんじゃない」

「それじゃ、おれも出直してくるか」

「待ってよ、あれどうなったの？」

「あれって？」

「この間キッシーに頼んでいた件よ」

思い出したが、愛野があの話に関心あるとは思わなかった。

「うまくいったよ。岸田さんも『月刊官僚ワールド』時代の人脈と関係は絶っていなかったんだ」

「そっちじゃなくてキッシーに中森さんの新雑誌の編集長を薦《すす》めていたじゃないの」

「喜んでいなかったろう」

「そんなことないわ。半分その気になってそわそわしているって感じよ」

「本当か、参ったな」声が甲高くなってしまった。

「中森さんの気持ちが、全然そっちへ向かわないんだ。なんとかおれを『ビジネスウオーズ』からはぎ取ろうと一生懸命だ」

「それならキッシーがこれ以上その気になる前にいっておかないと」

「おれ、そんなにその気にさせたかね」

「キッシーはそういうことを露骨にいう人じゃないの。だけど二十年も付き合っているあたしにはわかるの」

大原は碁盤の脇の三分の一ほど残っていたコップ酒に口を付けた。

キッシーのええかっこしいがオーさんにはよくわからないかもしれないけど、あたしにはわかるの、と以前も愛野がいった。そのとき大原のことを同じように岸田にもいっているのだろうと思った。

「こうなったらやることはやらなきゃだめよ」

やること？　コップを口から離せなかった。

「中森さんの新雑誌の編集長にキッシーのことを一度はちゃんと推薦して、はっきり断られたらそのまま正直にキッシーにいうしかないでしょう」

少し酒を含んでからいった。

「愛野はいつも正着を打つな」

「岳人社長がいらしたら、女が出過ぎたことというなって怒られちゃうところね」

「あの人は男と女を区別するところはなかったよ。それこそ正着だけを大事にした」

「だってあたし怒られたもの。自民党のN先生と来た時、何か口を挟んだら、ママはちょっと黙っていてくれって」

「…………」

大原は自分と岳人の間にそんな場面があったか頭の中を探った。あったかもしれない。岳人には連れの反応を読んで場面を演出するところもあるのだ。

「そうするよ」

そういって大原は「天元」を出た。

舗道を半分以上埋めている雑踏の流れに身を任せる。愛野の正着と中森が発した勢いのいい言葉が切れ切れに脳裏を飛び交っていたが、正着はすぐに落ち着いた。岸田が期待しているなら愛野のいう通りにしなくては申し訳がない。

中森の言葉はなかなか落ち着かない。

まるでもう大原の雇用主になったかのようなセリフより、水沢が依頼状をよく読んで考えるといったという言葉のほうが勢いを増している。

いや「いい返事に賭けていていいぞ」のほうが決定的だ。中森があぁ請け合ったんだから間違いないだろう。

気が進まない相手とも会ってみるものだ、と思った。どこにどんなチャンスが転がっているか分かったものではない。

しかし、と頭の中身は別の方向に傾く。

「一年きみにやるからその間に岳人の恩にすっかり報いたらいい」というセリフが通奏低音のように頭の中でリフレインし始めている。

その後のおれの人生を手に入れたような言い草だ。ここで中森の手で水沢に会って話を聞くことができたら交渉の力関係は向こうに大きく傾く。それでなくても和子と二人三脚のあっちのほうがずっと有利なのだ。

# 10章　土下座

## 1

車窓の外に広がる街並は、慌《あわ》ただしく昼の装いから夜の装いに着替えていたが、大原の目は何も捉えていない。

その日も大原はほとんど終日、編集部の自席にいて、二種類の連絡を待っていた。一つは取材依頼状を送った「早坂電器」の旧経営陣たちからのもので、もう一つは水沢の返事を伝えてくる中森からのものだ。

着信音が営業課の隅のデスクで鳴っても体がびくりと動いてしまった。

しかしほとんど諦《あきら》めている経営陣からも、絶対に来るだろうと思っていた中森からも電話もメールも来なかった。中森から来なかったということは水沢が返事を寄こさなかったということだろう。つまり「ノー」なのだ。

背中の力が抜けるような落胆を覚えたが、それを正面から悔しがれないでいる。胸を叩くように請け合ったのに失敗したとあれば、中森の大原に対する交渉のポジションが弱くなる。

「一年きみにやるよ」などと、自分がその人生を握っているように大原の態度決定を迫る勢いは弱くなるだろう。中森ルートから水沢に会えなくても、そっちのメリットで良しとして自分で別のルートを開拓するのが正着だ。

午前と午後、一回ずつ和子が二階にやってきたが、大原に「早く中森に会うように」と催促はしなかった。

もう大原君に会ったよ、と中森から連絡がいったのだろうか、それほど二人の連携は取れているのだろうか？

退社前に、水沢以外の五人の経営者に電話をしてみたが、皆、昨日と同じ反応だった。水沢にも中森にも連絡はしなかった。結果がどう出ようとあれはとりあえず中森に預けてあるのだ。

岸田に「天元」に来られるのかと確かめてから「嵐出版社」を出た。

昨日、愛野から示された正着は、岸田に本当にその気があるかどうか確かめずに中森に取り次いでは〝勝手読み〟になる。確かめてみようと思っていた。

囲碁でよく使われる言葉だが、人間関係の多くは勝手読みで成り立っているだろう。相手の考えていることを勝手に決めつけ、それを前提に行動をしてしまう。とんだ勘違いとなってトラブルを招きかねないがそれでもうまくかみ合うこともある。

「どうだった？」

入口を入ると愛野が第一声そういった。

「何が？」

「大会長の首尾よ」

「まだ音沙汰なしだ」

「はらはらドキドキね」

馬鹿いえ、と強がってから「幽玄《ゆうげん》の間」に向った。

岸田はまだ来ていなかったが、愛野がお茶を持ってやってきた。

「大会長があれだけいったのにね」

大原は黙って碁笥《ごけ》に手を入れた。愛野と打つつもりはない。指先で石をじゃらつかせ、その感触で心を鎮めるのだ。

今日の昼休み、会社近くの公園で田中雄介を始め、偶発債務《ぐうはつさいむ》の謎について取材を深めてくれるように発注した奴らに電話を入れたが、皆、謎解きの二歩も手前で足踏みをしている状態だった。

田中は愚痴っぽくこういった。

「うちの『財研』（財務省記者クラブ）の若いのは、やっぱりどうして中西さんがあの会議に出席しなかったのか分からんといっているんですよ。偶発債務が突然飛び出してきたのは銀行の意向だなんていう奴は頭がおかしい、早坂の値段が下がることは誰も望んでいなかった、と」

「そんなことはあのとき何度も聞きましたよ。何とかその先に行ってくれませんかね」

「今の若いのはほとんどがヒヨコのように口を開けて発表情報を待っているだけだからな」

他の奴らは、申し合わせたように「今いろいろ当たっている所です」といった。

もっと本気で当たってくれよ、といえるほどの力関係ではないのだ。

どこかに何かいいルートはないだろうかと、スマホのメアドを隅から隅までチェックしているところに岸田が現れた。

「ご指名とは驚いた。そんなに白星をくれたいのか？」

「いやもらいたいのさ」

そういって盤の前に座り直した。岸田が白石、大原が黒石。一度、認め合ったランクは内心不満に思おうと簡単には変えない。

心を平らかにして最初の一手を右上に打った。上級者には上級者の側から見て打ちやすい右手前を開けるという作法である。

最初の、およそ打ち方の決まっている数手を打った後、心が落ち着かないのを感じた。

盤面のことではない、愛野から示された正着をいつ打ったらいいか迷いが生じていたのだ。

打ちながら世間話のように切り出したものか？　一局、打ち終えてからがいいか？　そのほうが落ち着くがそれまでに一時間ほどかかる。

「うむ」岸田が盤上に身を乗り出していった。

「そんな手があるんですか」

すぐに失着だったと気が付いた。しまったと思うと同時に迷いから逃れる道が見えた。

（この手をとがめられて大敗の形勢となり、負けましたと勝負を投げればいいのだ）

しかし次に岸田が打ちおろした一着は、大原の失着に付き合うおかしな手だった。ここで大原が投げれば不審に思われる。

また十手ほど常識的な手を打ち合ってからいい場面が来た。

岸田が成功するかしないかよく分からない微妙な手で、大原の黒石を攻めに来た。正しく応じるのは難しい手だ。ここで受け損なっても怪しまれることはない。

入念に考えたふりをして碁笥の石をつかんだとき、トレイを持って愛野が入ってきた。

「オーさん、キッシーより実力はおれのほうが上だなんて、いつもいっている通りになってるの？」

石を碁笥に戻した。わざと受け損なえば岸田は見抜けなくとも愛野は見抜く。

「オーさん、そんな不埒《ふらち》なこといってんのか」

「キッシーだって、××さんよりおれのほうが強いっていつもいってるじゃない」

それだけいって愛野が消えるとすぐ「あのさあ、岸田さん」と切り出していた。

岸田は視線を盤から掬《すく》い上げるように大原を見た。

「あの中森さんの雑誌の話、あれ、中森さんに正式に話してみていいのかな」

「正式にって、おれだって、中身のことを聞いてみなきゃ、判断できないし」

「中森さんに会って、編集方針やギャラのことなんか聞くのはいいんだね」

話が別の迷路に入りだすのを感じながらそう答えるしかなかった。

「会うだけならいいよ。誰かに会う仕事を何十年とやって来たんだ」

今の段階で中森に、自分ではなく古くからの友人の岸田氏を新雑誌の編集長に推薦しますがいかがでしょうと提言する選択肢はほとんど閉ざされている。それでもその場を設けるのが正着なんだ。愛野のいう通りだ。

「分かった、中森さんに打診してみるよ」

碁を再開した。投げる場面を待ち受ける気持ちはきれいに消えていた。その代わりを自分の中の支離《しり》滅裂《めつれつ》を責める苛立ちが埋めていた。きつい手を選んだ。勢力を重視した手ではなく相手の石を攻めて皆殺しにする手だ。

「なんだよ、そんな無茶な手が成立すると思ってんのか」

中森との話がうまくいくことを楽しみにしているかのように岸田の声は弾んでい

る。

岸田は大原の強引な手の弱点を巧みについてくる。しだいに大原の石のほうが危なくなってきた。それでももう投げる気は皆無になっている。投げるくらいなら玉砕あるのみだ。

胸のポケットでスマホが震えた。しばらくは気付かないほど勝負に集中していた。打ちおろそうとしていた石を碁笥に戻し液晶画面を見た。

中森の名前がある。

ちょっとごめん、と「幽玄の間」を出て「天元」の入口の脇に立った。

「大原です」

――おれだけど、水沢の奴、行方不明なんだよ。秘書にも行方がつかめないというんだ。そんな馬鹿なことあるか、と秘書を怒鳴りつけたんだけど、謝るばかりなんだ。連絡が取れたらおれに電話をくれるということで今まできみを待たせたけど、まだ連絡がないいんだ。

液晶には「20：18」という時刻がある。

「ええと、そうしますと」

――逃げてるんだろうな。……ということはきみに会いたくないということだ。きみも嫌われたものだな。

「経営者に嫌われるような記事に取り組まなきゃ、経済雑誌の意味がないじゃないですか」

――しかしあそこまでの約束を逃げられるようじゃ、泣かせの中森の名が泣く。おれはこれからあいつを追い詰めるからな。ちょっと待っていてくれ。

「どういうことですか？」

――今からあいつの自宅《いえ》に行ってみる。

「それはやめてください。そんなことをして会ってもらったって、こっちの知りたいことを喋《しゃべ》っていただけなくなる」

――喋らせるのはきみの領分だ。おれは会わせるところまで引き受けたんだ。

「やめてください、困ります」という言葉を最後まで聞かずに中森は電話を切った。

スマホを握ったまま大原は茫然としていた。これでは水沢へのルートは完全に絶たれる。水沢から他の経営陣にも「大原には気をつけろ」という注意報が発令されるかもしれない。

スマホを握り直しパネルに触れた。

――お待ちしてました。

笑いを含んだ声でいったのは小西由紀子だった。

「そばに中森さん、います？」

――いま出ていきました。わたしも同行するように言われましたが、いまでもかなりの時間外ですから。

「水沢さんのところですか」

――そう思います。

「参ったな。台無しになっちゃう」

――わたしもそう申し上げたのですが、スイッチが入っちゃって止まりません。

「会長の車ですか？」

――もう運転手さんが帰りましたのでタクシーかと思います。

そそくさとお礼をいって電話を切った。

大部屋の常連が二組並んで打っている席の間に愛野を見つけて「タクシー呼んでくれる？　大至急」といった。

「幽玄の間」を開けて岸田に声をかけた。

「悪いけど、これ、打ち掛けにしてくれる？　あ、ぼくの負けでいい」

「どうしたの？」

一瞬、考えて岸田も巻き込んだほうが話が早いかもしれないと思いついた。

「バリューフーズの中森会長が大暴れしようとしているんだ。よかったら岸田さんも一緒に行ってくれないかな。さっきの話もできるかもしれない」

岸田は怪訝《けげん》な顔をしながら席を立った。中森の新雑誌に関心があるのだろう。切ない結果になるだろうが、愛野のいう正着を打ち続けるしかない。

「三分後に歌舞伎町交番の角ですって」

愛野の声に送られて階段を下りた。水沢の自宅までは「バリューフーズ」の本社より「天元」のほうが車で十分以上は近いから先回りできるだろう。

交番の角まで大股で歩きながら事情を話すと岸田が愉快そうにいった。

「中森氏はそういう人なのか。永田町にはよくいるタイプだけどな」

「ぼくは中森さんが水沢さんと接触するのを何とか止める。体を羽交《はが》い絞《じ》めにするかもしれないけど、場合によっては、岸田さんも協力してよ。落ち着いてから中森さんに紹介するから」

「それじゃ、最初からおれの心証が悪いな」

「勘弁してよ。ぼくなんかもっと心証悪いのに口説かれているんだから」

## 2

タクシーの運転手に住所を教え二十分ほどで見覚えのある商店街の入口に到着した。二年半前に二度夜討ち取材をかけたが、目的を果たせなかった時に見たコンビニがまだ同じ姿で建っている。

その前で車を降りた。水沢の家がある住宅街の二区画か三区画手前になるはずだ。ここから「水沢家」の前までは会社帰りのサラリーマンに混じって歩いていくつもりだ。

迷うことなく見覚えのある家の前に出た。間口十メートルは優に超える立派な二階家だが豪邸というほどではない。

通り過ぎてから、「どこで待つかな」と岸田にいった。

「中森さんの車は五日市《いつかいち》街道をさっきのコンビニの一つ前の四つ角で右折して反対側からこの道に入ってくるんだろう。だったら……」

二区画先の四つ角までいってそこに立つことにした。反対側から中森が来ても、見かけてすぐに走れば家の呼び鈴を押す前に止めることができるだろう。

「しかし御大《おんたい》は水沢氏にどう働きかけるつもりなのだろう」

岸田がいった。

「ぼくも二人の力関係までよく分からない。常識的には、バリューフーズの会長が早坂電器の元社長にそんな強引なことができると思えないが、あの人、常識的じゃないんだ」

反対側から何台目かのヘッドライトが近づいてきた。慌てて両手を高く上げ大原が走り出した。徐行していたタクシーが軽いブレーキ音を立てて急停車した。

運転手が「バカヤロウ」と怒鳴ったが、その後ろの席から目指す相手が顔をのぞかせていった。

「おい大原君か。何だってこんなところにいるんだ」

「会長こそ、なんでここにいらっしゃるんですか」

大原は声をひそめたが、タクシーを降りてきた中森は辺りを響かせる大声でしゃべる。

「きみとの約束を果たそうと思ってね。いやあっちがおれとの約束を果たしてくれないから、それを催促に来た」

「こっちから丁重にお願いしていることなんですから、こんな強引な催促は困ります」

歩き始めた中森の正面に回り大原は両肩に手をかけた。それを振りほどきながら中森はしゃべり続ける。

「それはきみと彼との関係だろう。おれと彼とは別の関係なんだ」

中森の息が荒くなっている。体はひと回り中森のほうが大きいが、体力は親子ほど若い大原と比べるまでもない。

「お願いですからやめてください」

「まあ、心配しないで見ていろよ」

大原が体を押さえる手に力を込めたので、中森の足は水沢家の隣家の前で止まった。

そのときいきなり隣家の玄関に明かりが灯《とも》り、中年の男がドアから出てきた。眉間にしわを立てて怒声を上げた。

「何、やってんですか」

「ああ、すいません」

大原は腰低く頭を下げたが中森はニコニコしながらいった。

「お隣に用事がありまして」

「ここは住宅街なんですから静かに頼みますよ」

「そのつもりでしたが」

「そういう声だって大きいじゃないですか」

怒気を含んだ声でいって、中年は自分の家に引っ込んだ。

中森は肩をすくめただけでまた水沢家の門に向かって進み始めた。もう強引に止めて大きな声を上げさせることはできないと思ったとき中森が声を上げた。

「ああ、水沢さん、こんな時間に押しかけてきて恐縮です」

門の内側に人影があった。中森の肩越しに目が合い、大原は思わず申し訳ありませんといった。メディアにしばしば登場していた頃より少し太り、当時体中に漂わせていた緊張感はすっかり抜けている。

「中森会長、ご連絡が遅くなって申し訳ありませんでした。そんなところに立っていないで拙宅にお入りください。そっちが辣腕《らつわん》の編集長ということですね」

「はあ、ご無理を申し上げて失礼いたしました」

二人の後ろに控えていた岸田も含めた三人は玄関までの五つほどの敷き石を踏み家に入った。案内された客室は花井部長宅のそれよりずっと贅沢に見えた。

三人を残し部屋の奥に消えていた水沢が間もなくお盆を持って現れた。プラスチックボトルのウーロン茶と四つのグラスがあった。

茶を注いだグラスを三人の前に並べながら、「こんなもので失礼します。あの時以来、女房が初めていらっしゃる客の前に出られなくなりましてね」といった。「早坂電器」が「神海」に買収される前後、大勢の新聞やテレビの記者、カメラマンがここに押しかけてきたことをいっているのだろう。

中森はそれはお気の毒でしたねといってからまじめな口調になった。

「大原君を、何とかして水沢社長に会わせてあげると申し上げた私のお節介はここまでで打ち止めとさせていただきます。後の話はお二人でやってください。わたしがここに居てもいいということなら、おとなしく居さしてもらいますし、居ないほうがいいならすぐに失礼します」

「せめてお茶が無くなるまではいらしてくださいよ」

そういって水沢はちらりと大原の方に視線を走らせた。ボールは大原の手に渡されたのだ。大原は、自分の依頼を無視し続けた「早坂電器」の最後の社長と向き合っているというプレッシャーを感じながら口を開いた。

「こんな形でお目にかかることになるとは思っていませんでしたので、少々面食らっております。誠に申し訳ありません。先日、私が『ビジネスウォーズ』の編集者としてご依頼状を差し上げたのですが、お目通しいただけましたでしょうか？」

「ざっとは眺めましたけど、あんまり気の進むものじゃなかったので、捨てちゃったんじゃなかったかな」

いきなりジャブが来たが辛うじてうち返した。

「御社は多くのメディアにひどい目に遭わされました。水沢社長がガードを固くされるのも当然と思います」

「…………」

「しかし周太洋のとんでもない二枚舌には頭に来たでしょう？」

「彼がああいう人間だということは前から分かっていたからね」

「彼の要求は途中からどんどん厳しくなっていきました」

「それも最初から分かっていた」

水沢の眼には意思を示す光が動かず、自分の言葉が水沢の胸の中の底なし沼に吸い込まれていくような感覚になる。

水沢はこの取材を嫌がっているだけではなく、中森の強引さにも腹を立てて怒りを自分にぶつけているに違いない。早々に核心に踏み込もうと思った。

「私が今日、一番お聞きしたい……」とまで口の中でいいかけて思いついたことがある。核心ではなくこの迂回路が底なし沼に届いているかもしれない。

「二号ほど前の弊誌で京桜電機の北畠大樹元会長の遺言のような本音を特集したもののコピーを同封したのですが、それも捨てられちゃいましたか」

水沢は視線を逸らしたが、言葉を咀嚼《そしやく》しなおしているのが分かった。

「北畠大樹の遺言？　あれはあなたのところでやったんですか？　あの雑誌、読みましたけど、あなたのところとは気が付かなかったな」

「知っていただいていたのですか、嬉しいな」

「あれは痛快でしたよ。読みながら、そうだ、そうだとエールを送ってしまいました」水沢は中森に語りかけた。

「あの雑誌、『面しれえから読んでみなさいよ』って、中森会長から送っていただいたんじゃなかったでしたっけ？」

中森は、そうだったかなという風に軽く首をひねった。

「しかしあの発言はポリティカルコレクトネスを吹っ飛ばしているから、余命が月単位で数えられるようにならなきゃ、いえないよな、って東日本カントリークラブで会長がいわれたじゃないですか」

今度は反対側に首を傾けたが中森は口を開かない。

「あなたが、あの記事を書いたのか」

「今回のように怒られ怒られ、なんとか北畠会長のところまでたどり着いて、やっぱり怒られ怒られ、なんとかあそこまでの話を聞かせていただいたのです」

「北畠さんは、なにもあなたには怒っちゃいないでしょう。いい加減なマスコミやそれに悪乗りした世論に腹を立てただけでしょう。何か不祥事をでっちあげられて、世間に叩かれた経営者は皆あの発言に共感していますよ」

「水沢社長もそうですか？」

「ああ、奴らは売れりゃいいわけだから、小さな出来事も思い切り膨らませて記事を書くし、火のないところにも煙を立てる、ねえ、会長」

「大原君の『ビジネスウォーズ』はだいぶましなほうですよ」

「マスコミの何に一番腹が立ちましたか？」

ひと呼吸考えてからいった。

「やっぱり、私のことを無能経営者と決めつけたことかな」

ひやりとした。まさにそういうタイトルをあの特集記事に付けていた。覚えていないのだろうか？　知らぬふりで続けた。

「ここで反論をおっしゃってくださいよ」

「あの時点で私が口にしてはいけないことだったから無言を通しましたが、私に社長の座が回ってきたときには早坂電器はすでに、死に体だったんですよ」

腸《はらわた》から絞り出すような声で死に体といった。

「村川さんと山形さんが目いっぱいの投資をした液晶パネルはメチャクチャ過剰設備になってしまった一方、市場はすっかり冷え込んでいました。液晶パネル以外に順調にいっている事業もありましたが、売上は微々たるものでした。経営的に成り立たせるには人員の大幅リストラだけではなく、事業部門も半分は売り払い、銀行には追加融資をしてもらうしかなかった」

創業者の縁戚の元経営幹部が、「神海」に買収された半年後くらいに、週刊誌のインタビューで同じことをいっているのを見たことがある。

「しかし」と思い入れしてから水沢は続けた。

「日本企業の日本人経営者には、瀕死の重傷を負っている事業部門でも、まだそこに同じ日本人従業員の血が流れ、呼吸をしている以上なかなかそんなことはできないのです。だから東産《とうさん》のダグラス・ゴードンのような冷徹に生体解剖ができる外国人の出番となるのです。ねえ会長、そうでしょう」

中森は小さくうなずいた。

「そこで私は前向きのスローガンを全社に発するしかなかった。『立場立場で全力投球』ってあれは陳腐かもしれませんが、いつだって基本を踏みしめるしかないんだ。経営陣も全力投球、部長、課長も全力投球、平社員もみんな全力投球、そこにしか道は開かれない……。私の経営心得メモの冒頭にそう書いてあります」

もう一度小さくうなずいてから中森がいった。

「水沢さん、さすがにいいことをおっしゃる。ところでぜいたくをいいますが、似たような色の飲みものでもう少し舌の滑りがよくなるものがお宅にはどっさりあるでしょう」

「こりゃ気が付きませんで」

水沢は慌てて席を立ち部屋を出ていった。慌てたせいで少し開いていたドアの隙間からひそめた声のやり取りが聞こえた。相手は奥さんだろう。中身までは分からないが憂鬱《ゆううつ》な響きがあった。

間もなく戻ってきた水沢がいった。

「会長は、ウィスキーがお好きでしたよね」

「おまかせします」

ドアが開いて奥さんと思しき女性が入ってきた。手にサントリーの「響」とアイスペール、グラスが乗ったトレイを持っている。若い頃は可愛かったろうと思わせる目鼻立ちだが、病み上がりのように痩身で顔色が青白かった。

テーブルにそれらを置いた女性を水沢が紹介した。

「家内です、こちらはバリューフーズの中森会長、こちらは、ええと」

そこで口ごもったので大原が立ち上がっていった。

「遅くに押しかけてきて恐縮です。『ビジネスウォーズ』という経済雑誌の大原と申します」

大原に視線を向けていた水沢夫人の表情と体勢がスローモーション動画を見るようにゆっくりと変貌するのを感じた。

ビジネス、ウォーズと口の中でいい、次の瞬間、手にしていたトレイで大原の胸のあたりを払った。

ひどい、あなた、ひどい、よく知りもしないで。

夫人は、異常な早口で、しかし確かにそういい、大原の胸のあたりを何度も叩いた。

「どうしたんだ」

驚いた水沢が妻の手を抑えた。

「『ビジネスウォーズ』って雑誌があなたのことを無能経営者っていってたのよ」

水沢の手が止まった。それから大原に問いかけた。

「そうなんですか?」

大原が答える前に夫人がいった。

「そうよ、誰かがあの雑誌をうちの郵便受けに入れていった」

大原が夫人の声に被《かぶ》せるように答えた。正直に答えるしかなかった。

「あのときの取材では新聞記者や御社の社員など各方面からそういう証言が上がってきていましたので、それでも私は……」

水沢は妻の手を放し無言でソファに座り込んだ。胸で息をしている夫人はもう口を開こうとしなかった。

「それでも私は多角的に真相を明らかにしたかったので、反論をいただこうと御社には何度も取材申し込みをしましたし、一問一答の形式で質問状もお送りしたのですが、応じていただけませんでした。このお宅にも二度お伺いしたのですが、門前払いというか、まったく反応をいただけなかったものですから……、もちろんこちらの都合で押しかけてまいったのですが……、まさか奥様にまで」

大原の説明がしどろもどろになると水沢が腕組みを解いた。

「あの時、何日にもわたってあなたのような人が次々に来たので、家内はすっかりまいってしまったんだ」

「私は偏った情報で一方的なことを書くのは嫌だったのです。ですからお宅をお訪ねしたのです。当事者の言い分も充分に訊《き》く、弊誌の方針はそういうものでしたから」

すいませんでした。すいませんでした。夫人に向って深く頭を下げた。夫人は身体を固くしたまま応じようとしない。

もっと深く頭を下げようとした大原はいつの間にか床に膝をついていた。それでも足りない気分で、さらに両手を床につき額をその両手の上に載せた。

どのくらいその姿勢でいたのか、ドアが開く音がしてすぐにまた閉められた。夫人が出ていったのだと思ったが頭を上げなかった。

「大原さん」声が頭の上から降ってきた。

「もう頭を上げてください。土下座なんかやめてください」

頭を上げながら、おれは土下座をしていたんだ、と気づいた。

ソファに座り直して悄然《しょうぜん》としていた大原に水沢が声をかけた。

「私は、当時、いろいろ悪口を投げかけられたが、社長たるものマスコミの記事なんぞに反論するもんじゃない、と。それも私の経営心得メモの最初のほうに書いてあります」

水沢はボトルを開けて四つのグラスに注ぎ始めていた。

「いただけるんですか」

中森がいった。

「会長にはお見苦しいところをお見せしました」

「見苦しくなんて、まったくありませんよ。妻が夫への侮辱に体を張って反撃した。感動しました」

奥様に乾杯、と中森がグラスを目の高さにあげた。

三人がそれに従いグラスに軽く口を付けてから、「ちょっと失礼します」と水沢は部屋を出ていった。ドアは閉ざされたが、その向こうで音だか声だかが聞こえ始めたような気がした。

「きみもなかなか大変な仕事をしているんだね」

中森がいった。

「毎回クレームをぶつけられるような仕事ですよ。あの奥さんみたいなクレームが一番きついです。弊誌としては、とんでもない嘘でなければ、売れるようなタイトルを付けたいんですなんて通用しませんからね」

「おれたちだって、わかっていても頭にくる」

ねえ、と中森が岸田に相槌を求めたので思い出した。迷ったが切り出すことにした。

「会長の計画しているオピニオン雑誌ですが、今日、一緒に来てもらった岸田さんは以前『月刊官僚ワールド』の副編集長だったんです。会長のご希望にかなう優秀な編集者です」

ほう、そうですか、と中森が岸田を見直した。岸田はその視線をやんわりと受け止めていった。

「優秀というのは友情からいってくれた過分な言葉ですがね」

軽口を叩き合う碁敵《ごがたき》ではない男として見ると、岸田の風貌はそこはかとない貫禄も鋭さも品も兼ね備えていた。そうでなければキャリア官僚を相手にする雑誌など担当できないだろう。

「なぜお辞めになったんですか」

「私から辞めたというのではなく、雑誌が経営不振で休刊と称する廃刊になったのです」

「今は何をなさっているのですか」

「友人が関わっている雑誌を手伝ったり、ああそうだ、つい先日、大原さんのご依頼を受けて、『ビジネスウォーズ』の特集の取材で某大物の元官僚を紹介したり、雑誌以外の分野でも顧問のような仕事をさせてもらっています」

「某大物？」と大原に視線を移した。

「差しさわりのある取材ではないので申し上げますが、新谷英明です」

頭の中を点検するような視線をしてから中森がいった。

「大原君は友人も有能なんだな」

「も、じゃなくて、友人が、有能なんです。中でも岸田さんは力がありますから新雑誌の編集長として適材だと思います」

「その件は、きみに一年の時間をやるといったじゃないか」

「私は、とりあえず退職期限の決まっていない『ビジネスウォーズ』の編集委員ですから……」

「和子さんから社命が出ているんだろう」

「和子会長は中森会長と隼人くんの考えに添っていただけると思いますが……」

中森は一瞬、大原の内心を覗きこむような視線を向けてから「しぶといところもあるんだな」と失笑した。

# 3

十分ほど経っていただろうか。軽いノックがあり水沢が戻ってきた。

ソファに座り「お待たせしました」と中森に頭を下げた。その顔は部屋を出ていく時と違う人間になったかのような明るい表情になっていた。

「あの雑誌に無能経営者って言葉を取り消して謝罪文を出してもらえっていうのが妻の要望です。それを約束するならすぐにあなたを追い出さなくてもいいと」

はあ、と応じながら途方に暮れた。「ビジネスウォーズ」にそんな全面降伏のようなことができるわけもない。

困っている内心を読んだのだろう。水沢が声を和らげていった。

「しかし私だって妻の申し入れで謝罪文を獲得したって嬉しくない。私の力で無能経営者というレッテルをはがしてみせます」

中森がグラスをテーブルに置き両手を三度叩いた。大きな音がした。

「さすがですな、水沢社長。そう提案されただけで半分レッテルははがれたようなものですよ」

「よろしいですか」

水沢に念を押され大きくうなずいた。

「先ほど申し上げたように私が社長を引き継いだとき弊社はほとんど死に体だったのです。私は死に水を取る立場なのだと理解し、それに全力投球しようと引き受けたのです。実力ＯＢたちにお引き取り願ったのも、全国の拠点回りをして社員たちに最後のひと頑張りを奨励したのも、死に水を取るという行為の一環でした。メインバンクもそれを求めていましたよ」

水沢の声の勢いが増してきた。

「私のいう死に水を取るというのは弊社をできるだけ五体を損なわないように、本来の意味のリストラクチャリングをして、次の命を吹き込むことでした。それは私だけの考えということではなく、経営の同志である湯川氏、中西氏とも共有していました」

「次の命を吹き込む」大原が繰り返した。

「それをするのは買収先ですよね」

「買収されたら生体解剖をされてしまう」

「メインバンクはそれしか方法がないと……」

かすかに顔をしかめた水沢はそれに答えず、突然、話を変えた。

「あなたが聞いてきた偶発債務については、私も訳が分からんのですよ。こっちは適正なデューデリジェンスの手順に基づいて、偶発債務も神海に開示しているのだから、あの時点で問題にされることはないと思って粛々と社内外の合意を図っていたところに、まさか周太洋が鬼の首を取ったように騒ぎ出すとはつゆほども思っていませんでした」

「誰かの仕掛けとは思わなかったですか？」

「まさか」

「神海に買収されることを忌避していた経産官僚が仕組んだのではないんですか」

一瞬、迷ってから答えた。

「経産官僚が周太洋氏を都心のホテルに呼び寄せて、弊社の買収を諦《あきら》めるようにと迫ったという話はあなたも聞いているでしょう？」

大原はうなずいた。

「それに腹を立てて、周氏はなんとしても弊社を手に入れようと、大盤振る舞いの買収案を作ったという奴もいますが、これは完全にでたらめです。買収案はその前から、眉に唾を付けたくなるような気前のいいものでしたから」

「その気前のいい買収案が、あの膨れ上がった偶発債務の提示によってがらりとひっくり返った。あの開示は周太洋にとって飛んで火にいる夏の虫だったわけです。単に事務的な不手際とは誰も思いません」

水沢はグラスにウィスキーをつぎ足し、琥珀色を倍ほど濃くしてひと口飲み、ここからは言い訳になりますが、と念を押してから続けた。

「私は技術畑の人間です。財務、経理については中西君に全面的に任せていたんです。それでもあのとき、中西君には、『これ今出して大丈夫なんだろうな』ときちんと確認しましたよ。そしたら彼は『周側にこれまでも説明をして了解されているものをきちんと整理しただけだから何の問題もありません』というのでそういうものかと思っていたのです」

大原は違和感を覚えた。中西はあの役員会には出ていなかったと各方面から情報が上がっている。それは嘘《うそ》だったのだろうか？　中西がその場にいなかったなら、そんなことをいえないのだ。

「中西さん、その役員会には出席していなかったんでしょう」

水沢はキッと大原を見据えていった。

「そんなことはありません。偶発債務の開示を最終的に決断したのは彼です」

答は微妙に問いとずれていたが、そこを追及するべきかためらっている間に水沢は次のテーマに移った。

「とにかく周氏が鬼の首でも取ったように騒ぎまわるものですから、私は慌てて中西君とその部下の財務担当を伴って彼のところに飛んで行きましたよ」

水沢の話はこんな風に続いた。


〈神海のだだっ広い董事長室《とうじちょう》で一行を迎えた周太洋は、挨拶《あいさつ》も交わさず満面の笑顔で第一声、こういったという。

「やあ、水沢社長、ひとが悪いですな。こんな物騒なコンティンジェント・ライアビリティ（contingent liability＝偶発債務）を隠しておくなんて、このまま買収契約を結んだら、私は腹を切らなければならないところだった」

周太洋が数字だらけの紙切れをテーブルの上にぶちまけると中西が慌てて切り出した。

「董事長、それはないですよ。デューデリでそういう特記のある財務諸表を確認してもらっているじゃないですか」

何をいいますか、と周は紙切れをテーブルの分厚いガラス板の上に並べ、指で差しながらいった。

「これも、これも、この数字も確定していなかったじゃないですか」

「偶発債務とはもともとそういうものでしょう」

「貴国の偶発債務はそんな荒っぽい算定をするのですか？　わが国ではもっと真剣にとことん確度の高い数字を追求します」〉

「結局は水掛け論になったのですが」水沢はやり取りを生々しく思い出したかのように口を歪《ゆが》めていった。

「水掛け論になれば、パワフルに発言できるほうが勝ちますよ。あのとき産業革新機構もほとんど手を引いた格好になっていて、二つの銀行も神海の買収案にすっかり乗っていましたから、弊社には『貴社がそんな不実なことをいうのなら、貴社の申し出はもう一度考え直します』と尻をまくれない状態にありました。何をいわれても論駁《ろんばく》することはできなかったのです。いえるのはこちらの立場を誠実にロジカルに説明して納得ずくの合意を図るということだけでした」

水沢は何かを吹っ切ったかのように過去の記憶をありのまま語っているように見えた。しかしそのさらに深部を探らなければ記者ではない。

「そういわれますがデューデリのプロセスがそんな曖昧《あいまい》なものになるなんて信じられないと、私が取材した専門家は一様に証言していました。そこに誰かの何らかの意図が働いたと考えるしかない、と」

「弊社としては何としてもサバイバルするために周太洋のM＆Aに前のめりになっていたので粗っぽいことになったかもしれませんが、曖昧にするような意図が働いたなんて」

「前のめりになっていたのは御社というよりむしろ銀行ではないですか。あの偶発債務の開示もいろは銀行系のいろは証券のアドバイスを受けておやりになったということですが、あとで問題になるようではよっぽど間抜けだったということになりませんか」

水沢はグラスに口を付けてからいった。

「いろは証券任せということではなく弊社もきちんと嚙《か》んでいましたから」

「それなら御社の財務の判断がとんでもなく甘かったということになる」

「中西君は私の盟友でした。とても有能な全力投球の男で、山形社長の頃から影の社長などともいわれていた実力者です。そんな甘い男ではありません」

「あの時点でのあの開示が信じられないという専門家の意見のほうが信じられないで

すか？」

水沢は開きかけた口を閉ざし、グラスを両手で支えるように持ち直した。大原は追い打ちをかけるように問うた。

「むしろそんなに有能な方がびっくりするほど間抜けなことをやったところに何かあったと考えられませ……」

大原の話の途中で、あっといって水沢が立ち上がった。部屋の奥に耳を傾ける仕草をしてからドアを開けた。

「ちょっと失礼します」

後ろ手でバタンと音を立ててドアを閉めた。

沈黙に閉ざされた部屋で中森がグラスにウィスキーを加え氷を入れ、マドラーで三回りほど混ぜてゆっくりと口に含んだ。

「大原君、詳細に調べてあるんだね」

「今のところまでは前回の特集の時に調べたんです。いま水沢社長に伺ったところが謎解きできないので、当初の構想を変えて、あの号は出してしまったのです」

「なるほど、雑誌作りもなかなか大変だな」

「流通業界の雄でも、そう簡単に立ち上げられるわけではないのです」

「だからきみのような優秀な経験者を招聘《しょうへい》したんだろう」

岸田の耳が気になって「その件についてはもう申し上げたではないですか」と、強い口調でいったときドアが開いた。

入ってきた水沢の顔にこれまでと違う表情が張り付いていた。

「中森会長、すみませんが今夜はこれでお引き取りいただけませんか」

中森が大原を見、大原がいった。

「やっぱり奥様の御意がいただけませんでしたか」

「というより私の話せることはみんな話しましたので」

「近々、どこかに静かな場所を取りますので、続きをお願いできませんか」

「勘弁してください。今日は、中森会長のご依頼ということで精いっぱいの対応をしたつもりです」

「おっしゃりたいことを皆いってくださいましたか。いくらでもお聞きしますよ」

しかし水沢は口を開こうとしなかった。

中森が立ち上がっていった。

「水沢社長、ご迷惑をおかけしました。この埋め合わせは必ずさせていただきます。

さあ、大原君、失礼しましょうや」

水沢家の門扉の外に出たところで中森が声をかけてきた。

「よく頑張ったじゃないか」

期待したところまで取材が伸びなかったと落胆していた大原はすぐに答える気になれない。数歩歩いてから口を開いた。

「だめですよ、あんなんじゃ。偶発債務の謎については何も答えてくれませんでした」

「ずいぶん話していただろう」

「話してくれたことはわれわれも知っていることなんですよ。ねえ、岸田さん」

二人を先導してタクシーの拾える大通りを目指していた岸田が振り返っていった。

「ああ、水沢氏はあの後、『早坂電器』の情報を目にするのを避けてきたようだな。考えがあの時点でフリーズしている」

「奥さんがあれじゃ、『早坂電器』とは縁を切らなきゃ仕方なかったんだろう」

「それにしてはしゃべってくれたほうだろう」

岸田の言葉の途中で中森がまた割って入った。

「事件の渦中にいて、マスコミと世間に袋叩きにされた人は、誰でも言いたいことが肚《はら》の中にはち切れんばかりにあるもんさ」

「そういう方に弊誌はいくらでも誌面を提供するんですがね」

「誌面をくれたって話せないことがほとんどなんだ。知っているだろう。何も後ろ暗いことをしていなくても、ビジネスってのはそういうものだ」

「あの偶発債務について会長は筋の通った仮説を立てられますか？」

中森が足を止めて話し始めた。

「買収のためのデューデリを、早坂電器にしたって周太洋にしたってうっかり疎《おろそ》かにするなんてことは考えられんよ。高い買い物をするのに値札を見せない、値札を見ないってことだからな。つまりそういうことが起きたということは、どちらかがあえて仕掛けたということになる」

「そうに違いないんです」

その先の仮説を喋って欲しかった。ゴルフ場での付き合いで何かヒントになるようなことを水沢はいってなかったのか？

問おうとしたとき中森が急にふらつき、家並の壁に手をつき体を支えた。

「あぶない、どうされました？」

大原が慌てて中森の脇の下に肩を入れた。七十過ぎとは思えない肉厚のずっしりとした重みがのしかかり大原も軽くよろめいた。ふーっと吐いた息が酒臭かった。

「結構飲まれましたね」

「あんなもの、おれにとってジュースだ」

中森の伝説の中にかなり荒っぽい話が幾つもあることを思い出した。知力よりも体力、いや知力と体力の両輪で危機を切り抜けて中森はサバイバルしてきたのだ。

中森をタクシーに放り込んで見送り、大原と岸田は大通りから一本入った盛り場の居酒屋の暖簾《のれん》をくぐった。カウンターがちょうど二人分空いていた。

二人ともウィスキーはほとんど飲んでいなかったので生ビールを頼んだ。

「どうよ？　M氏は」

水沢をイニシャルで呼んでも岸田もそのくらいはわきまえている。

「全力投球もいいけど、あれでは国内だけでも二万人を優に超える従業員を束ねるにはちょっと器が足りないだろう」

「謎解きのほうは？」

「あれは何か誤魔化したんだ。オーさんの質問が核心に迫ったから家の奥に逃げ出した。奥から何の声も音もしなかった。水沢夫人に呼ばれたわけじゃないんだ」

そうだったかもしれないと思った。

「誤魔化したってことは真実を知っているということか？」

岸田は首を傾けてからいった。

「知っていて誤魔化す場合と知らないから誤魔化す場合とあるからな。でもあれはもう少し先まで知っていると見た」

大原の見立ても同様だったがあっさりといった。

「どちらにしろもうM氏からその先は聞けない」

「手に入ったものがそれだけなんだから、手に入ったもので説明できる仮説を立てて、その蓋然性《がいぜんせい》を検証するってことでいいじゃないか。これがSの火事場泥棒だってタイトルの特集にしても罰《ばち》は当たるまい」

Sが周太洋だと気づくのに一拍遅れた。

「……そんなもの床屋政談だ。カネを取って読ませるものにはならない」

「雑誌はいつもジャストミートのホームランは打てないよ。時には羊頭狗肉《ようとうくにく》があってもいい。『東京ウィークリー』なんてムチャクチャな羊頭狗肉が面白くて読者に喜ばれている」

夕刊紙の名前を挙げたので正面から反論した。

「いまのぼくは羊頭狗肉じゃ駄目なんだ。それにいつもホームランじゃないと打席に立てなくなる」

そこで二人ともふっと言葉を呑《の》んだ。その話の先には、中森の新雑誌が待ち構えている。さっきの中森の反応は岸田にとって嬉しいものではなかったろう。どう切り出したらいいだろうと思いながら言い訳を口にしていた。

「あれがNさんの今の方針なんだな。ぼくも今日初めて聞いた」

岸田はジョッキを細かく揺らしてビールの泡を立てながらいった。

「N氏にいったようにおれは女房とふたり食えるくらいの銭は稼いでいるんだ。心配してくれなくてもいいよ」

「あんなに天元に入り浸っていてよく稼げるな」

「いま受けている仕事のほとんどは太陽が出ている時間帯で終わるんだ」

「何で教えてくれなかったのよ」

「聞かれなかったろう」

「天元」では誰もほとんど互いの身の上を話したりはしない。大原は、岳人が経営者を誘ったときお伴に連れ出され、仕事の話をすることもあったから、「天元」では例外的に仕事ぶりが知られている客だ。

岸田とはウマが合って、「天元」近くの居酒屋で飲むようになった。そこで同業だと知って少しは互いの事情を知るようになったが、やめてから後の暮らしぶりを詳しく聞いたりはしなかった。

「愛野からも聞かれなかったのか？」

「おれはオーさんみたいに自分から話さないからな」

「ぼくだって自分から話していない」といいかけて口をつぐんだ。和子から異動を聞かされた夜、散々酔って岸田と愛野に愚痴ったことが頭に蘇った。

# 11章　ジジ殺し

## 1

隼人から、「三階に来ていただけませんか、会長がお呼びです」と電話を受けたときからおよその見当はついていた。

思った通りの用件を、和子は思いがけない角度から切り出してきた。

「やっぱりあなたはジジ殺しなのね」

隼人が慌ててそれをさえぎった。

「会長！」

「隼人社長、わたしは前から何度も大原君にこういっています。大原君だってわかっていてそれをやっているんです。確信犯なんです」

ねえ編集委員と、嫌味たっぷりに大原を見た。

「私には何をおっしゃっているのか分かりません」

「あなた、中森社外取締役に、先代社長への恩義を思い入れたっぷりに語って延命工作をしたんでしょう。恩義だの義理だのは平成も三十年になろうというのに、『ビジネスウォーズ』にはまったく似合いません」

大原は黙って聞いていた。大原を新雑誌に引き抜く話がどうなったか返事を待ち切れなくなった和子にあれこれ問われるままに、中森はやり取りの中身を伝えたのだろう。

「あいつに一年の猶予をやったんだよ」という中森の言葉を聞いたとき、和子の内心に噴きあがった怒りの炎が見える気がした。

「中森社外取締役をどう誤魔化そうと、わたしの社命がそんなに延びる余地はありませんからね。今後いつでも転籍できるように準備をしておいてください」

そこで和子の言葉が途切れたのに乗じて大原は恭《うやうや》しく頭を下げ部屋を出ようとソファから立ち上がった。

「まだいいとはいってないでしょう」

しぶしぶ腰を下ろすと、和子は会長の椅子から大原の前に座り直した。

「大原編集委員は義理、恩義、男気の人なんでしょう」

「…………」

「そういう人が仕事もしないまま、お世話になった会社にしがみ付くって恥ずかしくないんですか」

「仕事はしたいですよ。しているつもりですよ」

「それが迷惑だって、編集委員が恩義を感じている創業者の後継者がいっているんです。共同創業者のわたしとその長男がいっているんですよ」

「…………」

「恩義なんて嘘《うそ》でしょう。『ビジネスウォーズ』にしがみついてお給料だけを確保したいんでしょう」

「会長！」隼人がいったが声音は弱かった。

「編集委員の得意技のジジ殺しで中森社外取締役を口説き落としたってだめですよ。あなたは単に自分の趣味のようなことをやって居座り続けているだけじゃないの」

「北畠さんの遺言は大きな話題となって増刷もしたじゃないですか」

「あれは北畠さんが余命いくばくもなくて何でも話したいという心境になっていたし、話を聞いた後、お亡くなりになったから、あなたは何でも好きなように書けたんでしょう。あんないい話はそう簡単には降ってこないですよ」

「そうとは限りません。大きなテーマこそ、叩けよさらば開かれんになるんですよ。私と先代社長は何度もそういう体験をしてきました。大きな壁にぶつかったときほど奇跡のような何かが起こって道が開かれるんです」

一瞬、口ごもってからあざ笑うように和子がいった。

「そうやってあなたはジジ殺しをやってきたのね。わたしはジジじゃないから殺されません、騙《だま》されませんよ。いいですか、いつでも中森会長のところへ転籍できるよう準備しておいてください」

二十分後、大原は二階の自分のデスクに座っていた。脳が微熱を持ち思考が正常に働かないような気がしていた。

フロアで編集と営業のスタッフが動きまわっていることは分かった。誰が何をしているかまでは捉えていなかった。

軽く聞き流していたつもりの和子の言葉が効いてきているのだ。何度も同じ言葉を浴びせかけられ少しずつダメージがきつくなっている。

無慈悲な言葉だが理屈は通っている、しだいにそういう受け止め方が脳裏に形作られていた。会社のオーナーが、あなたはもうわたしの会社に要らないといっている以上、先代が何をいい残していようと、従うしかないではないか。

唯一の希望は、もう一人のオーナー、五十嵐隼人の気持ちだが、そもそもあいつは正真正銘のオーナーなのだろうか？　株を少しはもっているのだろうか？　そしておれのことを必要としてくれているのだろうか？　時々おれにＳＯＳを出してくるが、おれが本当に追い出されようとしたとき母親と戦ってくれるのだろうか？


無意識でパソコンのキーに触れていたらしい。いつの間にか画面が明るくなっていた。少し正気が戻っていて、「メール」のアイコンをクリックした。

半ば諦《あきら》めながら朗報を待ちわびているメールが何通もある。

あれからすぐに水沢に突然の訪問を詫《わ》び、取材に応じてくれたお礼を伝える手紙を書いたが、三日経ったいまも何の音沙汰もなかった。

水沢を思い浮かべる度に、長い病に命をすり減らしているような夫人の姿がその傍らに浮かび上がった。それと同時に胸のあたりに何度も食らったトレイの衝撃が蘇《よみがえ》るような気がした。

水沢以外の五人の旧経営陣からも全く音沙汰がなく、大原はこちらから連絡を取ることをやめてしまった。

田中や電機業界に強いはずの取材協力者は、偶発債務《ぐうはつさいむ》の謎の中心にかかわったと思われる人々に果敢にアクセスしているようだったが、いずれも不成功に終わっていた。

（もうだめなのかもしれない）

これまで「ビジネスウォーズ」で大きな特集に取り組んだとき何度も味わった敗北感が体中に拡がっていた。

## 2

新宿駅で「天元」に立ち寄ろうかと一瞬、迷ったが、そのまま帰路への電車に乗り継ぐことを選んだ。

こんなときには誰と碁を打っても勝てる気がしない。いや、それより岸田や愛野に顔を合わせたくなかった。

ひどく落ち込んだとき、誰かが側にいてそれを和らげてもらいたがる人間もいるようだが、自分はそうではないのだ。

一人きりでとことん落ち込まなければそこから浮かび上がれない。誰かが側にいては中途半端になる。

ふと目の前の窓ガラスに自分が映っているのに気付いた。窓外の闇がすっかり濃くなり、窓ガラスは鏡のようにくっきりと大原の顔を浮かび上がらせている。

疲れ切った中年男の顔だ。体力はそれほど使っていないのだから、敗北感で神経を消耗しているせいなのだろう。

表情の疲労に気づいたら体のほうまでどっと疲労を感じた。吊革に両手で摑《つか》まった。そうしないとしゃがみ込みそうな感覚に襲われ、両腕の間に頭の重さを預けた。

その頭の中に（偶発債務の謎を突破できなかったら次は何をしたらいいのだろう）という思いが湧いてきている。

次の面白い特集記事を生み出せなければ「ビジネスウォーズ」にいる理由がなくなる。魅力的なテーマを設定し、とことん取材し面白い原稿を書かなければ、ここに記者でいる意味がないのだ、いや居られないのだ。

隼人は少しずつ自分に頼らなくなっている。おれも頼らせないようにしている。岳人やおれと違う隼人流というのがあるのだ。時々それを見せられて驚くことがある。大原には気が付かなかった切り口である。

　やっぱり岳人のDNAをもっているのだ。それともいずれ後継者になるのだという自覚をもって以前から「ビジネスウォーズ」に取り組んでいたのだろうか？　三十九歳の隼人には間もなく五十歳の大原には見えない社会や企業の光景が見えているのだ。それを学ぼうとも思わない。五十歳の見え方を深めるしかないのだ。

　三日月のかかっている空の下をいつもよりゆっくりと帰路をたどった。

　いつか拓也とすれ違った辺りに差し掛かったとき目を凝らしたが、あの後一度も出会ったことはない。

　あのバカ、と言葉が口をついて出たが、その後が続かない。

　あいつに「せめて高校は出ろ」といったが、多数派がそっちを選んでいて経済的にも周囲からの評価でも有利だろうと、深く考えもせずそういっただけだ。それ以上の説得材料は持っていない。

　自分はまずまずの私大を出て、まずまずの大手企業「山上証券」に入ったが、十年足らずでそこは自爆してはじき飛ばされてしまった。半年ほど失業していて岳人に拾われ、「ビジネスウォーズ」の記者となった。吹けば飛ぶような規模の雑誌だったが、経済記者は面白かった。「山上証券」で経験したどんな仕事より面白かった。

いろんな方面で活躍している人と出会って天下国家を語ることもできた。たまには自分の書いた記事がマスメディアで話題になり、「お前の記事読んだよ」と学校時代の友人から連絡が来ることもあった。

原稿の展開に迷ったとき、岳人に判断を求めると岳人は必ず基本となる考え方を示してくれた。基本さえ踏まえていればその上の枝葉の迷いなど重要ではないのだ。

人生は学歴ではない、当たり前のことを自分は経験してきた。それなのに拓也には自分の経験を裏切ることを要求している。

「あら、どうしたの？」

玄関に入るとのっけに知子がいった。

なんのことだ？　と表情だけで問うた。

「なんかぐったりしている」

「気のせいだろう」

言いながら両の掌で顔をぬぐった。リビングに行きソファに座り込んだ。

上着だけは脱いで、「ビールくれないか」とキッチンに入った知子の背中にいった。

「あら」

家ではめったにアルコールは飲まないのだ。

知子は一番搾りの350ミリリットル缶をテーブルに置いて、「どうしたんですか」と問うた。

「別に」

プルタブを開けながら、こんなに簡単に気づかれるようではだらしないなと思った。

皿が出てきた。小皿にチーズが二種類、シシャモ、大きな皿に豚カツと野菜がひしめいている……。

最初のひと口は息の続く限り缶ビールを呷《あお》った。ビールで頭と体の中のヘドロのような疲れを洗い流したかった。

大原の傍らに座って知子がいった。

「あたしも飲んでもいいかしら」

缶とグラスを持っている。

「駄目なんて言ったことはないだろう」

知子がプルタブを開けようとしたのを奪って大原が開けた。知子が手にしたグラスに勢いよくビールを注いだ。

注ぎ終えた大原が缶を手にすると知子がいった。

「乾杯しない？」

「ああ、いいよ」

「ちょっと待ってて、まっててよ」

部屋を出て階段を昇って行った。すぐに戻ってきた。

「びっくりするわよ」

遅れて拓也が入ってきた。

「ああ、どうした？」

くたびれたサラリーマンからたちまち父親の口調になった。

つっ立ったままの拓也はひと回り大きくなった体を縮め、硬い表情をしている。

「たくちゃん、お父さんにいいたいことがあるんでしょう」

「なんだい？」

拓也は意を決したようにいった。

「学校に行くことにした」

「…………」

「父さんにいわれて、何がやりたいんだろうと探してみたけど見つからなかった。だから見つかるまでは学校に行くことにした」

「ああ、それはよかったな」

平凡なその言葉以外、どう応じていいか分からなかった。

「本当に行けるんでしょうね」

大原がすぐに思い浮かべたが口にするのをためらった言葉を、知子が軽々と拓也にぶつけた。

「もう何日も行ったじゃないか」

拓也が怒ったようにいったが、知子はちっともひるまない。

「それが危ないのよ」

「つたくう」

自分には神経質な瞬《まばた》きを返すだけの拓也が知子には無防備な甘えをさらけ出している。あの岳人でさえ息子・隼人の指導をおれに頼んできたのだ、大原の脳裏にまたあの時の岳人の苦笑いが過《よぎ》った。

書斎へ上がる階段を踏みしめる足が重かった。

自分と拓也は一生、知子と拓也のような関係にはなるまい。それは仕方のないことだと思いながら足の重さは抜けない。

部屋に入ってすぐパソコンの電源をオンにする。

立ち上がるといつも最初に「メール」を開ける。受信メールの差出人の欄を上から丁寧に確認していく。

期待している名前に近いものは二度三度と見直してしまう。しかしスパムメールも含め三十通ほどのメールの中に待ち焦がれているものはない。

しばらく画面を睨《にら》みつけていたが、心を切り替えてタスクバーの「ワード」をクリックしようとした。その時、メールの受信音がして受信欄に（1）という数字が浮かんだ。期待はせずそれをクリックした。

〈宮田昭〉の名前があった。何事だろうとさらにクリックする。

――先日は元気の出るメールをいただき有難うございました。

本日また花井家に伺ってきましたが、奥様から興味深いことを聞きました。ようやく花井部長の部屋を整理する気になって、本棚や押入れ・デスクの引出しなどあちこちを点検していたら、日誌が出てきたというのです。

花井部長の苦しい日々のことが色々書いてあるということでした。差支えなければ是非見せていただけませんかとお願いしたのですが、とてもそんな気にはなれません、と断られてしまいました。

そういわれてどうプッシュしたらいいか私にはわかりません。大原さんだったら上手に見せてもらえるのではないかと思ってメールを差し上げました。今度、一度、一緒に花井宅を訪問しませんか？――


慌ててデスクに置いたスマホを手にした。「アドレス帳」の〈宮田昭〉をプッシュする。

――ああ、大原さん。

呼び出し音が一つ鳴り終わらないうちに宮田が出た。

「すごいものが出てきましたね」

――やっぱりすごいですか？　私には判断しきれませんで……。

「すごいですよ。それで、できるだけ早く花井家をお訪ねしたいのですが」

――大原さんなら日誌を見せてもらえますか？

「私にも誠心誠意ぶつかる以外に妙手があるわけじゃありませんが」

――私も誠心誠意お願いしたのですが……。

そうに違いないと思ったが、ふいに妙手らしきものが思い浮かんでいた。

「三日ほど前に水沢氏に会ったんです。そのとき水沢夫人のご苦労も色々うかがったのでそのご報告をしたいっていうことが、お目にかかる理由になるんじゃないですか」

――あの無能社長が会ってくれたんですか！　驚きましたね。それなら偶発債務の謎は解けたんじゃないですか？

「彼はわれわれが知っているくらいのことしか知らなかったです」

――まさか。

「都合の悪いことは口を拭っているのかもしれませんが、それを突破するまでの時間をもらえなかったんです。あのとき世間に叩かれて消耗し切ってメディアを恨んでいる奥さんのことをいい訳に追い出された形になりました。なんと水沢社長も奥さんも、世間に無能経営者といわれたことに一番傷ついていたんですよ。つまり夫妻にとって『ビジネスウォーズ』が、いや私が最大の悪の権化だったわけです」

電話の向こうでかすかな溜息が聞こえた。

「私、奥さんに銀製のトレイで散々叩かれていつの間にか土下座までしてしまいましたよ」

――あれって、いつの間にかなんですよね。

「あんなときは土下座ですよ、それもいつの間にか。どんな言葉も届きゃしない。それで奥さんは部屋から出て行き、水沢さんは話を続けてくれました」

――そのトレイの話、花井夫人にいいかも知れませんね。

「ええ。とにかくその日誌はどうしたって読みたいですから」

――それを報告されるということなら、私からではなく、大原さんからお願いするのが自然かと思いますが……。

「やってみましょう」

# 3

「どうしたの？　長考すぎるだろう」

目の前の岸田が呆《あき》れたようにいった。

「ああ悪《わ》りぃ」

すぐに打ち下ろしたがちゃんと読んでいない手だった。

「乱暴な手を打ってくるな」

あの日以来、顔を合わせるのは今日が初めてだが、岸田はもう中森の新雑誌のことは匂わせもしない。今日も「幽玄《ゆうげん》の間」をとった。まだどういう話が出てくるか分からない。

落ち着かない日が続いている。

宮田と電話をした後、入念な手紙を花井夫人に書き、翌朝出勤の時、駅の近くのポストに投函した。

「後日、お電話でご意向を伺いたく存じます」と最終行に書いたが、その「後日」を今日にしようか明日にしようか？　夫人に受け入れられるには、どのタイミングがいいかとさっきまで迷っていたのだ。いったん断られたら巻き返すのに大変なエネルギーと時間が要る。

明日の午後一番にしようと決めてから心を落ち着けるべく「天元」に立ち寄ったのだ。

岸田は小考して次の手を打った。綱渡りのような微妙な手だ。どこにでも隙がありそうだが、その隙を突く手が読み切れない。

読みの途中の手を打った。今度は小考もせずに岸田が応じた。また微妙な手だ。考えるのをやめて直感の手を打った。

次の手を打たれたとき罠《わな》にはまっていることに気付いた。自分の生きている石につながっていると思った一群が断ち切られているのだ。これでは一群が死んでしまう。

「そんな詐欺みたいな手があったのか」

「詐欺じゃないでしょう、オーさんの見ている前で公明正大に打ったんだ」

「詐欺師はみんなそういう」

二人の間で何度も交わした戯言《ざれごと》を口にする。

つながる手は本当にないのか、つながらなくても一群だけで生きる手はないのか？　読みに耽《ふけ》った。

一筋の光明らしいものが見えかけたとき、ジャケットの胸ポケットでスマホが震えた。一瞬でそちらに神経が奪われた。

手の中で発信者の名前を確認した。〈宮田昭〉とある。胸がドクンと一つ大きな鼓動を打った。

「ちょっと待ってください」

そう宮田にいい、ごめんと岸田にいって「幽玄の間」を出た。

「なんでしょうか」

──あのですね。驚いたことに花井部長の息子さんから私のところに電話が入ったのですよ。

花井と聞いただけで期待感が膨れ上がった。

「なんといってきたのですか」

──大原さんから丁重なお手紙をいただいたが、一度お二人でいらしてください、というのです。やっぱり大原さんのあれが効いたんですね。

宮田が、あれといった手紙のその部分が脳裏に浮かんだ。

〈……水沢社長の奥様にもお目にかかりましたが、『ビジネスウォーズ』の記者だと自己紹介をしたとたん、私は奥様からトレイで叩かれてしまいました。そして『あのときのマスコミはひどかった』と強く叱られました。それ以来の心労で、奥様はすっかり痩せていらして胸が痛むほどでした。私はマスコミの末端に連なる者として、粛然としました。

先日の花井部長の奥様のご様子とご発言がいっそう身にしみて感じられました。もっと多くの方の立ち場をよく把握して、広い視野で記事を書かなければいけないな、と……〉

手紙を書いた自分ではなく宮田に連絡が来るのかと不満を覚えながら訊《たず》ねた。

「それで、いつがいいというんですか？」

——大原さんの予定を伺ってからまた息子さんと相談するつもりです。

「私は、花井家の訪問を最優先しますからいつでもいいですよ」

——それじゃあ、明日から三日間くらい、午後の部を空けておいてください。

「三日でも一週間でも空けておきますよ。よろしくお願いします」

「幽玄の間」に戻ると、盤の前に座っていた岸田は腕組みをして目を閉じていた。目を開けさせないように静かに近づくと、上から見下ろす盤上の黒と白の石の絡み合いが目に入った。

向き合って座り、斜め上から見ていたのと違う盤面の構図が見て取れた。

うむ？　宮田の電話がくる前に見えていた光明はどこかに消えてしまっていた。その代わりにもっとくっきりといい手が見える。岸田の仕掛けてきた妙手らしきものは、大原の読む力を舐《な》めたハッタリ交じりの手なのだ。

お待たせといって目の前に座り、深呼吸して新しく見えた手を打った。

なになにと岸田は盤に覆い被《かぶ》さったが、やがてその表情が苦しげなものに変わった。

# 12章　日誌

## 1

「遅れちゃう、遅れちゃう」

身支度を整え鞄を抱えた美咲が慌《あわただ》しく階段を駆け下りてきた。

大原は拓也が学校に行った後に起き出し食事を終えたところだった。

「お父さん、まだいるんだ」

美咲はそういって舌をぺろりと出した。

「お前こそまだいたのか、大学生は気楽だな」

「今日は二時限目からだからね」

トーストを一枚口に放り込んで美咲は家を出ていった。

大原は「今日は熱があるので会社を休む」と玉木に届けてある。こういう事務的な領域の上司は玉木なのだ。

「へえ、大原さんが熱で休むなんて珍しいですね」

電話を受けた玉木が茶化すようにいった。

茶化した意図は分からないが、玉木がどのように思い何を企もうと気にならなかった。会長の和子が大原追放の最前線に立っているのだ。後衛の下士官に注意を払う意味などもうない。

今日、午後二時にH駅前の喫茶店で宮田と会うことになっている。そこで作戦を立ててから花井家を訪ねるのだ。

会社の誰にも気付かれていないはずだが、万一、その時間帯に和子から社命を発せられ、行かれなくなったら困ってしまう。そこで和子の社命の届かないところに控えていることにしたのだ。

知子がいれてくれたコーヒーのカップを持って二階に上がり、花井母息子《おやこ》と水沢夫妻の取材原稿を頭から読み直した。

水沢夫人にトレイで叩かれた部分で腹の底をちくりと抉《えぐ》られる感覚を覚えた。

水沢夫人も花井夫人もメディアの攻撃に心身をすり減らしたという。その通りにちがいない。大原自身、罪な仕事だとも思うが誰かがやらなくてはいけないのだ。政治も経済も少数の権力者に野放図にやらせるわけにはいかない。

入社して間もなく岳人からそういわれたときは、きちんと受け止められるほど考えていなかったが、やがて自分で自分に言い聞かせるようになり、そのうち永瀬ら若い者に伝えるようになった。

デスクの上のスマホが振動し始めた。手に取ると、発信者は五十嵐隼人とある。出るつもりはない。和子から何かを頼まれて連絡してきたかもしれないのだ。

やがて切れた。思い立って慌てて階下に駆け降りた。それと同時に家電《いえでん》が鳴り始めた。それに被せるようにキッチンから出てきた知子にいった。

「隼人君だったら、おれは風邪で医者にいっていることにしてくれ」

「はい、大原です」眉間に不思議そうなしわを寄せて知子が電話に出た。

「いつもお世話になっております。……はあ、少々熱が高いものですから、いま近所のお医者様に行ったところです」

電話を切ってから知子がいった。

「隼人さんでしたよ」

「何といっていた？」

「そういう話は、何もしなかったわ」

## 2

二人は同じ電車の違う車両に乗っていたようだ。

改札を出たところで「ああ」と顔を見合わせ、連れ立って前回と同じコーヒーチェーン店に入った。

二人ともアイスコーヒーを頼んだ。この数日の涼しさが一転、ジャケットを身に着けた二人が汗ばむほど暑い日だった。

「息子さんは本当にそれを見せてくれるつもりなんですか」

テーブルに着くとすぐにそう問うた。

「大原さんの手紙を見て迷った夫人が、息子さんに相談したら、息子のほうが積極的になった、私はそう見ています。二人が望んでいるのは花井部長の名誉回復なのです。大原さんの手紙を読めばそれを期待しますよ」

大原はストローを使わずグラスにじかに唇を付け、喉を鳴らしてコーヒーを飲んでからいった。

「あそこに『花井部長の名誉回復になることを確信しています』と書いたことに嘘偽《うそいつわ》りはないですけれど、新たに入手した資料も踏まえて原稿に向えば、私はそこでも嘘偽りのない行動をとりますよ」

「嘘偽りのないって？」

「日誌に書かれたものをしっかり踏まえて原稿を書くってことですよ」

「怖いな」冗談めかした口調になった。

「草稿の段階で見せるんですよね？」

北畠の原稿は始めから見せる条件があって、見せてからいくつか注文を付けられたことを宮田には話していた。

「基本姿勢はそのつもりですけど」

「その条件をはっきりさせなきゃ日誌を見せてくれないといわれたらどうしますか？」

宮田の視線が少し泳いだように見えた。

「宮田さん、そのこと言っちゃったんでしょう」

「すみません。最初の段階で日誌を見せたくないというので、記事にする場合は本になる前にチェックさせてもらえばいいじゃないですかって、口説き文句のつもりでいってしまいました」

相手が求めるのならそうしようというのが大原のスタンスである。

権力者の不祥事を追及する場合には、原稿をチェックさせるのはご法度である。しかし一般人の好意に頼って原稿を書く場合、相手から「原稿に使う自分の証言の中身を確認させてくれ」と望まれたら見せなければいけないと大原は思っている。

それで相手が「ここは削ってくれ」という部分が多くなって、原稿の価値がなくなったら掲載を取りやめるしかない。

「北畠の遺言」は「削ってくれ」とはいわれなかった。むしろ北畠は自分の言い分の弱いところを補ってくれた。そのお陰で原稿がより中身の濃い刺激的なものになった。

これまでの経験では削られる場合と補われる場合は五分五分である。削られたせいで記事にする意味がなくなったケースは一割程度だろう。そうならないように、「こういう表現ならいいですか」とか、「この部分だけ削ればいいじゃないですか」などと条件闘争をするのである。

しかし多くの人は世間の想像を超えて自己顕示欲が強い。権力者から市井《しせい》の人まで、自分を他人に知らしめたい欲求があるのだ。

経済雑誌で取り上げるような辣腕《らつわん》の経営者やビジネスマンは一層そうである。その人の立場を損なわないような工夫と、その人が公に自分を語ることへの言い訳をうまく設定すれば何とかなることが多い。

「花井部長の名誉を回復しましょう」は、大原にとって口説き文句なだけではなく本音でもある。そこにこそ今度の原稿の肝《きも》がある。早坂電器の大リストラのドラマの中心の一つに、部下に寄り添った花井部長の死があるのだ。

花井家の玄関には息子の毅が一人で現れた。「ああ、どうも」と煮え切らない口調でいって応接室に招き入れた。

二人を隣り合わせにソファに座らせ向かいに毅が座った。

テーブルの上に魔法瓶と紅茶のセットが置かれていた。毅は無言で紅茶をいれ始めた。

夫人は出てこないつもりなのだろうか、と不安になった。もしかしたら日誌を見られないことになるのだろうか？

観測気球を上げるように大原が切り出した。

「今回はご無理なお願いをお聞き届けいただき誠にありがとうございました」

毅は表情を崩そうとせず、見ることができるのか否かまだ分からない。もう少し立ち入ってみることにした。

「父上の日誌の存在はどうしてこれまで分からなかったのですか」

「母が父の部屋を亡くなったときのままにしておきたがったので、私は部屋に入れもしませんでした。ようやく気持ちが一段落したらしく片付け始めたところ、デスクのカギのかかる引出しの奥に日誌を見つけたのです。大学ノート二冊ぶんありました。あの『早期希望退職』が募集されて以降、会社で起きたことをメモ的に記録したものです。二、三行の記述が多いのですが、たまに長く書いた部分もあります。母が二日ほどかけて何度も読んでから私のところに回ってきました」

見せていただけますか、と喉から出そうな台詞《せりふ》をこらえて続けた。

「いかがでしたか？」

「父らしい淡々とした記述の中に、臨場感たっぷりな思いがこぼれてくるような部分もありました。息子でさえ知らなかったことがたくさんありました。とにかく部下のことをできるだけ思いやっていて、息子として誇らしい気持ちになりました。あのチラシにあったような邪《よこしま》な思いはどこにもありません」

「それをお見せいただけるということで恐縮しております」

毅はカップに口を付けてからドアのほうにちらりと視線を投げていった。

「また今朝から母が読み直しているんですよ。大原さんに見ていただき、少しでも父の名誉回復をしていただこうということで納得したはずなのですが、頬《ほお》ずりせんばかりにノートを抱いていまして」

「あ、そうだ」と宮田が声を上げ、腰を浮かした。

「今日はまだお線香をあげさせていただいていませんね。よろしいですか」

「ちょっと待ってください、母が仏壇の前にいるんです」

毅が部屋を出てドアをぴたりと閉めると宮田がいった。

「見せてもらえますかね」

「それは必達目標ですよ」

いいながらもう一回くらい出直して来る必要があるかもしれないと思った。

すぐに毅が戻ってきた。

「どうぞ」

応接室の隣が仏壇のある部屋だった。

夫人になんと声をかけようと思っていたが夫人の姿はなかった。

宮田が型通り位牌《いはい》に手を合わせた後、大原が仏壇の前の座布団に座った。線香を立て手を合わせると自然と言葉が湧いた。

「部長の無念をぜひ私に晴らさせてください」

フライングという言葉が浮かんでいた。晴らせない可能性もあるのだ。しかし毅よりも隣室にいるに違いない夫人の耳を気にしていた。

三人で応接室に戻り、カップに紅茶をいれ直してから毅は部屋を出ていった。大原と宮田は無言のまま視線を交わすこともしなかった。

待ちくたびれてドアの外に声をかけてみようかと思い始めたとき毅が戻ってきた。

「すいません。母がどうしてもノートを放さないんです」

すぐに言葉が出なかった。

「昨夜はちゃんと心が決まっていたんですが、すいません」

「謝られるとこっちが申し訳ない気持ちになります」大原がいった。

「私たちのほうがご無理なお願いをしているのですから。母上の気持ちが定まるまでいくらでも待たせていただきます」

毅に日誌の中身をもう少し詳しく聞きながら、夫人の気が変わるわずかな可能性にかけることにした。

「毅さんにとって一番印象が強かった記述はどんなところでしたか?」

「やっぱり父が部下たちと面談していた時ですかね。板挟みの苦しい思いを淡々と記述していました」

「私の名前が出ていたとおっしゃってましたよね」

「ええ、宮田君は会社に残ってもらいたいリストにあると伝えても去っていった。彼らしい、と一行でした」

「宮田さんは潔いってことですよね」

大原がいうと宮田は照れたように首を振りながら次の問いを発した。

「小笠原さんについてはどうでしたか」

ええと、と毅は記憶の中を探るような視線をしてからいった。

「みなに辞めていくように言っているようだが大丈夫なのだろうか、って感じでしたね」

「大丈夫なのだろうかとはどういう意味ですか」

「それ以上書いているわけじゃないから推測ですが、その言葉に乗せられて辞めた人に後から恨まれるんじゃないか、ということだろうかと」

なるほどその推測通りなら、小笠原は花井のスパイではなかったということになる。

短い記述でも起きていたことへの理解が深まると分かり、ぜひとも現物を読みたいという気持ちが募ってきた。

「母上のお気持ちが見せていただけるようになるまで、ここで待たせてもらってもよろしいですか」

苦笑しながらいった。

「今日は無理でしょう」

「ただここで待たせていただくだけで結構ですが、何時までだったらお願いできますか」

「今日は無理どころか、もうお見せするつもりはなくなってしまったのかもしれません。わざわざ来ていただいて申し訳ありませんが、後日、母がその気になるまでお待ちください」

ここで強引に口説いても逆効果になるかもしれないと思った。

「そうですか、それでは母上に御礼だけを申し上げて今日は失礼させてもらいます。何とか後日、機会を作っていただけるようお願いいたします」

「御礼だけといわれても、母はノートを抱いて部屋に籠《こも》っているのですから、受け付けないと思います」

分かりました、そういって宮田を促し大原は席を立った。

すみませんねと型通りにいい毅はドアを開けて二人を先導した。二人が廊下に出ないうちに毅の驚きの声が上がった。

「どうしたの？　母さん」

立ち止まっている毅の傍らに大原は歩み出た。

毅の視線の先に上がり框《がまち》に腰を下ろした花井夫人がいた。細い背中をこちらに向け、体の前に回した両腕に何かを抱えている。

「どうしたの？　母さん。お客様はお帰りになるよ」

イイコトニシタワ。

音《おん》を反芻《はんすう》してから言葉の輪郭が大原の頭に入ってきた。

夫人はゆっくりと立ち上がりゆっくりとこちらに向き直った。

「これ、大原さんにお預けすることにしたわ」

しわの寄った、デパートのショッピングバッグを両手で毅に差しだした。

「いいのかい？」

「お父さん、これをわたしたちに見せたかったのよ、そしてその先のいろんな人にも見てもらいたかった。だから捨てなかった」

「いいのかい？」

「原稿、見せてもらえるわけだし、信じることにしたの」

「見せてもらえますよね」

毅に不意に問いを振られ、大原は「ええ」と反射的にうなずいた。

## 3

宮田は約束したちょうど十時に大原の家にやって来た。

予《あらかじ》め事情を話しておいた知子は、「お世話様です」と大原が目にしたことのないよそ行きの笑顔で宮田を迎えた。

そそくさと二階の書斎に案内すると、宮田は部屋中の本棚を珍しそうに見渡していった。

「本に囲まれているんですね」

「商売道具ですから」

美咲の部屋から持って来ていた椅子に宮田を座らせ、大学ノートのオリジナルのほうを宮田に渡し自分はぶ厚いコピーの束を手にした。

昨日、昼間は鉛筆片手に丁寧に読み込み、夕食を終えてから近くのコンビニに行って、二冊ともコピーしておいたのだ。日誌は手書きの文字で綴《つづ》られており、ところどころ達筆《たっぴつ》すぎる走り書きで読みにくいくらいだ。

「読まれてみて、どうでした？」

「早期退職のことも偶発債務のことも色々とヒントになることが書かれていましたよ。社内事情をよく知っている宮田さんと一緒に読めば、もっと深いことが分かるだろうと期待しています」

知子がコーヒーをいれたカップを持って上がってきて、小さなテーブルにカップを置きながらいった。

「よろしくお願いします」

「朝っぱらから押しかけまして」

「こちらがご無理をお願いしましたんでしょう」

「いえ、私から提案したもので……」

知子が部屋を出ていくと宮田がいった。

「大原さんの奥さんらしいですね」

「……？」

「辞められたとき、支えてくれたというのがよく分かりますよ」

二年半前の取材で、宮田の心を開かせようと、山上証券がつぶれたときのショックを少し大げさに伝えた。そのとき知子に支えられたようなことをいったかもしれない。

「あれなら大原さんがどんな立場に追い込まれようと大丈夫ですね」

「宮田さんのところだって奥さんがどんと構えていたじゃないですか」

「はあ？」

「ただ一つの条件は、会社を辞めたことを子供たちに知られないことだと」

「まあ、たしかに」といいながらノートに視線を移してしまった。

二人で最初から読み進めていった。

大学ノート二冊といっても一行から五行くらいまでの記述が多く、行間が空いているのですいすいと読み進められる。

大原は宮田の速度に合わせてページをめくり、お互いに気になった部分で意見をいい合うことにした。

間もなく宮田が声を上げて読んだ。

「×月×日。とうとう手渡されていた時限爆弾が破裂した、とありますね。早期希望退職募集を発表した日ですね。部長にとってはそういう受け止め方だったんだ」

「その手渡されていた時限爆弾て、特集のタイトルにぴったりでしょう」

宮田は皮肉な口調でいった。

「雑誌記者は、いつもそういう見方をするんですね」

「売らんかなに思えるかもしれませんが、魅力的なタイトルを考え出すということは記事の急所を見定めるってことでもあって、とても大事なんですよ」

なるほどとだけいって宮田は次のページをめくった。

「ああ、息子さんがいったことが出ていますね。宮田君は会社に残ってもらいたいリストにあると伝えたのに去っていった。彼らしい。これって誉《ほ》め言葉ですかね」

「もちろんですよ。出処進退が潔いってことですよ」

「潔いわけじゃなく、どっちが得なのかっていう計算があったんですがね」

部下たちにいった言葉に対する慚愧《ざんき》の思いも書かれている。

〈会社から「これだけはやめてもらわなければならない」と課された人数はやり切る

しかない〉
〈残っても幸せになれないよといってしまった。何が幸せかおれにもわからないのに〉
〈どんな日々が待っているかは、みな運しだいだ、いや心の持ちようしだいだ〉
〈Sをやりこめてしまった。いつまでも屁理屈を並べるんで頭に血がのぼってしまった〉

人の名前を示すアルファベットはどれも大文字で書かれている。そのほうが書きやすいのだろうか？

Sという名前に指を置いて宮田が嬉しそうにいった。

「これ、誰のことか分かりますか？」

「志垣さんでしょう」

「大原さん、私より法人ソリューション営業部のことを知っていますね」

時々軽口を交わしながらどんどん読み進めていくが、大原が付箋を貼っていたほとんどの部分は宮田も読み上げた。

〈追い込みながら自分が追い込まれていく。覚悟は最初からできていたはずなのに、自縄自縛《じじょうじばく》感がどんどん強くなる〉

〈「君らだけに苦労してもらおうとは思っていないよ」。この言葉をいうとき、あいつらが見返す視線をまぶしく思うことはない〉

〈××子は、おれが辞表を出すとは毛頭思っていないようだ〉

××子とは花井夫人に違いない。このときまだ自分が辞める覚悟をしていることは伝えていないのだ。そのことを苦にしていたのだろうか？　苦などまったく感じないほど決意は固かったのだろうか？

〈想定していたより二割多く辞めた。泥船に乗っていられない奴がこんなにいたのだ。これでおれが辞めたら、リストラの先兵だったことへの贖罪《しょくざい》にはならないか！泥船から飛び降りたエゴイストに過ぎないか！〉

「これって、どう思いました？」

宮田がその部分を開いて大原に突き付けた。

「やっぱり辞めるのが正解だったと思いますよ。去るも地獄、残るはもっと地獄でも去ったほうが好印象になるでしょう。花井氏もすっきりしたんじゃないでしょうか」

「部長が辞めたと聞いた時点では、私は五分五分だったかな。どっちを選ばれたとしてもちょっと忌々《いまいま》しかったですよ。私を窮地に追い込んだ直接の当事者は花井さんですからね。その後東洋デバイスにいったときは、本当に頭に来ましたよ」

「その辺もけっこう書いていますね」というと、宮田のノートをめくる速度が速くなった。


〈「あなたが辞める必要はない」と今日も××子にいわれた。「社命を実行しただけなんだから」と。理屈はそうだが人の気持ちはそうは動かないといっても理解はされなかった。まあ、人生とは誤解の密林をかき分けて進むということなのだろう〉

〈転職支援会社がこれほど役に立たないとは知らなかった〉

〈職務経歴書の中身と関係なく、55歳は再就職には向かない年齢なのだ。しかしコネ人脈など使いたくない〉

〈おれは人脈を使ってもうまくいかないことを恐れているのか？　使って就職が決まってもその後、人脈のせいで出処進退が不自由になることを恐れているのか〉

〈呆れた。どれも前に進まない。遠回しにおれの選択をなじる××子との会話も億劫になってきた〉

宮田がパラパラとノートをめくって見せ、「この辺の、うまくいかなさ加減はぼくと同じようなもんでしたね。しかし天下の早坂電器の部長なのにその肩書きを利用しないなんて」といった。

〈M氏からメールあり、戻ってこないかと。戻れるわけありませんよといったら、お前が苦労したって誰も喜ばないと。そんなことはない、私の気が済むんですと返したら、おれもそういうかっこいいことを言いたいよ、だと〉

〈お前のように当社を支える気概と能力のあるやつからさっさと辞めていきやがっただと、ふざけるな〉

「M氏って誰だと思います？」と大原が宮田に聞いた。

「たぶん、ですが、水沢社長でしょう。戻って来いといえる立場のM氏ということなら、それくらいしか思い当たりません」

「二人はこういう遠慮のないやり取りができる関係なのですか？」

「文系理系に分かれていたので、知る人ぞ知るですが、二人は関西の××大の同窓のはずです。手渡されていた時限爆弾って最初にいったのは水沢社長だという噂《うわさ》が社内を駆け巡っていました。手渡されたのが時限爆弾だったというのは、花井部長じゃなく水沢社長にとっての実感でしょう。絶対に立て直しようのない経営、右を見ればアコギな借金取りと化した銀行、左を見れば自分のいうことを聞かせたい経産省、正面にはグローバル経済のモンスターのような周太洋、早坂電器はいつか破裂する時限爆弾ていうのが実感だったでしょう。それを花井部長は当初から水沢社長に聞いていたのかもしれません」

〈Kに「Y氏経由じゃなくておれがスカウトするならいいだろう」とまたいわれた。東洋デバイスの人事部長にはそれだけの力があるそうだ。思わず「検討してみてくれ」といってしまった。もう持ちそうもなくなってきた〉

〈Kから連絡があった。「たぶん大丈夫だ。来週本社に来てくれ」と。電話を取り次いだ××子に漏らしたら「やっぱり××高校のお友達は誠実ね」と小躍りせんばかり

に喜び、こっちも干天の慈雨の救いを感じた。早坂を辞めて半年になる、これだけ苦しめば、皆も許してくれるだろうか〉

ノートを凝視《ぎょうし》していた宮田の目からはらりとひと筋、涙が零《こぼ》れ落ちた。不意に大原ももらい泣きしそうになって目を逸らした。

〈どこで聞いたのか、「東洋デバイスに行くそうだな。Yか」とM氏からメールが来た。「いいえ。高校時代の友達経由です」と答えたら「おまえらしいな、Yは大丈夫か」だと。Yもそこまで尻の穴が小さくないだろう〉

その後も花井とMのやり取りが何回か出てくる。

昨夜、これを読みながら「偶発債務《ぐうはつさいむ》の謎」に触れる部分がないか、気を逸《はや》らせながら読み耽《ふけ》った。そして徐々にそれに関わる記述が増えてきた。

〈M氏はいう「かの国のSは恐ろしい男だ。経済戦争という言葉があるが、Sは日本のような比喩としてではなく本気で戦争をやっているつもりなのだ。陰謀、裏切り、

脅し、なんでもありだ」と〉
〈お人よしに見えていたM氏がわずか一年でこういう風に変わるんだ。おれはずっと甘い国の、甘い企業の、甘いビジネスマンをやって来たのか〉

この辺りから日誌は自己嫌悪の記述が多くなり、ボールペンの書体も乱れていく。東洋デバイスで辛い目に遭うようになったせいなのだろうと思うが、それについては多くは触れていない。

これなどは関係しているのだろうか？

〈同じメーカーでも全く別物だ。技術者としての知識や能力の共有より、企業村の文化を身に着けるほうが先だ〉
〈Hマンは上から下まで会社ごっこをしていたのだ！　Tではみなまっすぐに仕事をしている。30年余会社ごっこをしてきたおれにはそれがつらくなっている〉

「腹に匕首《あいくち》を突き立てられた気分です」その記述を宮田は見逃さなかった。
「『早坂電器』は会社ごっこだったのか、と」

「世間は一時は天下を取った早坂、と思っていましたがね」

「いわれてみれば創業者が先頭を率いてた頃はいい意味の会社ごっこだったけど、三代前からは誰もが表面だけを取り繕う会社ごっこになってしまった」

「いい意味？」

「創業者たちは、この世にこれまでなかった便利な製品を生み出そうという開発者魂に溢《あふ》れていましたよ。日本のエジソンといってもよかった。利益を目指さなくても後からついてきた。それが『シーザス』が大当たりした三代前から先代まで三人とも博打打ちになってしまった」

「Mさんは？」

ちょっと首を傾けて宮田はいった。

「器じゃなかったということですね」

「それは罪ではないでしょう」

「無能のまま経営者で居続ければ罪ですよ」

「宮田さんはMさん以外で誰がいいと思っていたのですか？」

宮田は意表を突かれたようにノートに戻っていった。眉間に小さなしわが刻まれた。宮田にも当てはないのだ。

そのとき不意に宮田がジャケットのポケットに手を入れた。スマホに着信があったのだと気づいた。

画面を見て椅子を回して大原に背を向けてから「はい」と小声でいった。

女の声が漏れてきた。口調がきついように感じられたが内容までは分からない。

聞き取れないやり取りをいくつか交わし「伝えてありますよ」切り口上でいって宮田は電話を切った。

椅子を戻し、照れ隠しのように「まったくうるさくて」といった。

「奥さんですか？」

「予備校から何か問い合わせがいったらしく、行ってないのと確かめてきたんですよ」

大原も今日の日程を決める電話で、予備校のほうは大丈夫かと聞いたのだが、宮田から休暇を取りますから大丈夫ですといったのだ。

「内緒だったんですか」

「いらぬ心配をして……」

大原が言葉に詰まると苦笑いして続けた。

「前の仕事をふた月で辞めたものですから、今度は続けてほしいということで」

転職していたのか？

「どこまでも宮田さんについていくといってくれた賢夫人じゃないですか」

「そうはいいましたけど、やっぱり六割の給料ではね、最近はアゲンストの風が吹いてきています」

「こういうケースで六割ってのは一般的なんじゃないですか」

「私は納得しているんですが、切迫していた時に送ってくれた女房のエールを平常時にまで当てにしてちゃいかんのですよね」

宮田が自嘲の笑いをもらした瞬間、自分が山上証券を辞めざるを得なくなったときの知子の姿が頭を過《よぎ》った。知子は腑抜けとなった自分を責めることなく受け止めてくれた。あれも切迫時だからこそのエールだったのだろうか？

励ましの言葉をひねり出そうとしたとき、「さあ、先に行きましょう」と宮田がノートを手にした。

ほっとして大原はさっきから思っていたことを切り出した。

「そのノートは宮田さんに差し上げますので、そのあたりは自宅に帰ってから読んでください。ここでは本命の偶発債務の謎のところまで飛びませんか」

大原の顔を見てうなずいた。

「どのあたりからですか？」

「二冊目の三分の二ほどからです。偶発債務関係はすべて付箋を貼ってあるつもりです」

「了解です」

〈もうあいつに売るしかないのか〉

そういう記述から偶発債務の謎に関わる伏線が敷かれている。しかしまだはっきり謎解きできるものはどこにも見当たらない。

〈あいつが約束を守らない人物だとは三年前には分かっていたのに、わが社は蟻地獄に吸い込まれる蟻なのか〉

大原が付箋を貼ったその部分を声に出して読んでから宮田がいった。

「三年前、あの野郎、うちへの出資をきちんと合意していたんですよ。それをちょっと株価が下がったと難癖をつけてチャラにしやがった」

「あいつ」も「あの野郎」も神海の周太洋のことである。

「それなのに早坂電器は周と縁切りができずに、ずるずると引きずり込まれていたんでしょう」

「あいつはうちより先に銀行を引きずり込むんですよ。だから銀行にがんじがらめのうちは手も足も出なくなる」

その辺にも花井メモは触れている。

〈M氏の泣き言。「銀行は周太洋に金縛りにあい、私は銀行に金縛りにされている」〉

〈M氏の泣き言つづく。「Nが外された。外堀が埋められている」〉

「やっぱり中西さんは外されていたんですね」そう念を押してから宮田に問うた。

「誰が外したんでしょう？」

ほとんど自問自答する気分だった。そして思っていた通りの答が返ってきた。

「メインバンクしか考えられないでしょう」

「なんのために外したんですか？」

自問自答まがいを続けた。

「メディアとか周辺の中西評を信じれば、中西さんの理屈に銀行が辟易していたんじゃないかと」

「どういう理屈ですか？」

「メインバンクと真正面から対立する理屈ですよ」

宮田の答に大原は笑いだした。自問自答が破綻している。これでは何も答えたことにならない。大原は本当に自答することにした。

「中西さんは、銀行を相手に、周太洋を選ぶことは早坂電器のためにならないと強力な論陣を張ったのではないですか」

今度は宮田が問う側に回った。

「強力な論陣ていうのは？」

「中西さんは周太洋の裏切りの歴史を誰よりもよく知っている。それをきっちり経産省や銀行から送り込まれた役員会のメンバーにぶつければ説得力があるでしょう」

「中西さんは革新機構に傾いていたのですかね」

「私の取材では、メインバンクでも、とくに千代田には経産、革新機構ラインを推す勢力もかなりいたということです。中西さんが『周太洋がぶち上げる好条件は当てにならない。弊社はこんなこともあんなことも経験して、思い知らされている』と強力な論陣を張ればそっちが優勢になる可能性もあったんじゃないですかね」

「周太洋の大盤振る舞いに縋《すが》りたい勢力にとって中西さんは眼の上のたんこぶだった、だから外された……」

そういって宮田は太いため息をついた。大原も同じ気分だった。短い濃密なやり取りの中で、「早坂電器」の買収をめぐる力関係の見通しがよくなった気がした。

もうひと息、と自分に鞭《むち》打って宮田相手の自問自答を再開した。

「そういう背景の中で、中西さんの権限の下にあるはずの偶発債務のリストが、買収先を決める役員会の前日というとんでもないタイミングで飛び出してきた。それなのにそれを実行した中西さんに特別な意図がない、単純な事務的ミスだということこれまでの説明は全く説得力がないですよね」

「そんなことが通ると思っている奴はバカですよ」

「その後もっとも起こりうる事態は、三年前と同様に周太洋が買収提案をひっくり返すということですよね」

「それしかないでしょう」

宮田が自信ありげにいったとき次の質問が頭に浮かんできた。

「水沢氏もどこかで中西さんの意図に乗っていたのでしょうか?」

調子よく自問自答まがいのやり取りに応じていた宮田が答えに詰まった。大原にも確かな自答はなかった。先夜の取材ではそんなことに触れもしなかった。

二人で顔を見合わせてから、取った。その答えは水沢と中西の胸の中かこのノートの中にしかあるまい。

水沢と中西はきっと墓の中まで持っていくだろうから、ノートの中になければ永遠に答えは得られないのではないか。

二人は黙ってページをめくり始めた。役に立ちそうな部分はもう暗記するほど読み込んだつもりだが、こうやって読み直すといつも新しい発見がある。

それに走り書きが過ぎて判読できなかった部分もある。もしかしたらそこに重要な記述があるかもしれない。

M関連の記述を拾い読みしていく。二冊目の後半になると彼の言葉を「」の中にそのまま記しているモノが結構多くなっている。

〈「悪口雑言は耳に入れないようにしているが、入ってきてしまう。腹が立つより情けない。きみもそうだったろう」だと。私に同情してもらいたいのか〉

〈「メディアが描くM像を見ると、おれの偽物が世間を歩き回っているような気にな

る」。なるほど私の噂もそうだった〉

〈私もNに賛成、Sはまったく信用できない〉

ここはMかNかはっきりしないが、周太洋が全く信用できないということは、どちらも思っていただろう。

紙も裂けよとばかりに凝視しながら大原はページをめくっていく。

うむと手が止まった。

〈「Nはしきりに『一××成』だというが、はてさて……?」とはMさんらしいが!!!〉

中ほどの二文字が崩れていてはっきり読めないが、たぶん「一気呵成《いっきかせい》」だろう。始めが「一」で最後が「成」の四字熟語なぞ他に思い当たらない。

つまりN、中西が「一気呵成」にやるといっていることに、水沢は「はて、さて」と距離を取っているということだろう。

やることがこれまでより規模の大きな偶発債務の開示だということまできっと知ら

されているだろうが、少なくとも一気呵成にやるのは批判的なのだ。いやいや、そこまで過激な手段を知らされていたら、「一気呵成」にだけ疑問を投げかけ、「はてさて……？」などと悠長にしていられるだろうか？

わずか一行の記述が急に大原の胸を揺さぶり始めた。

「ねえ、宮田さん」

大原は自分の解釈を語り、どう思うかを宮田に尋ねてみた。宮田は手にしたノートのその部分を探し出し、じれったいほどゆっくり目を通してから大原に問うた。

「これって、一気呵成と読むのですか」

コピーを見直して大原がいった。

「四字熟語で、最初が『一』で最後が『成』ならそれしか考えられないと思いますけど、そんな熟語、他にありますか？」

「最後のひと文字は『成』じゃなくて『生』と読めません？　生まれるって文字です」

「えっ？」と大原はコピーに顔を近づけた。文字を睨《にら》みつけ、崩れた部分を補って読むとそう読めなくもない。

「そうすると上が『一』で最後が『生』の四字熟語か？」

次の瞬間、二人は声をそろえて言っていた。

「いちれんたくしょう」

「一蓮托生《いちれんたくしょう》か」と今度は大原が一人繰り返して続けた。

「ならば、水沢さんは、中西さんから自分と運命を共にしろ、つまり同じ行動をとれと、しきりに迫られていたことになる」

「『はてさて』の後の『……』に、どういう言葉があったかがカギになりますね」

「はてさて、おれもここいらで覚悟を決めるべきか、だったら共犯だ」

「……にはしたけれど、花井さん、『Mさんらしい』といっているんだから、その部分も聞いていたはずですよね」

「わかった」と大原の声が大きくなった。

「そのあと『！』が三つつながっているでしょう。花井さん、Mさんにエールを送っているんですよ」

「水沢さん、中西さんにゴーのサインを送ったんだ」

「待て待て、待ってください。整理しましょう」

大原がコピーの束を置いて呼吸を整えた。呼吸が整わないうちに口を開いた。

「まず中西さんがどこかの時点で、驚くようなタイミングで偶発債務を開示しようと目論《もくろん》だことから始まった」

「ええ」宮田が深くうなずき大原が続けた。

「もちろん周太洋が早坂電器の買収から手を引くことを狙っていたわけです」

「中西さんは三年前、『早坂』の株価がちょっと下がっただけであっさりと手を引いた周太洋の裏切りが骨身に染みていて、あんな阿漕《あこぎ》な奴に早坂が買収されるのは死ぬほど嫌だった」

「そこであの時と同じように手を引かせるために、偶発債務を目一杯膨らませて周太洋に突き付けた」

「周太洋の阿漕な手から逃れられるなら、どこに引き取られてもいいと思っていたのに、目論見は大外れ」

「周太洋は買収の手は引かず、買値をどんどん下げてきた」

合いの手を入れるように言葉を重ねているうちに、大原が笑い出した。それに宮田の笑いが重なった。

「ここまで間違いないですよね」

大原がいった。

「間違いないと思います」

宮田が応じた。

「しかし、そんな推測を今さら記事にできないでしょう。少なくとも水沢さんの口から語ってもらわないと」

「ええ、水沢さんの口から語ってもらいたいです」

「無理でしょう」

「大原さんの腕の見せ所ですよ」

とんでもない難問だ。どうしたらできるだろう？　片手に持ったコピーの束を無意識に握りしめていた。

# 13章　6番ホール

## 1

「ハレルヤ」のいつもの席で大原は筆で書いた書状のコピーを睨みつけていた。

この書状のオリジナルは二日前に水沢邸に届いているはずだ。


——色々とお騒がせしており、誠に申し訳なく思っております。

先日、水沢社長にお話をお聞かせいただいた件で、この度、新たな展開がありましたのでご報告申し上げます。

貴家にお伺いした数日後に、故花井徹・法人ソリューション営業部長のお宅をお訪ねし、生前に書き遺されていた大学ノート二冊分の克明な日誌をあずからせていただきました。

それを「早坂電器」の元社員の方と一緒に隅から隅まで精読しましたところ、先般、水沢社長にお訊《たず》ねした件、すなわち（詳細な偶発債務《ぐうはつさいむ》リストが、なぜ最終役員会の直前に、周太洋氏に開示されたか）の答がわかりました。われわれがついに見つけたその答についてぜひ水沢社長にご確認たまわりたく、一度お目にかからせていただきたく願っております。……——

これが届いたはずの日から、大原は水沢邸に朝、昼、夕と電話をかけたがいつも留守電になり、そこに残したコメントにも全く反応がなかった。

夜討ちをかけようかとも思ったが、簡単に迎え入れてくれるはずはないし、もう近所に不審に思われるようなやり方を取りたくはなかった。とくにあの夫人の心を痛めるような行動をしたくはなかった。

もう一度、書状を送り、大原の推論の具体的な中身を伝えて揺さぶり、取材の場に引っ張り出そうとも思ったが、それではあらかじめ言い逃れの理論武装をされ、逃げ切られてしまう心配もある。

どこかで顔を合わせていきなりあの推論をぶつけ、動揺した水沢から、「どうしてわかったんだ」というような言質《げんち》を取りたい。自宅以外のどこかで水沢と会えないだろうか？

二杯目のコーヒーがテーブルに運ばれてきた。大原よりひと回り年嵩《としかさ》のマスターは、大原の長居を嫌がってはいない柔らかな笑みを浮かべてくれた。

ブラックのままのコーヒーに口を付けたとき思い出した。

水沢は中森とゴルフに行く約束をしていた。

大原はテーブルの上のスマホを手にして、一つの連絡先に触れた。

——中森でございます。

小西由紀子だった。

「大原ですが、会長はいらっしゃいますか？」

——大原さんからのお電話を、首を長くしてお待ちしておりました。

これがクラブのママのトーク作法なのか？　と思う間もなく太い声が飛び出してきた。

——おお大原君、うちに来てくれる気になったのか！

あやうく、一年猶予をくれるっていってたじゃないですかと答えそうになった。それでは転籍を受け入れたことになる。

「先日、水沢さんとゴルフをやる約束をしていましたよね。あれはいつになったのですか？」

――何だ、仲間に入りたいのか。

「私は山上を卒業してからは、ゴルフは止《や》めてしまいました」

入社三年目の上司に強引に誘われ練習場に三ヵ月通い、コースにも十回ほど出たことがあるが、山上証券が倒産して以降、クラブを手にしたことさえない。

――ちょっと待てよ。小西君、代わってくれんか。水沢氏とのゴルフの件を聞きたいんだと。

はあい、と遠くで声がしてから電話に出た。

――少々お待ちください。あのお約束は急なお話だったんで、私もバタバタしまして……。ああ、月末の×日に入っています。会長の大好きな東日本カントリークラブで、朝九時からのスタートです。

「お二人以外のメンバーはどうなっていますか？」

――そのご返事は会長に代わらせていただきます、という言葉に続けて中森が出てきた。

――おい、何をするつもりなんだ？

「何もしませんよ」

——もうおれは巻き込むなよ。素面《しらふ》になってから考えたら、ゴルフにご招待だけじゃすまない借りを水沢さんに作ってしまったんだぞ。

「すみません。二度と巻き込むようなことはいたしません」

——あと一人はおれの息子だ。残りの一人は、水沢さんに誰か連れてきてもいいといっているんだが、三人で回る可能性が高い。あそこはおれの庭みたいなところだから無理が利くんだ。

「すみません、恩に着ます」


電話を終えてすぐ、中森と話している間に頭に浮かんできた相手に電話をかけた。留守電になっていたのでひと言だけを残した。

冷めかけていたコーヒーをひと口飲んでから、インターネットで小西由紀子のいった東日本カントリークラブを検索した。

トップページに城のような贅沢なクラブハウスの外観が現れた。コース、施設、レストラン、バーラウンジ……、と順番に見ていった。どこも最高級のシティホテルのように見えた。大原にはトンと縁がないこういうところを、中森は日常の活動範囲にしているのだ。

次に「アクセス」を開いた。「道案内」と「MAP」とが並んで現われた。箱崎《はこざき》ジャンクションから京葉《けいよう》道路を経て小一時間かかるようだ。

大原の家から新宿を経て箱崎までの道程《みちのり》を頭に浮かべ、家を何時に出ればよいのか計算をした。九時スタートだから遅くとも六時に出発だ。久しぶりの早起きになるなと思ったときテーブルの端に置いていたスマホが震えだした。

手に取ると待っていた相手だった。

——白星を下さいというお誘いじゃありませんて、何よ？

岸田だった。戸外にいるのだろうか？　背後に何台もの車が往来している音が聞こえる。最初に一番大事なことを問うた。

「岸田さん、車、乗っているんだよね」

——ああ、酒を飲みっこない日はね。月に、二、三回かな。

「それで他人の車の後を付けられる？」

——おい、一体、何の話だ。

「付けたことありますか？」

——相手が普通の運転をしてくれるならやれると思うよ。「官僚ワールド」の仕事で何回かやったことがある。

「さすが、岸田さん。それで今月末の×日、朝から夜まで空いていませんか？」

――おい、何だよ？

「空いていませんか」

――×日？　少し間があって、――空いているよ。今日みたいに塞《ふさが》っていることの方が珍しいんだ。

「よかった。それじゃ、今夜、天元で会えませんか」

――いったい何なんだよ。

「ひとつ大きな仕事を頼みたいんですよ。こんなことを頼めるのは今のぼくには岸田さんだけなんです」

――何をそんなに入れこんでいるんだよ。

「ぼくが『ビジネスウォーズ』で仕事をやり続けられるかどうか、全部、岸田さんにかかっているんです」

――なんだか分からないけど、とにかく行きますよ。

# 2

決行日、前日の天気予報は雨だったので、取り止めになるかもしれないとハラハラしていたが、早朝から雲一つない空が広がっていた。

西武《せいぶ》新宿駅のホームには待ち合わせ時間の五分ほど前に滑り込んだが、気が逸《はや》って地下通路を走り抜け地上に飛び出した。

待ち合わせた靖国《やすくに》通りの交差点まで三分。間に合うだろうと大股で歩き出すと、後ろから短いクラクションが鳴った。首をひねって運転席を睨《にら》みつけると、笑いかけてきた。白いキャップに薄茶のサングラス、紺のジャケット。ゴルフにでも行くオヤジか、と思った瞬間、気付いた。岸田だった。

「早く、乗ってくれよ」

「どこにいたのさ」

「早くついちゃったからこの辺りをゆっくり流していたんだ。この時間だと空《す》いているな」

助手席に乗り込むと岸田は慌しく、発進させた。

先日、「天元」で打ち合わせをしたときは乗気でなかったが、今、目の前の岸田はすっかりその気になっているように見えた。

「岸田さん、よく寝れたようだな。ぼくはさっぱり」とまでいったところで岸田が口を挟んだ。

「眠れるわけないじゃないの。あんな面倒なことをいうはめになるかも知れないんだから」

「愛野の前では立派にいえたじゃないですか。いってくれなきゃ困りますよ」

「なんだっけ」と片手ハンドルになり、ジャケットの胸ポケットから折り畳んだ用紙を取り出そうとした。

「ダメダメ、メモなんか見ちゃ、暗唱して下さいよ」

ちっと舌打ちをしてあの日はすっかり頭に叩き込んだはずの台詞《せりふ》を口にし始めた。

「えーと、『水沢さん、あの偶発債務の突然の開示は、水沢さんと中西さんが一蓮托《いちれんたく》生《しょう》で計画した〝周太洋〟引きはがし作戦だったのですね』えーと、『法人ソリューション営業部長だった花井徹さんの』『極秘日誌にはそう記録されていましたよ』、これでいいんだよな」そこまでいい終えて、岸田は溜息をついた。

「長いわ、アラカンには荷が重過ぎる」

「アラカン？　ひと回りもお兄ちゃんか。ため口利いちゃいけませんね」

ずいぶん前に年を聞いて驚いた記憶はあるが「天元」での付合いでそれを意識することはなかった。

「でも今の台詞、一字一句、ぼくのシナリオ通りでしたよ。さすが岸田さん、天下の六段の脳の出来は違うな」

「バーカ、どうせ自分の方が強いと思ってんだろう」

「間違いなくきちんといえるとして、それを伝えた時に水沢さんの反応をスマホに録《と》ることを忘れたら台無しですからね」

「水沢さん、ショックの余り、言葉を失うことだって考えられるぞ」

確かにその可能性もある。

「その時はしょうがありません。カメラを使って下さい」

「スマホのカメラなんか、台詞をいうよりもっと自信がない」

そういいながらも岸田はもう一度、水沢に投げかけるべき台詞を口にし始めた。さっきよりスムーズになり自然な感情がこめられている。

「いいじゃないですか、これならぼくがいうより岸田さんがいった方がいい反応を引き出せるな」

「勘弁してよ。おれがいうことになる可能性はほぼゼロと思ってんだからね」

「あの台詞はいえるとしてさ」長いこと沈黙のままハンドルを握っていた岸田が不意にたずねた。

「中森さんがずっと一緒にいるというのに、どうやって中森さんを巻き込まないように、あの台詞をぶつけるのよ」

「天元」で打ち合わせをしたときは、台詞をいえるかどうかばかりを気にしていたが、決行の舞台が目の前に迫ったら、自分の役回りがリアルに頭に浮かんできたのだろう。

すぐに答えることができず、ズボンの尻のポケットからコースの見取り図を取り出し、それに目をやりながらポツリポツリと答えた。

「彼らの行動が読み切れないから、結局、出たとこ勝負ですよ。とにかく水沢さんが九時から半日は東日本カントリークラブにいて、われわれはその周辺をうろつくのだから、何か出くわす機会を作れないことはないでしょう」

「そうかもしれないけど、出たとこ勝負なんてことにしてたら、きっと中森さんを巻き込むことになるぞ」

「何か起きますよ。ぼくに出たとこ勝負のチャンスが回って来ずに、岸田さんが一人の場面で水沢さんに出くわしたらあの言葉をぶつけてくださいね」

「どこで出くわせるのよ」

「最低クラブハウスの出と入りの二回のチャンスはあるでしょう」

「その時はオーさんも一緒にいるでしょう」

「いたらもちろんぼくがやりますけど、何かの理由でぼくがいないとき岸田さんがすれ違ったらやってくださいよ」

「待て待て、重大責任だな。あの言葉ってどうだったっけ」

岸田はまた片手ハンドルになり右手を胸にもっていこうとした。

## 3

07：50。駐車場に着いたときは、もう三分の二以上のスペースが埋まっていた。

ここでは六時スタートのパーティ《組》も少なくないらしい。

大原はキャップを目深に被《かぶ》り「ぼく、チェックしてきますから、停めておいてください」と車の群れの三十メートルほど手前で車を降り、停まっていた車群にさりげなく近づいた。

駐車場の奥に、ホームページで見た宮殿のような外観のクラブハウスが聳《そび》え立っている。万が一、すでに水沢が来ていてもあの中に納まっているはずだ。そう思いながらもキューンと内臓が縮みあがるような緊張を覚えた。

用心深く車群との距離をとりゆっくりと歩きながら手前から順に窓の中に視線を投げる。歩を進めるにつれ自然と数を数えていた。二十三台。その内二台はちょうど人が降りるところだったのでキャップのツバに手をやり顔を隠したが、中森でも水沢でもなかった。その他のどの車の中にも人の姿はなかった。

くるりと向き直り一番外れに停めていた岸田の車に向った。窓から三分の一だけ顔を出した岸田に声をかけた。

「いませんでした」

「これからどうするの？」

「車の中で待っていて、水沢氏が中森さんより先に来るかあとに来るか……、どっちにしろ水沢さんが一人で車を降りたときに捕まえるつもりですが」

「もう入っているんじゃないの？」

「たぶんまだですよ。水沢さんが中森さんに借りを返してもらうという建前ですから、そんなに早く来ることはしないでしょう」

駐車場に乗り付ける車の数は刻一刻と多くなり、次々に降りてくる男たちはいっせいにクラブハウスに向った。たまに女もいるが一割に満たない。

岸田は運転席に、大原は後部座席に少し体をうずめ、キャップを深くかぶり、目だけをクラブハウスに向う男たちに向けている。見つけたとしても声をかけるチャンスを得られるか分からないが、こうしている以外に方法がない。しかしこれだけ人がふえてくると水沢を見逃す可能性がある。

「岸田さん」運転席に声をかけた。

「岸田さんはぼくほどはっきりと顔を覚えられていないと思いますので、車の外に出てキャップをちゃんと被って見張っていてくれませんか」

「そうしたらおれが声をかけることになるじゃないか」

「もしそういう場面になったら頼みますよ」

「ひどいな。オーさんが見張りの前線に立っておれを補佐に回してくれよ」

「ぼくじゃ、あっちに先に見つけられて機会を失うかもしれないですから」

不満そうにしながらも、岸田はドアを開け車の外に出た。

大原を振り返ってから、駐車場に沿ってクラブハウスへと続く通路の中ほどに歩いていく。岸田の見立てたファッションは周囲に溶け込んでいるが、その動きはどこかぎこちない。

大原は岸田から視線を外し体をひねって駐車場が見やすくなる体勢にした。

その瞬間、入口のほうからやってきたセダンが、一台分の空いた中央のスペースに正確に滑り込んできた。

停車すると間もなく、後部座席から見たことのある人影が降りてきた。

水沢である。グレーのキャップ、眼鏡、淡い茶色のジャケット……。すぐ近くにいる岸田は、水沢に気付いていないようだ。大原は、先日会っただけでなく、資料でいろんな姿の水沢を見ていたから見極められたのだろう。

しかし後部座席に座っていたということは誰が運転しているのだろう。中森が「誰か連れてきてもいい」といったその誰かなのか？　すぐにその答が分かった。水沢に続いて後部座席から降りてきたのは中森だった。そして運転席から降りてきたのは、二人より一段と若い男だ。これもどこかで見たことがある。すぐに気付いた。資料の中の写真で何回も見たことのある中森の息子、勇太だ。

つまり中森親子は水沢をどこかで拾ってここまで連れてきたのだ。まずい、大原は両手でキャップを頭に押し付け思った。中森だけでなく勇太もここから同行するとなると、ますます水沢一人にあの言葉をぶつけられる場面がなくなってしまう。

三人は岸田の傍らを通ってたちまちクラブハウスのほうに消えた。岸田はたぶん中森には気づいただろうが、声をかけることなどできなかったのだ。慌てて車に戻ってきた。

「いたね」

「ああ、いましたね」

「若いのは、息子さんか」

「ああ」

「あれじゃ、ダメなんじゃないの」

岸田の言葉がぐさりと胸に突き刺さった。

「諦《あきら》めるしかないだろう」

「巻き込むなよ」という注文を破ってもいいのではないか、という考えが頭をよぎった。いまや水沢は中森に何の利益ももたらさないだろう。巻き込んだとしても中森は何の不利益も被らないのではないか。

いやダメだダメだ、たちまちそれを否定する考えが脳裏を占めた。中森は筋の男だ。中森はその筋を通して生きている。岳人との関係も、和子との関係も、おれとの関係も、そして水沢との関係も。

「諦めるなんて選択はないんですよ」運転席に乗り込んできた岸田の背中にいった。「撃ちてし止まんです。そうじゃなかったら、『ビジネスウォーズ』を諦めなきゃならない」

「そんなにあの雑誌にいたいのか」

「いや」岸田への答を中断している短い時間に沢山の言葉が胸の中を駆けめぐり、その一つを吐き出した。

「『ビジネスウォーズ』が取り上げてきたようなテーマと戦う記者でいたいんですよ」

「中森さんの雑誌に行ったって同じことができるだろう」

またいくつも言葉が駆けめぐった。

「戦友が違うから」

「今の『ビジネスウォーズ』はもうオーさんの愛した戦友はいないだろう」

「私はまだ岳人社長と一緒に戦っているんですよ。隼人くんも少しずつ私と同じ戦列に加わり始めているかも知れない」

ふーむと大きな溜息《ためいき》を吐《つ》いてから岸田がいった。

「それで、これからどうするんだ？」

「帰りに後を付けて行って水沢さんが降りたところで捕まえることにしたらどうだろう？」

「そんなに簡単じゃないぞ。ハーフだけにしたって、風呂に入って飯《めし》食って、あと三時間以上ここにいることになる。そのあとどこまで水沢さんを送っていくかも分からない」

「いつかは一人になるのですから、そこまで頼みますよ。ギャラは弾みます」

「ギャラの問題じゃない。アラフィフと違って還暦のおれはそんなに体力が持たないよ」

「それじゃ今から後ろの席に移って彼らが戻ってくるまで眠ってください」

「オーさんどうするの？」

「ぼくは何かハプニングでも起きないか見張っています」

「ハプニングって？」

「水沢さんが急に体調を崩してタクシーでも呼んで一人で帰るとかいろいろ考えられるでしょう」

「本気かよ」

呆れたようにいい、岸田はドアを開けて後部座席に移ろうとしたが、もう一度運転席に座り直した。

「ここにずっといるとヤバいんじゃない？」

「……？」

「スタッフがやってきて、無断駐車は困りますなんて追い出されかねない」

「しかしこの近くに駐車場なんてないでしょう」

「周囲は荒れ野ばかりだから、どこにでも停められるだろう」

4

大原はプリントアウトしてきた「東日本カントリークラブ」周辺のグーグルマップとコースの見取り図を交互に見ながら、岸田に行先の指示を出していく。

国道や県道がゴルフ場近くまで迫っている所では、まばらに植えられた樹々の向こうの金網越しにコースの中まで見えるが、その他の所ではぶ厚くひしめき合っている樹々に遮《さえぎ》られてコースまでは見えない。

「そこに入ってよ」

樹々の間にわずかな隙間がある所で大原がいった。

「こんな所、無理だろう」

「なるべくコースに近づいて、彼らの回っている様子でも見られたら、後の戦略を立てる役に立つでしょう」

何を夢みたいな、とまでいって岸田は口調を変え、「今日のオーさんには勝てないわ」とハンドルを握り直した。木の根の凸凹《でこぼこ》を乗り越えながら岸田の車は果敢にコースの方に向かって行く。

大原はフロントガラスに身を乗り出し樹々の間からコースの方を睨みつけている。

「これ以上は無理だよ」

大原がいおうとしていた台詞を岸田に先にいわれた。二本の太い樹が門柱のように行手をふさいでいる。この先は歩くしかないだろう。

「少し寝かせてもらうよ」

大原の返事も待たずに後部座席に移った岸田はたちまち大きないびきをかいて眠りこんでしまった。

大原は鞄の中からコースの見取り図と「東日本カントリークラブ」周辺のグーグルマップを取り出した。

両者を交互に見較べながら今この車が停まっているのはアウトの６番辺りだと見当をつけた。中森たちが九時にスタートすれば十時過ぎにはこの先のフェアウェイを横切ることになるだろう。十一時過ぎにクラブハウスに戻り、風呂に入り、レストランで生ビールでも飲みながら昼飯を取る。

風呂かトイレあたりで水沢が一人になることもあるだろう。その時にあの台詞をぶつければ、こっちが期待している反応を引き出せるかも知れない。

大原はスマホで時刻を確認した。08：49。ここで十時半まで時間をつぶして十時五十分にクラブハウスについてチャンスをうかがえばいい。大原はスマホの「目覚まし」を10：20に設定し、助手席を倒して体を預けた。

眠りは少しもやってこない。水沢へのアプローチのいくつかのパターンがくるくると脳裏を周回し続けている。どれもどこか荒唐無稽《こうとうむけい》でなかなかリアルなイメージは描けない。

どのくらいそうしていただろうか？　焦燥感に駆り立てられ車から降りた。両手を突き上げて思い切り背中を伸ばすと、凝り固まった心身が生き返るような気がした。見上げる空には数片の雲しか浮かんでいない。

その空にこだまするように甲高い声が聞こえてきた。ＯＢを伝えるキャディの声だと気づいた。それより遠くにコースを回っている男たちの太い声もする。

思わず木々の間を分け入ってコースに近づいていた。木々は内と外とでは種類が違っていて、鉄製のフェンスが両者を分けている。外のものは元々の雑木林が残っているのだろうが、内のものは松の類《たぐい》のようだ。

大原は密集している木々と盛り上がった根が歩きにくくしている登り坂を踏みしめフェンスに歩み寄った。

フェンスに手をかけ、網目に額を押し当て中を覗くと、十メートルほどの幅に植えられた木立の間からフェアウェイが見えた。なだらかな勾配を持った芝のコースが木立の間に開けた視界を左右に貫いている。

その中を小さな人影がよぎった。思わず身を縮めたがこちらが見えるはずもない。もう一度首筋を伸ばし人影を追った。見たことのある体形だ、中森ではないか？そんなはずはなかった。期待に曇った目がまったく別の体形をそう見たのだ。

体勢を立て直しポケットにねじこんでおいたコースの見取り図を取り出した。それを見ながら視界を横切るフェアウェイと見較べる。

いま中森と錯覚した男の動きから左方にティグラウンドがあるに違いないが、木々に遮られてそれは見えない。

木々の間に広がるフェアウェイに二つのバンカーが見える。手前のバンカーはタテに長くひょうたんのような形をしているようだ。奥のそれは手前の三分の一の長さしかないが、ここからではそれ以上の形状は確認できない。

大原はもう一度、見取り図と目の前の眺めを照らし合わせた。間違いない、ここはアウトの6番、ミドルコースだ。

すぐにスマホの時間も確認した。09：58。

間もなく中森たちが目の前のコースのティグラウンドにやってくる。いやもう来ているかも知れない。

あわててフェンスにしがみつき網目から6番コースを覗きこんだ。先ほどの組はもうグリーンの周辺に行ってしまい、次の組がティーショットを打ち始めているようだ。それは中森と水沢の組かも知れない。フェンスにかけた手でわが身を引きずるように、ティグラウンド方面に移動して、フェアウェイを囲っている木立の間を目で点検した。

気が逸っていたので足許に神経がいかなかったのかも知れない。両手に力を入れ体を移動させたときアッと声を上げてしまった。視界が一回転した。重心を失い転んだのだ。痛みより驚きのほうが大きかった。フェンスをしっかり摑《つか》んでいたのになぜ転んだのか。

地べたに両手をついて上体を起こしてから、自分がどういう状況にあるか飲み込めてきた。コースの内側に転がり込んだのだ。振り返るとフェンスの一部が支柱からはがれている。そこに手をかけたとき支えるものがなくなって内側に転がり込んだのだ。

驚きがゆっくりと喜びに変わった。あれだけ望んでいたコースの内側に入れたのだ。ここに潜んでいればあのセリフを水沢にぶつける機会を得られるかもしれない。

もう一度、腰を屈め自分の居る位置を確かめた。

6番コースのティグラウンドにさっきより三十ヤードほど近くなりフェアウェイを囲っている数メートルの幅の木立ちの後ろにいる。

木立ちの間隙を透かして目の前のフェアウェイを覗く。一人の中年男がラフの中ほどでクラブを構え、もう一人がその後ろに立って眺めている。大原は四つん這いになり、ツツジと覚しき樹木の陰に隠れた。

ティグラウンドには次の組が待っているようだが、目の前の二人が気になってそちらを見ることができない。

一つ大きな空振りをした後、二人はグリーンの方へと去っていった。大原は四つん這いのまま樹木の脇に出て木立ちの間から6番ホールのティグラウンドに目をやった。

いた。胸がドクンと一つ大きく鼓動した。待ち望んでいた姿が視線の先にあったのだ。真ん中のひときわ大柄なのが中森だ。中森の両脇に、背は同じくらいだがひと回り細いのと、幅は同じくらいだが首半分背が低いのがいた。息子の勇太と水沢だ。小柄なキャディが付いている。

最初に中森がティグラウンドに立った。素振りを始めたとき思わず「こっちに打つなよ」と口に出していた。ぎこちないスイングだが、ボールはフェアウェイに乗ったようだ。

次に勇太が立った。来るな、来るなと念じた通り勇太のボールは大原のいる場所とは反対の林のほうに飛んでいったようだ。

ようやく水沢の番となった。「…………」中森が水沢に何か大きな声をかけたが、内容まで聞き取れない。

水沢が大きなスイングでクラブを振るのは見えたがボールがどっちへ飛んだか分からない。こっちに来てくれとは言わなかった。来るはずがないと思っていた。ここで水沢にあの台詞をぶつけるチャンスに恵まれるなぞとは思いもしなかった。恵まれるとしたら、クラブハウスに戻った時か帰路で得られるかも知れないチャンスのヒントだろう。

カキンという硬質な音がした。一瞬の後、ボールが近くの木の幹に当たったのではないかという思いが浮かんだが、まさかと打ち消した。そんな都合のいいことがあるわけもないと思いながら音のしたほうに体が動いていた。

白い杭《くい》が目に入った。OBを示す杭だと気づいた。

杭の向こうから人影が小走りでやって来るのが見えた。まっすぐ大原の居るほうに向っている。キャディだ。だとすると水沢のボールはこっちに飛んできたのか。大原は二本の木の間の茂みに身をひそめた。

キャディは大原から十メートルほど先の杭の周囲をうろうろし始めた。ボールを探しているのだ。大原は見つからないように少しでも茂みの濃い部分へと体を押し付けた。その時何かが頭にポトリと当たった。それは胸を伝い目の前に落ちた。

目はそれを確認しているのに頭がそれを認めようとしない。そんなバカな。それを手に取り握りしめ表面の凸凹を確認してからもまだ半信半疑だ。

目に近づけそのニューボールらしい艶《つや》や鋭いディンプルを見て、これはいま目の前で水沢が打ったボールに違いないと思った。

大原の頭上の木の枝に引っかかっていたのだろう、しかしキャディはOB杭のこんな外側にまで探しには来ないだろう。

大原は茂みの間から杭の周囲を探し回っているキャディの姿を見た。杭の外を眺めはするが踏み出して来ようとはしない。キャディの後方に水沢がゆっくり近づいて来るのを目にした時、大原の頭は空白になったが体が勝手に動いた。キャディと水沢の間くらいにボールを力いっぱい投げたのだ。狙ったコースをかなり逸れたが、二人の中間のラフの中に落ちたろう。どちらかがボールを見つけるだろうか？　見つけてそれを打とうと構えたときがチャンスだ、キャディはどうしよう、いやキャディなど気にしてはいられない、半ば無意識でシミュレーション通りスマホを手にしていた。

「あ、ありました」

キャディが嬉しそうな声を上げた。よかった、よかったと水沢の声が続いた。

「しかし、こんなところからじゃ打てないな」といってから間もなく「いいのかい？」と水沢が声を潜めた。

「ローカルルールですから」キャディが甲高い笑声を上げた。打ちやすい場所にボールを投げたのだろう。

大原は茂みから飛び出していた。

最初にキャディが気付き、口を小さく開け恐怖の表情を浮かべたが、驚きのあまり言葉は出なかった。

それを見た水沢がキャディの視線の先に大原の姿を見付けた。突然、不審者が現れたと思ったのかぎくりとしたが、すぐに大原だと気が付いた。

「きみ、なんだってこんなところにいるんだ」

問われた大原は喉《のど》にふたをされているようで言葉が出てこなかった。咳払《せきばら》いを二度してから声を絞り出した。

「あの偶発債務の突然の開示は、水沢さんと中西さんが一蓮托生で計画した周太洋引きはがし作戦だったのですね。法人ソリューション営業部長の花井徹さんの極秘日誌に記録されていましたよ」

少し口ごもったが、頭に叩き込んでいた台詞を最後までいうことができた。強張った顔で大原を睨みつけている水沢は半分も理解していないように見えたのでもう一度いった。

「あれは中西さんとの一蓮托生の周太洋引きはがし作戦だったのでしょう。それが裏目に出て早坂電器はとことん買い叩かれた。あなたと中西さんは早坂マンへのとんでもない裏切り行為をしたんだ」

　大原がしゃべっている間じゅう棒のようにつっ立っていた水沢は言葉が途切れると、くるりと体を百八十度回転させその場を去ろうとした。ここで逃げられたら万事休すだ。二度と〝偶発債務の謎〟は解けない。

　大原は水沢の背後に駆け寄った。

「水沢さん、あなたはあの日、自分は時限爆弾を渡されたけどそれに誠実に対応したというような説明をされたが、それは無能な経営者の言い訳に過ぎない」

　無能な経営者という言葉が自分の喉を切り裂いて飛び出してきたとき絶叫したいような思いが体を貫いた。

　歩き始めていた水沢の動作がぴたりと止まった。振り返りながら殺意の籠《こも》った声で言い放った。

「ふざけるな。一体どこに有能な奴がいたんだ。銀行は千代田もいろはも、カネ、カネ、カネ、カネ……、ただの借金取りだ。経産省だって机上のペーパーを後生大事に付きつけるだけ、あれで企業が救えるなら世の中に倒産なんて起こりはしない」

　大原の中にも殺意とは違う黒い意思が漲《みなぎ》ってきた。

「だからってあんな大きな賭けに出て早坂を投げ売りすることはなかったでしょう」

「おれ達はあいつの行動パターンをよく知っていた。だから」

そこまでいって水沢はぴたりと口を閉ざし、体中の動きを止めた。自分が何をいってしまったかに気付いたのだ。一瞬の後、水沢は突然身を翻し、フェアウェイに向かって走り出した。

あとを追いかけそうになったが、フェアウェイの真中にいるはずの中森が頭に浮かび慌てて足を止めてその場にしゃがみこんだ。

岸田の車まで走って戻った。途中、木の根に躓《つまず》いて転んだが、撥《は》ねるように飛び起きた。痛みなどまるで感じなかった。

後部座席の窓を力いっぱい叩いた。

二度目に叩いたとき岸田が目を開けしかめた顔で大原を見た。大原は両手で岸田を押すように中に入った。

「どうしたの？」

大原は黙ってスマホを取り出し、今録音したばかりのモノを聞かせた。岸田の頭はすぐには働かないようだ。もう一度、再生した。

――ふざけるな。一体どこに有能な奴がいたんだ。銀行は千代田もいろはも、カネ、カネ、カネ、カネ……、ただの借金取りだ。経産省だって机上のペーパーを後生大事に付きつけるだけ、あれで企業が救えるなら世の中に倒産なんて起こりはしない

――


「どうしたのよ、これ？　誰」

「水沢氏だよ。6番ホールのOB杭の傍らで録ったんだ」

「どうして、そんな所に？」

「コースの境界のフェンスの破れ目から中に入れたんだ」

「まさか、そんなこと」

「間違いない、水沢氏と会ったんだ。岸田さんだってこの声に覚えがあるでしょう」

岸田は半信半疑で不安そうにいった。

「中森さんはなんか言わなかったの。まずいことにならないの？」

「中森さんはそこにはいなかった。水沢さんはぼくの隠れていたOBゾーンに打ちこんだから、キャディとふたりだけでやってきたんだよ」

ちょっとちょっと、もう一遍と、岸田に促されて大原はもう一度再生した。

深呼吸してから岸田が言葉を吐いた。

「やったじゃない、これって白状しているじゃない」

「ああ、白状しているよ」

「大スクープだな。『早坂電器の社長と財務役員が墓穴を掘った神海の買収劇』、これならまた『ビジネスウォーズ』がうんと売れて、オーさんに金一封だ」

大原は窓の外の白い雲に目をやってからいった。

「さあ、どうかな？」

これを「ビジネスウォーズ」の特集にして世間に大きな関心を持たれるのか、今の大原にはまだ判断できなかった。

白い雲はゆっくりと東に流れ、中天に差しかかった太陽を隠しつつある。その成り行きに目を奪われ、大原の考えはなかなか焦点を結ぼうとしない。

宮田と共に導き出した仮説は今手に入れたばかりの水沢の証言に裏打ちされ、揺るぎなく〝偶発債務の謎〟を解き明かしているだろうか？　自分は納得している。ベテランの雑誌記者、岸田も共感してくれた。

しかし世間はどうだろう？　これを「ビジネスウォーズ」の特集にした時、大いに関心を持ち「さすが、『ビジネスウォーズ』だ」と評価してくれるだろうか？　そもそも隼人が共感してくれるのか、和子や中森がどう出てくるのかさっぱり分からない。

「おい、どうした。気の抜けた顔をして？」

耳元で岸田の声が響いた時、ようやく大原は自分の中の混沌から引き出された。

「金一封が出たって、今回は右から左に岸田さんのギャラになっちゃうからな」

「そんなにくれるつもりか、気前がいいな」

「当然だよ、岸田さんのお陰で長年の疑問が解けたんだから」

# エピローグ

## 1

「嵐出版社」が拠点を構えているビルの短い階段を上るときも、心は平静だった。

いままでいつも大原が彼の意見を判断する側だった。その逆ではない。

あれをいつどのように「ビジネスウォーズ」に掲載するかは、編集長をやっている彼と相談するが、それができるだけ大きく世間を騒がせ、たくさん売れるためにどういう手を打ったらいいかは、大原が中心になって考えなくてはならない。

このビルにたどり着くまでの出勤途上で、あの日以来、起きた出来事が代わる代わる脳裏に浮かんできていた。

一緒に偶発債務《ぐうはつさいむ》の謎を解き明かした宮田には、あの夜のうちに「東日本カントリークラブ」で起きたことを知らせるメールを入れた。

折り返すようにかかってきた電話で、水沢が思わず漏らした言葉を一字一句たがえることなく復唱すると、宮田が声を弾ませていった。

「それって自白ですよね」

「もちろんそうですよ。本人も自分のうっかりに気付いて、慌《あわ》てて私の目の前から走って逃げたほどはっきりしていました」

「大原さんの会心の台詞《せりふ》が水沢の急所に突き刺さったんですね」

「宮田さんのご協力のおかげです」


翌日の昼過ぎ、ずっと気になっていた中森から電話があった。まずは小西由紀子の電話だった。

「小西でございますが、昨日は中森が失礼いたしました」

思わず、中森さんのことは巻き込まなかったつもりですが、といいかけてその言葉を呑《の》んだ。水沢と同じうっかりを犯すところだった。

「さて、中森さんの失礼とは何のことでしょうか？」

「せっかくあのクラブにまでお越しいただいたのにお食事にご招待もせずに、と申しておりますが」

「いったい何のことか分かりません。中森会長はなにか勘違いをされているのかと思いますが……」

言葉の途中で、電話から高笑いと共に威勢のいい声が飛び出してきた。

「そうか、おれの勘違いか」

「会長、どうされました？」

「由紀子君を怒るなよ。おれが、きみに、ちょっとカマをかけてみろといったんだ。あんな風に水沢氏との予定を聞かれりゃ、誰だってきみが何か企んでいると思うだろう」

余計なことをいって足元をすくわれてはなるまいと大原は口をつぐんだ。

「水沢氏な、昼飯の時、ちょっとおかしかったんだよ。だからきっときみがどこかで何かを仕掛けたと思ったんだ」

「なんのことですか？」

水沢が、どうおかしかったのかを聞きたかったが、藪蛇《やぶへび》を犯すまいと短く応じた。

「それまで機嫌よく回っていたのに、急に無口になって何か考え事にふけるようになってな、かと思うとランチの生ビールは二杯も飲んだりしたんだ」

「はあ？」

「まあ、とりあえずおれは何も巻き込まれてはいないから、誰に文句を言うつもりもないがね」そこで一転口調を変えた。

「しかし一年ってのは長いな、早くやりたいことを済ましてしまってくれよ」

「さて、それも何のことですか？」

電話を切ってから、ちょっと無口すぎて却《かえ》って疑われたかもしれないと思った。いや、中森は自分を疑っていながら、深く追及して白黒をつけたくはないのだろうとも思った。


最大の功労者、岸田にはその夜のうちにお礼の電話をかけていたが、二日後の夜、向こうから電話があった。

「いま天元なんだけど、愛野がオーさんの武勇伝を聞きたいっていってるんだ」

「しばらくは無理ですよ。あの記憶が鮮明に残っているうちにと思って、昼はハレルヤ、夜はわが家の書斎で必死で原稿を書いているんだ」

「ああ、それがいい。邪魔して悪かった、もう切るよ」

岸田の用件が他にもあるような気がして慌てていった。

「ギャラ、ちゃんと考えているからね」

「その特集が大ヒットして、分厚い金一封が出たら、久しぶりの銀座でもたっぷり飲ませてもらうかな」


二階まで足元を踏みしめるようにゆっくり上がり、「ビジネスウォーズ」のオフィスに入ると、最近よく見る光景が目の前にあった。

編集一課の副編集長、玉木仁の席の周囲に玉木を含め四人の男が集まっていた。玉木の席に隼人が座り、その後ろに腰をかがめるように玉木が立っている。玉木はいつもの通り隼人の後見人か付き人のような雰囲気を醸している。

隼人の両サイドの席に永瀬亮と佐伯が座っていて、佐伯が何か熱心に説明している。隼人は、部屋に入り足早に自席に向う大原を目の端に捉えたに違いないが、体勢を変えることなく佐伯の話に耳を傾けている。

佐伯の話が一段落すると、「そこまではいいんじゃないかな」といってから、佐伯と永瀬に何か指示を与えて席を立った。

それから大原の席に来た。

「大原さん、ちょっと、三階までいいですか」

「ええ」

隼人は三階への階段を大原が追いつきにくいほどのスピードで駆け上がった。

案の定、部屋に和子はいなかった。隼人は、自分のデスクの魔法瓶とコーヒーカップの乗ったトレイを手にして、中央の応接用テーブルの前に座った。

私やりましょうか、と言いそうになるほど、社長兼編集長の隼人と独り遊軍の編集者という立場の差が馴染んできているらしい。

そうでなかったら一週間かけて全力で書き上げた〈早坂電器を叩き売りさせた〝偶発債務の謎〟（仮タイトル）〉をあらかじめ預けておく気にはならなかったろう。

コーヒーをいれた隼人は体をひねり、デスクにあった茶封筒を手にして口を開いた。

「さすが力作ですね」

「そうでしょう」

「宮田昭氏と花井部長の愛憎のドラマから、水沢社長の証言を取るまでのサスペンスをひとつながりのドラマにしたのがよかったですよ。宮田氏と大原さんが協力してあの日誌の記録の謎解きをするところなんか推理小説みたいで、一気に読ませてもらいました」

それは嬉しいですなといいながら不思議な気分に捉われた。

今や隼人からそんな感想をもらう段階ではないはずだ。次号の特集を差し替えてこれを入れるか、それが無理なら次々号の特集にするか、その相談をするのだとばかり思っていた。

そう切り出そうとしたとき一瞬早く隼人がいった。

「まさか水沢社長と中西さんがつるんで、偶発債務の件を仕掛けたとは想像もできませんでした。あのとき、ここまで取材できていればよかったですね」

「それは私も全く同感ですが、周太洋はまだ大暴れしていますし、希望退職に応募した早坂のOBたちもあちこちでいろんな神話を生み出していますから、話題性は大いにあるんじゃないですか」

隼人が眉間にそれと気づかないほどの細いしわを立ててからいった。

「次号の特集はもう一杯ですから、次の次の号の第二特集でどうですか。読者は大原さんの取材力に感嘆しますよ」

第二特集ですか、という言葉はすぐには出なかった。遠回しの言い方だが編集長の判断はそういうことなのだ。いわれたとたん、大原は今の自分がそれを跳ね返すだけの確信を持ち合わせないことに気づいた。

## 2

岸田は隼人との話がどうなったかと聞くことなく、眼前の碁盤に覆い被さっている。それは話の成り行きに見当がついている証拠だろう。

大原の意識は半分も盤面の勝負に向っていない。いや三分の一かも知れない。

岸田が言葉の空白を埋めるようにいった。

「今日は、いい碁を打つね」

最初から闘争心は少しも湧かず、石の形とバランスにだけ頼って石を置いている。そのせいで「いい碁」になっているのだろうか？

「あれもいい原稿だったよ」

一昨日、岸田に原稿を送って読んでもらい、電話で「悪くないね」という感想をもらった。「どこが？」「悪人がどこにも出てこない」「悪人が出てきたほうがいいか」「売るにはな」というやり取りをしてから昨日、隼人に原稿を渡した。

「一日ください」と隼人にいわれ、今日、隼人の感想を聞いたのだ。

隼人はドラマ性と取材力を褒めたが、次々号の第二特集にしかならないという最終評価を下した。一瞬、「悪人が出てきたほうがいいか」「売るにはな」というやり取りが耳の奥に蘇《よみがえ》った気がした。

「あ、そうだ」大原はジャケットの内ポケットから白い封筒を取り出し、岸田に差し出していった。

「社長から取材費をもらったんだ。これは岸田さんの分」

もらった封筒はまだ開けておらず金額は確かめていない。多くても少なくても平静ではいられないだろう。

「金一封じゃないのか」

「まだどういう結果が出るか分からないから……」

「そりゃ、刊行してみないとな」

「次々号の第二特集になった」腸《はらわた》を絞るような声になってしまった。

「そうか」

岸田が驚いてはいない声を上げたとき、「幽玄の間」のドアが開いて声が上がった。

「キッシー、まだなの」

愛野だった。別の席で数人の常連に囲まれていたので今日はまだ言葉を交わしていなかった。

「ああ、持ってきてよ」と岸田がいったが、手にしたトレイの上にもう三つのコップ酒があった。

二人の隣に座って愛野がいった。

「オーさん、やったじゃない」

一瞬だけ愛野の顔を見た。満面の笑みだった。

「グウハツサイム、ああいう仕掛けだったんだ。オーさん、なんかミッションインポッシブルのあの人みたい、ほらあの人」

もう一度顔を上げ、顔ははっきり浮かんでいるあの人の名はいわず詰《なじ》るようにいった。

「どこが？」

「ゴルフ場の塀を乗り越えて、元社長を取っ捕まえて白状させたんでしょう。日本で起きたこととは思えないわ、あれなら映画になるんじゃない？」

思わず苦笑した。胸の中の憂鬱《ゆううつ》が一気に晴れたので軽口が出てきた。

「愛野には勝てないな。映画になるか、あれ、そんなに面白かったか？　でもおれはめげているんだ」

「なんで？」

「『ビジネスウォーズ』に載るの、再来月号の第二特集ってことになっちまった」

「どうして、そんなに先になるの？」

「掲載予定が変えられないってこともあるが、その気になれば相当乱暴なこともできる。つまりは隼人編集長が、あの原稿をそう評価したということだ」

「あの坊やに何が分かるのよ」

「分からなくても、編集長はあの原稿をどう扱うか決めることができるんだ」

愛野はちょっと大原を睨《にら》んでから、奥の無人の席の椅子を取ってきて大原と岸田の間に座った。

「オーさん、何のためにグウハツサイムをもう一度調べてみようと思ったのよ」

何を馬鹿なことを聞くんだ、という代わりに正面から答えていた。

「前に取り組んだときに、なんでこんなことが起きたんだと不思議に思ったけど、どうしても解けなかった謎を解くためだよ」

そうでしょう、と愛野は得意そうにいった。

「その話を聞いたときにあたしもキッシーも不思議に思ってその理由を知りたくなった。だからキッシーはオーさんのミッションインポッシブルを手伝ったんでしょう」

岸田の顔を覗き込むように相槌を求め、岸田はうなずいた。

「それで」と愛野がいった。

「その謎は解けたの？　解けなかったの」

「解けたつもりだ、なあ、岸田さん」

「キッシーからあの原稿を見せてもらって、あたしもそう思った。あの社長、なんとかしてあのイヤらしい男と縁を切りたかったんだということがよくわかったわ。それでいいじゃない、それでオーさんのミッションインポッシブルはコンプリートでしょう」

コップ酒に唇を付けてから続けた。

「その後、いつの『ビジネスウォーズ』に載るかどうかは、あの坊やの社長に権限があるなら仕方ないじゃないの」

大原も椅子をずらして愛野に正対した。

「いっつも正着だな、愛野は。おれにも異論はないよ。だから隼人君に文句は言わなかった」

大原はコップ酒の三分の一ほどを喉の奥に放り込んだ。あきらめと別の思いが急に胸の中に広がってきた。

隼人の判断を聞いたときすぐに小さなそれが胸の奥に生じていたのだ。

この原稿の掲載が再来月号だというのなら仕方ない。分からないでもない。

しかしこれがその時、世間にどう読まれるか、どんなセンセーションを世間に引き起こすかは、そんなに簡単には分からないぞ。二ヵ月後、周太洋が世界を股にかけ、何をやっているか、早坂電器の落ち武者たちがどこで新しい戦いを仕掛けるかは誰にも予測はつかないだろう……。

ふっと、おれが周太洋をけしかけてみようかという思いが浮かんだ。

本書は文庫書下ろし作品です。
本作品はフィクションです。

|著者|江波戸哲夫　1946年東京都生まれ。東京大学経済学部卒業。都市銀行、出版社を経て、1983年作家活動を本格的に始める。政治、経済などを題材にしたフィクション、ノンフィクション両方で旺盛な作家活動を展開している。『新装版　銀行支店長』『集団左遷』（講談社文庫）がＴＢＳ日曜劇場「集団左遷!!」の原作となる。近著に『新装版　ジャパン・プライド』『起業の星』『ビジネスウォーズ　カリスマと戦犯』（講談社文庫）、『新天地』（講談社）、『定年待合室』（潮文庫）、『退職勧告』（祥伝社文庫）などがある。

リストラ事変《じへん》　ビジネスウォーズ2

江波戸哲夫《えばとてつお》



講談社文庫

定価はカバーに
表示してあります

2020年９月15日第１刷発行

発行者――渡瀬昌彦
発行所――株式会社　講談社
東京都文京区音羽2-12-21　〒112-8001
電話　出版（03）5395-3510
　　　販売（03）5395-5817
　　　業務（03）5395-3615

Printed in Japan

デザイン―菊地信義
本文データ制作―講談社デジタル製作
印刷―――豊国印刷株式会社
製本―――株式会社国宝社



ISBN978-4-06-519661-8

# 講談社文庫刊行の辞

二十一世紀の到来を目睫に望みながら、われわれはいま、人類史上かつて例を見ない巨大な転換期をむかえようとしている。

世界も、日本も、激動の予兆に対する期待とおののきを内に蔵して、未知の時代に歩み入ろうとしている。このときにあたり、創業の人野間清治の「ナショナル・エデュケイター」への志を現代に甦らせようと意図して、われわれはここに古今の文芸作品はいうまでもなく、ひろく人文・社会・自然の諸科学から東西の名著を網羅する、新しい綜合文庫の発刊を決意した。

激動の転換期はまた断絶の時代である。われわれは戦後二十五年間の出版文化のありかたへの深い反省をこめて、この断絶の時代にあえて人間的な持続を求めようとする。いたずらに浮薄な商業主義のあだ花を追い求めることなく、長期にわたって良書に生命をあたえようとつとめるところにしか、今後の出版文化の真の繁栄はあり得ないと信じるからである。

同時にわれわれはこの綜合文庫の刊行を通じて、人文・社会・自然の諸科学が、結局人間の学にほかならないことを立証しようと願っている。かつて知識とは、「汝自身を知る」ことにつきていた。現代社会の瑣末な情報の氾濫のなかから、力強い知識の源泉を掘り起し、技術文明のただなかに、生きた人間の姿を復活させること。それこそわれわれの切なる希求である。

われわれは権威に盲従せず、俗流に媚びることなく、渾然一体となって日本の「草の根」をかたちづくる若く新しい世代の人々に、心をこめてこの新しい綜合文庫をおくり届けたい。それは知識の泉であるとともに感受性のふるさとであり、もっとも有機的に組織され、社会に開かれた万人のための大学をめざしている。大方の支援と協力を衷心より切望してやまない。

一九七一年七月

野間省一

## 講談社文庫 最新刊

木《この》原《はら》音《なり》瀬《せ》
**罪の名前**
この人、どこか〝変〟だ――。『嫌な奴』の著者による人間の闇を抉《えぐ》りとる傑作短編集。

和久井清水
**水際のメメント**
〈きたまち建築事務所のリフォームカルテ〉
札幌の建築事務所にはイケメン二人と猫一匹。幸せを呼ぶミステリー。〈文庫書下ろし〉

古野まほろ
**禁じられたジュリエット**
「囚人」と「看守」に分けられた女子高生八人。すべてのミステリー愛読者必読の書。

江波戸哲夫
**リストラ事変**
〈ビジネスウォーズ2〉
名門電機メーカー元人事部長の死の謎を、経済誌編集者・大原が追う！〈文庫書下ろし〉

佐川芳枝
**寿司屋のかみさん　サヨナラ大将**
最愛の伴侶の闘病と死を乗り越えて。人気店名登利寿司女将の細腕繁盛記、幸せの鮨《すし》話！

輪渡颯介
**物の怪斬り**
〈溝猫長屋　祠之怪〉
忠次らと師匠の蓮十郎は〝出会うと二晩目に死ぬ幽霊〟に遭遇。果たして彼らの運命は!?

倉阪鬼一郎
**八丁堀の忍㈣**
〈隻腕の抜け忍〉
黒幕は鳥居《とりい》耀蔵《ようぞう》――！　打倒・裏伊賀に燃える鬼市《おにいち》の前に風とともに現れた男の正体は!?

佐々木　実
**竹中平蔵　市場と権力**
「改革」に憑かれた経済学者の肖像
この国を〝超格差社会〟に作り変えてしまった「経済学者」の虚実に迫った評伝。

# 講談社文庫　目録

乙川優三郎　蔓の端々
乙川優三郎　夜の小紋
恩田　陸　三月は深き紅の淵を
恩田　陸　麦の海に沈む果実
恩田　陸　黒と茶の幻想（上）（下）
恩田　陸　黄昏の百合の骨
恩田　陸　『恐怖の報酬』日記〈酩酊混乱紀行〉
恩田　陸　きのうの世界（上）（下）
奥田英朗　新装版 ウランバーナの森
奥田英朗　最悪
奥田英朗　邪魔（上）（下）
奥田英朗　マドンナ
奥田英朗　ガール
奥田英朗　サウスバウンド
奥田英朗　オリンピックの身代金（上）（下）
奥田英朗　ヴァラエティ
乙武洋匡　五体不満足〈完全版〉
乙武洋匡　だから、僕は学校へ行く！
乙武洋匡　だいじょうぶ3組

大崎善生　聖《さとし》の青春
大崎善生　将棋の子
小川恭一　江戸の旗本事典〈歴史・時代小説ファン必携〉
奥野修司　徳山大樹　怖い中国食品、不気味なアメリカ食品
奥泉　光　プラトン学園
奥泉　光　シューマンの指
奥泉　光　ビビビ・ビ・バップ
折原みと　制服のころ、君に恋した。
折原みと　時《とき》の輝き
折原みと　幸福のパズル
岡田芳郎　世界一の映画館と日本一のフランス料理店を山形県酒田につくった男はなぜ忘れ去られたのか
大城立裕　小説 琉球処分（上）（下）
太田尚樹　満州裏史〈甘粕正彦と岸信介が背負ったもの〉
大島真寿美　ふじこさん
大泉康雄　あさま山荘銃撃戦の深層（上）（下）
大山淳子　猫弁〈天才百瀬とやっかいな依頼人たち〉
大山淳子　猫弁と透明人間
大山淳子　猫弁と指輪物語
大山淳子　猫弁と少女探偵

大山淳子　猫弁と魔女裁判
大山淳子　雪猫
大山淳子　イーヨくんの結婚生活
大山淳子　光二郎分解日記〈相棒は浪人生〉
大倉崇裕　小鳥を愛した容疑者
大倉崇裕　蜂に魅《ひ》かれた容疑者〈警視庁いきもの係〉
大倉崇裕　ペンギンを愛した容疑者〈警視庁いきもの係〉
大倉崇裕　クジャクを愛した容疑者〈警視庁いきもの係〉
大鹿靖明　メルトダウン〈ドキュメント福島第一原発事故〉
荻原　浩　砂の王国（上）（下）
荻原　浩　家族写真
小野正嗣　九年前の祈り
大友信彦　釜石の夢〈被災地でワールドカップを〉
大友信彦　オールブラックスが強い理由〈世界最強チーム勝利のメソッド〉
乙　一　銃とチョコレート
織守《おりがみ》きょうや　霊感検定
織守きょうや　霊感検定〈心霊アイドルの憂鬱〉
織守きょうや　霊感検定〈春にして君を離れ〉
織守きょうや　少女は鳥籠《とりかご》で眠らない

# 講談社文庫　目録

岡本哲志《さとし》　銀座を歩く〈四百年の歴史体験〉
クァク・ジェヨン原案　鬼塚忠著　風の色
おーなり由子　きれいな色とことば
岡崎琢磨　病弱探偵〈謎は彼女の特効薬〉
小野寺史宜《ふみのり》　その愛の程度
小野寺史宜　近いはずの人
小野寺史宜　それ自体が奇跡
大崎梢　横濱エトランゼ
海音寺潮五郎　新装版 江戸城大奥列伝
海音寺潮五郎　新装版 孫子(上)(下)
海音寺潮五郎　新装版 赤穂義士
加賀乙彦　新装版 高山右近
加賀乙彦　ザビエルとその弟子
柏葉幸子　ミラクル・ファミリー
勝目梓　小説家
勝目梓　ある殺人者の回想
鎌田慧　残夢〈大逆事件を生き抜いた坂本清馬の生涯〉
桂米朝　米朝ばなし〈上方落語地図〉
笠井潔　梟《ふくろう》の巨《おおい》なる黄昏《たそがれ》

笠井潔　青銅の悲劇〈瀕死の王〉(上)(下)
川田弥一郎　白く長い廊下
神崎京介　女薫の旅 激情たぎる
神崎京介　女薫の旅 奔流あふれ
神崎京介　女薫の旅 陶酔めぐる
神崎京介　女薫の旅 衝動はぜて
神崎京介　女薫の旅 放心とろり
神崎京介　女薫の旅 感涙はてる
神崎京介　女薫の旅 耽溺《たんでき》まみれ
神崎京介　女薫の旅 誘惑おって
神崎京介　女薫の旅 秘に触れ
神崎京介　女薫の旅 禁の園へ
神崎京介　女薫の旅 欲の極み
神崎京介　女薫の旅 青い乱れ
神崎京介　女薫の旅 奥に裏に
神崎京介　I LOVE
神崎京介　美人と張形〈四つ目屋繁盛記〉
加納朋子　ガラスの麒麟
角田光代　まどろむ夜のUFO

角田光代　夜かかる虹
角田光代　恋するように旅をして
角田光代　庭の桜、隣の犬
角田光代　人生ベストテン
角田光代　ロック母
角田光代　彼女のこんだて帖
角田光代　ひそやかな花園
川端裕人　せちやん〈星を聴く人〉
川端裕人　星と半月の海
片川優子　ジョナさん
片川優子　ただいまラボ
神山裕右　カタコンベ
神山裕右　炎の放浪者
加賀まりこ　純情ババアになりました。
門田隆将　甲子園への遺言〈伝説の打撃コーチ高畠導宏の生涯〉
門田隆将　甲子園の奇跡〈斎藤佑樹と早実百年物語〉
門田隆将　神宮の奇跡
鏑木蓮　東京ダモイ
鏑木蓮　屈折光

鏑木　蓮　時　　限
鏑木　蓮　真　　友
鏑木　蓮　甘　い　罠
鏑木　蓮　京都西陣シェアハウス〈憎まれ天使・有村志穂〉
鏑木　蓮　炎　　罪
川上未映子　そら頭はでかいです、世界がすこんと入ります
川上未映子　わたくし率 イン 歯ー、または世界
川上未映子　ヘ　ヴ　ン
川上未映子　すべて真夜中の恋人たち
川上未映子　愛　の　夢　と　か
川上弘美　ハヅキさんのこと
川上弘美　晴れたり曇ったり
川上弘美　大きな鳥にさらわれないよう
海堂　尊　外科医　須磨久善
海堂　尊　新装版 ブラックペアン1988
海堂　尊　ブレイズメス1990
海堂　尊　スリジエセンター1991
海堂　尊　死因不明社会2018
海堂　尊　極北クレイマー2008

海堂　尊　極北ラプソディ2009
海堂　尊　黄金地球儀2013
海道龍一朗　室町耽美抄　花　　鏡
門井慶喜　パラドックス実践 雄弁学園の教師たち
門井慶喜　銀河鉄道の父
亀井　宏　佐助と幸村
梶　よう子　迷　子　石
梶　よう子　ふ　く　ろ　う
梶　よう子　ヨ　イ　豊《とよ》
梶　よう子　立身《りっしん》いたしたく候《そうろう》
梶　よう子　北斎まんだら
川瀬七緒　よろずのことに気をつけよ
川瀬七緒　法医昆虫学捜査官
川瀬七緒　シンクロニシティ〈法医昆虫学捜査官〉
川瀬七緒　水《みな》底《そこ》の棘《とげ》〈法医昆虫学捜査官〉
川瀬七緒　メビウスの守護者〈法医昆虫学捜査官〉
川瀬七緒　潮　騒　の　ア　ニ　マ〈法医昆虫学捜査官〉
川瀬七緒　フォークロアの鍵
風野真知雄　隠密　味見方同心(一)〈くじらの姿焼き騒動〉

風野真知雄　隠密　味見方同心(二)〈干し卵不思議味〉
風野真知雄　隠密　味見方同心(三)〈幸せの小福餅〉
風野真知雄　隠密　味見方同心(四)〈恐怖の流しそうめん〉
風野真知雄　隠密　味見方同心(五)〈フグの毒鍋〉
風野真知雄　隠密　味見方同心(六)〈鵺《ぬえ》の闇鍋〉
風野真知雄　隠密　味見方同心(七)〈絵巻寿司〉
風野真知雄　隠密　味見方同心(八)〈ふふふの麩〉
風野真知雄　隠密　味見方同心(九)〈殿さま漬け〉
風野真知雄　潜入　味見方同心(一)〈恋のぬるぬる膳〉
風野真知雄　潜入　味見方同心(二)〈陰膳だらけの宴《うたげ》〉
風野真知雄　昭　和　探　偵　1
風野真知雄　昭　和　探　偵　2
風野真知雄　昭　和　探　偵　3
風野真知雄　昭　和　探　偵　4
カレー沢　薫　負　け　る　技　術
カレー沢　薫　もっと負ける技術〈カレー沢薫の日常と退廃〉
カレー沢　薫　非　リ　ア　王
下野《かばた》康史　ポルシェより、フェラーリより、ロードバイクが好き〈熱狂と悦楽の自転車ライフ〉
野崎雅人／佐々原史緒　戦国BASARA3〈真田幸村の章／猿飛佐助の章〉

矢野　隆　戦国BASARA3〈伊達政宗の章／片倉小十郎の章〉
映島　巡　戦国BASARA3〈長曾我部元親の章／毛利元就の章〉
タタツシンイチ
鏡　征爾　戦国BASARA3〈徳川家康の章／石田三成の章〉
タタツシンイチ
梶　よう子
風森章羽《しょう》　渦巻く回廊の鎮魂曲《レクイエム》〈霊媒探偵アーネスト〉
風森章羽　清らかな煉獄〈霊媒探偵アーネスト〉
加藤千恵　こぼれ落ちて季節は
神田　茜　しょっぱい夕陽
神林長平　だれの息子でもない
神楽坂　淳　うちの旦那が甘ちゃんで
神楽坂　淳　うちの旦那が甘ちゃんで 2
神楽坂　淳　うちの旦那が甘ちゃんで 3
神楽坂　淳　うちの旦那が甘ちゃんで 4
神楽坂　淳　うちの旦那が甘ちゃんで 5
神楽坂　淳　うちの旦那が甘ちゃんで 6
神楽坂　淳　うちの旦那が甘ちゃんで 7
神楽坂　淳　うちの旦那が甘ちゃんで 8
加藤元浩　捕まえたもん勝ち！〈七夕菊乃の捜査報告書〉
加藤元浩　量子人間《クオンタムマン》からの手紙〈捕まえたもん勝ち！〉
梶永正史　銃の啼《な》き声〈潔癖刑事・田島慎吾〉

川内有緒　晴れたら空に骨まいて
金田一春彦
安西愛子　編　日本の唱歌　全三冊
岸本英夫　死を見つめる心〈ガンとたたかった十年間〉
北方謙三　汚名の広場
北方謙三　試みの地平線〈伝説復活編〉
北方謙三　抱　影
菊地秀行　魔界医師メフィスト〈怪屋敷〉
北原亞以子　深川澪通り木戸番小屋
北原亞以子　新　地　橋〈深川澪通り木戸番小屋〉
北原亞以子　夜の明けるまで〈深川澪通り木戸番小屋〉
北原亞以子　澪　つ　く　し〈深川澪通り木戸番小屋〉
北原亞以子　たからもの〈深川澪通り木戸番小屋〉
北原亞以子　歳三からの伝言
桐野夏生　新装版　顔に降りかかる雨
桐野夏生　新装版　天使に見捨てられた夜
桐野夏生　新装版　ローズガーデン
桐野夏生　ＯＵＴ　(上)(下)
桐野夏生　ダーク　(上)(下)
桐野夏生　猿の見る夢

京極夏彦　文庫版　姑獲鳥《うぶめ》の夏
京極夏彦　文庫版　魍魎《もうりょう》の匣《はこ》
京極夏彦　文庫版　狂骨《きょうこつ》の夢《ゆめ》
京極夏彦　文庫版　鉄鼠《てっそ》の檻《おり》
京極夏彦　文庫版　絡新婦《じょろうぐも》の理《ことわり》
京極夏彦　文庫版　塗仏《ぬりぼとけ》の宴《うたげ》―宴の支度
京極夏彦　文庫版　塗仏の宴―宴の始末
京極夏彦　文庫版　百鬼夜行―陰
京極夏彦　文庫版　百器徒然袋―雨
京極夏彦　文庫版　百器徒然袋―風
京極夏彦　文庫版　今昔続百鬼―雲
京極夏彦　文庫版　陰摩羅鬼《おんもらき》の瑕《きず》
京極夏彦　文庫版　邪魅《じゃみ》の雫
京極夏彦　文庫版　死ねばいいのに
京極夏彦　文庫版　ルー＝ガルー〈忌避すべき狼〉
京極夏彦　文庫版　ルー＝ガルー2〈インクブス×スクブス　相容れぬ夢魔〉
京極夏彦　分冊文庫版　姑獲鳥《うぶめ》の夏　(上)(下)
京極夏彦　分冊文庫版　魍魎《もうりょう》の匣《はこ》　(上)(中)(下)
京極夏彦　分冊文庫版　狂骨《きょうこつ》の夢《ゆめ》　(上)(中)(下)

# 講談社文庫　目録

京極夏彦　分冊文庫版　鉄鼠《てっそ》の檻《おり》　全四巻
京極夏彦　分冊文庫版　絡新婦《じょろうぐも》の理《ことわり》(一)(二)
京極夏彦　分冊文庫版　絡新婦の理《ことわり》(三)(四)
京極夏彦　分冊文庫版　塗仏《ぬりぼとけ》の宴《うたげ》　宴の支度《したく》(上)(中)(下)
京極夏彦　分冊文庫版　塗仏《ぬりぼとけ》の宴《うたげ》　宴の始末《しまつ》(上)(中)(下)
京極夏彦　分冊文庫版　陰摩羅鬼《おんもらき》の瑕《きず》(上)(中)(下)
京極夏彦　分冊文庫版　邪魅《じゃみ》の雫(上)(中)(下)
京極夏彦　分冊文庫版　ルー=ガルー〈忌避すべき狼〉(上)(下)
京極夏彦　分冊文庫版　ルー=ガルー2〈インクブス×スクブス　相容れぬ夢魔〉(上)(下)
京極夏彦・原作　志水アキ・漫画　コミック版　姑獲鳥《うぶめ》の夏(上)(下)
京極夏彦・原作　志水アキ・漫画　コミック版　魍魎《もうりょう》の匣《はこ》(上)(下)
京極夏彦・原作　志水アキ・漫画　コミック版　狂骨の夢(上)(下)
北森　鴻　花の下にて春死なむ
北森　鴻　香菜里屋《カナリヤ》を知っていますか
北森　鴻　親不孝通りラプソディー
北村　薫　盤上の敵
北村　薫　紙魚家崩壊〈九つの謎〉
北村　薫　野球の国のアリス
木内一裕　藁の楯

木内一裕　水の中の犬
木内一裕　アウト&アウト
木内一裕　キッド
木内一裕　デッドボール
木内一裕　神様の贈り物
木内一裕　喧嘩猿
木内一裕　バードドッグ
木内一裕　不愉快犯
木内一裕　嘘ですけど、なにか?
北山猛邦　『クロック城』殺人事件
北山猛邦　『瑠璃城』殺人事件
北山猛邦　『アリス・ミラー城』殺人事件
北山猛邦　『ギロチン城』殺人事件
北山猛邦　私たちが星座を盗んだ理由
北山猛邦　猫柳十一弦の後悔〈不可能犯罪定数〉
北山猛邦　猫柳十一弦の失敗〈探偵助手五箇条〉
北　康利　白洲次郎　占領を背負った男(上)(下)
北　康利　福沢諭吉　国を支えて国を頼らず(上)(下)
貴志祐介　新世界より(上)(中)(下)

北原みのり　木嶋佳苗100日裁判傍聴記〈佐藤優対談収録完全版〉
岸本佐知子編訳　変愛《ヘンアイ》小説集
岸本佐知子編　変愛小説集　日本作家編
木原浩勝　文庫版　現世《うつしよ》怪談(一)　主人の帰り
木原浩勝　文庫版　現世怪談(二)　白刃の盾
木原浩勝　増補改訂版　もう一つの「バルス」〈―宮崎駿と『天空の城ラピュタ』の時代―〉
喜国雅彦　国樹由香　メフィストの漫画
清武英利　石つぶて〈警視庁　二課刑事の残したもの〉
清武英利　しんがり〈山一證券　最後の12人〉
喜多喜久　ビギナーズ・ラボ
黒岩重吾　新装版　古代史への旅
栗本　薫　新装版　絃《いと》の聖域
栗本　薫　新装版　ぼくらの時代
栗本　薫　新装版　優しい密室
栗本　薫　新装版　鬼面の研究
黒柳徹子　窓ぎわのトットちゃん　新組版
倉知　淳　新装版　星降り山荘の殺人
倉知　淳　シュークリーム・パニック
熊谷達也　浜の甚兵衛

倉阪鬼一郎 大江戸秘脚便
倉阪鬼一郎 娘飛脚を救え〈大江戸秘脚便〉
倉阪鬼一郎 開運十社巡り〈大江戸秘脚便〉
倉阪鬼一郎 決戦、武甲山〈大江戸秘脚便〉
倉阪鬼一郎 八丁堀の忍
倉阪鬼一郎 八丁堀の忍(二)〈大川端の死闘〉
倉阪鬼一郎 八丁堀の忍(三)〈遥かなる故郷〉
黒木 渚 壁の鹿
栗山圭介 居酒屋ふじ
栗山圭介 国士舘物語
黒澤いづみ 人間に向いてない
決戦!シリーズ 決戦!関ヶ原
決戦!シリーズ 決戦!大坂城
決戦!シリーズ 決戦!本能寺
決戦!シリーズ 決戦!川中島
決戦!シリーズ 決戦!桶狭間
決戦!シリーズ 決戦!関ヶ原2
決戦!シリーズ 決戦!新選組
小峰 元 アルキメデスは手を汚さない

今野 敏 ST警視庁科学特捜班 エピソード1〈新装版〉
今野 敏 ST警視庁科学特捜班 毒物殺人〈新装版〉
今野 敏 ST警視庁科学特捜班〈黒いモスクワ〉
今野 敏 ST警視庁科学特捜班〈青の調査ファイル〉
今野 敏 ST警視庁科学特捜班〈赤の調査ファイル〉
今野 敏 ST警視庁科学特捜班〈黄の調査ファイル〉
今野 敏 ST警視庁科学特捜班〈緑の調査ファイル〉
今野 敏 ST警視庁科学特捜班〈黒の調査ファイル〉
今野 敏 ST為朝伝説殺人ファイル〈警視庁科学特捜班〉
今野 敏 ST桃太郎伝説殺人ファイル〈警視庁科学特捜班〉
今野 敏 ST沖ノ島伝説殺人ファイル〈警視庁科学特捜班〉
今野 敏 ST化合 エピソード0〈警視庁科学特捜班〉
今野 敏 STプロフェッション〈警視庁科学特捜班〉
今野 敏 ギガース〈宇宙海兵隊〉
今野 敏 ギガース2〈宇宙海兵隊〉
今野 敏 ギガース3〈宇宙海兵隊〉
今野 敏 ギガース4〈宇宙海兵隊〉
今野 敏 ギガース5〈宇宙海兵隊〉
今野 敏 ギガース6〈宇宙海兵隊〉

今野 敏 特殊防諜班 連続誘拐
今野 敏 特殊防諜班 組織報復
今野 敏 特殊防諜班 標的反撃
今野 敏 特殊防諜班 凶星降臨
今野 敏 特殊防諜班 諜報潜入
今野 敏 特殊防諜班 聖域炎上
今野 敏 特殊防諜班 最終特命
今野 敏 茶室殺人伝説
今野 敏 奏者水滸伝 白の暗殺教団
今野 敏 フェイク〈疑惑〉
今野 敏 同期
今野 敏 欠落
今野 敏 変幻
今野 敏 警視庁FC
今野 敏 継続捜査ゼミ
今野 敏 蓬萊〈新装版〉
今野 敏 イコン〈新装版〉
後藤正治 天人〈深代惇郎と新聞の時代〉
幸田 文 崩れ

幸田 文 台所のおと
幸田 文 季節のかたみ
小池真理子 冬の伽藍
小池真理子 ノスタルジア
小池真理子 夏の吐息
小池真理子 千日のマリア
幸田真音 日本国債(上)(下)〈改訂最新版〉
五味太郎 大人問題
鴻上尚史 あなたの魅力を演出するちょっとしたヒント
鴻上尚史 あなたの思いを伝える表現力のレッスン
鴻上尚史 八月の犬は二度吠える
鴻上尚史 鴻上尚史の俳優入門
鴻上尚史 青空に飛ぶ
小泉武夫 納豆の快楽
近藤史人 藤田嗣治「異邦人」の生涯
小前 亮 李《り》世《せい》民《みん》
小前 亮 趙《ちょう》匡《きょう》胤《いん》〈宋の太祖〉
小前 亮 朱元璋 皇帝の貌《かお》
小前 亮 覇《は》帝《てい》フビライ〈世界支配の野望〉
小前 亮 唐玄宗紀
小前 亮 賢帝と逆臣と〈康《こう》熙《き》帝《てい》と三藩の乱〉
小前 亮 始皇帝の永遠〈天下一統〉
香月日輪 妖怪アパートの幽雅な日常①
香月日輪 妖怪アパートの幽雅な日常②
香月日輪 妖怪アパートの幽雅な日常③
香月日輪 妖怪アパートの幽雅な日常④
香月日輪 妖怪アパートの幽雅な日常⑤
香月日輪 妖怪アパートの幽雅な日常⑥
香月日輪 妖怪アパートの幽雅な日常⑦
香月日輪 妖怪アパートの幽雅な日常⑧
香月日輪 妖怪アパートの幽雅な日常⑨
香月日輪 妖怪アパートの幽雅な日常⑩
香月日輪 妖怪アパートの幽雅な食卓〈るり子さんのお料理日記〉
香月日輪 妖怪アパートの幽雅な人々〈妖アパミニガイド〉
香月日輪 妖怪アパートの幽雅な日常〈ラスベガス外伝〉
香月日輪 大江戸妖怪かわら版①〈異界より落ち来る者あり〉
香月日輪 大江戸妖怪かわら版②〈異界より落ち来る者あり 其之二〉
香月日輪 大江戸妖怪かわら版③〈封印の娘〉
香月日輪 大江戸妖怪かわら版④〈天空の竜宮城〉
香月日輪 大江戸妖怪かわら版⑤〈雀、大浪花に行く〉
香月日輪 大江戸妖怪かわら版⑥〈魔狼、月に吠える〉
香月日輪 大江戸妖怪かわら版⑦〈大江戸散歩〉
香月日輪 地獄堂霊界通信①
香月日輪 地獄堂霊界通信②
香月日輪 地獄堂霊界通信③
香月日輪 地獄堂霊界通信④
香月日輪 地獄堂霊界通信⑤
香月日輪 地獄堂霊界通信⑥
香月日輪 地獄堂霊界通信⑦
香月日輪 地獄堂霊界通信⑧
香月日輪 ファンム・アレース①
香月日輪 ファンム・アレース②
香月日輪 ファンム・アレース③
香月日輪 ファンム・アレース④
香月日輪 ファンム・アレース⑤(上)(下)
近衛龍春 加藤清正〈豊臣家に捧げた生涯〉
木《この》原《はら》音《なり》瀬《せ》 箱の中

木原音瀬 美しいこと
木原音瀬 秘密
木原音瀬 嫌な奴
近藤史恵 私の命はあなたの命より軽い
小泉凡 怪談四代記〈八雲のいたずら〉
小島正樹 武家屋敷の殺人
小島正樹 硝子の探偵と消えた白バイ
小松エメル 夢の燈《ほ》影《かげ》〈新選組無名録〉
小松エメル 総司の夢
近藤須雅子 プチ整形の真実
小島環 小旋風《つむじかぜ》の夢《む》紘《げん》
小島環 原作 あなしん 脚本 おかざきさとこ 小説 春待つ僕ら
呉勝浩 道徳の時間
呉勝浩 ロスト
呉勝浩 蜃気楼の犬
呉勝浩 白い衝動
こだま 夫のちんぽが入らない
こだま ここは、おしまいの地
講談社校閲部 間違えやすい日本語実例集〈熟練校閲者が教える〉

佐藤さとる だれも知らない小さな国〈コロボックル物語①〉
佐藤さとる 豆つぶほどの小さないぬ〈コロボックル物語②〉
佐藤さとる 星からおちた小さなひと〈コロボックル物語③〉
佐藤さとる ふしぎな目をした男の子〈コロボックル物語④〉
佐藤さとる 小さな国のつづきの話〈コロボックル物語⑤〉
佐藤さとる コロボックルむかしむかし〈コロボックル物語⑥〉
佐藤さとる 天狗童子
佐藤さとる 絵／村上勉 わんぱく天国
佐藤愛子 新装版 戦いすんで日が暮れて
佐木隆三 慟哭〈小説・林郁夫裁判〉
佐高信 石原莞爾その虚飾
佐高信 わたしを変えた百冊の本
佐高信 新装版 逆命利君
佐藤雅美 恵比寿屋喜兵衛手控え
佐藤雅美 物書同心居眠り紋蔵
佐藤雅美 隼小僧異聞〈物書同心居眠り紋蔵〉
佐藤雅美 密約〈物書同心居眠り紋蔵〉
佐藤雅美 お尋者〈物書同心居眠り紋蔵〉
佐藤雅美 老博奕打ち〈物書同心居眠り紋蔵〉

佐藤雅美 四両二分の女〈物書同心居眠り紋蔵〉
佐藤雅美 白い息〈物書同心居眠り紋蔵〉
佐藤雅美 向井帯刀の発心〈物書同心居眠り紋蔵〉
佐藤雅美 一心斎不覚の筆禍〈物書同心居眠り紋蔵〉
佐藤雅美 魔物が棲む町〈物書同心居眠り紋蔵〉
佐藤雅美 ちよの負けん気、実の父親〈物書同心居眠り紋蔵〉
佐藤雅美 へこたれない人〈物書同心居眠り紋蔵〉
佐藤雅美 わけあり師匠事《こと》の顛末〈物書同心居眠り紋蔵〉
佐藤雅美 御奉行の頭の火照《ほて》り〈物書同心居眠り紋蔵〉
佐藤雅美 江戸繁昌記〈寺門静軒無聊伝〉
佐藤雅美 青雲遥かに〈大内俊助の生涯〉
佐藤雅美 悪足掻《あが》きの跡始末 厄介弥三郎
酒井順子 負け犬の遠吠え
酒井順子 金閣寺の燃やし方
酒井順子 昔は、よかった？
酒井順子 もう、忘れたの？
酒井順子 そんなに、変わった？
酒井順子 泣いたの、バレた？
酒井順子 気付くのが遅すぎて、

# 講談社文庫　目録

酒井順子　朝からスキャンダル
佐野洋子　嘘ばっか〈新釈・世界おとぎ話〉
佐野洋子　コッコロから
笹生陽子　ぼくらのサイテーの夏
笹生陽子　きのう、火星に行った。
笹生陽子　世界がぼくを笑っても
沢木耕太郎　一号線を北上せよ〈ヴェトナム街道編〉
櫻田大造　「優」をあげたくなる答案・レポートの作成術
沢村凜　タソガレ
佐藤多佳子　一瞬の風になれ　全三巻
笹本稜平　駐在刑事
笹本稜平　駐在刑事　尾根を渡る風
佐藤あつ子　昭《あき》　田中角栄と生きた女
西條奈加　世直し小町りんりん
西條奈加　まるまるの毬《いが》
佐伯チズ　讃許完全版　佐伯チズ式「完全美肌バイブル」〈123の肌悩みにズバリ回答!〉
斉藤洋　ルドルフとイッパイアッテナ
斉藤洋　ルドルフともだちひとりだち
佐々木裕一　若返り同心　如月源十郎〈不思議な飴玉〉
佐々木裕一　若返り同心　如月源十郎〈闇の顔〉
佐々木裕一　公家武者　信《のぶ》平《ひら》〈消えた狐丸〉
佐々木裕一　逃げた名馬〈公家武者　信平(二)〉
佐々木裕一　比叡山の鬼〈公家武者　信平(三)〉
佐々木裕一　公《く》卿《ぎょう》の罠《わな》〈公家武者　信平(四)〉
佐々木裕一　狙われた旗本〈公家武者　信平(五)〉
佐々木裕一　赤い刀身〈公家武者　信平(六)〉
佐々木裕一　帝《みかど》の刀《とう》匠《しょう》〈公家武者　信平(七)〉
佐々木裕一　若君の覚悟〈公家武者　信平(八)〉
佐藤究《きわむ》　QJKJQ
佐藤究　Ank: 〈a mirroring ape〉
佐藤究　サージウスの死神
佐野晶　三田紀房・原作　小説アルキメデスの大戦
澤村伊智　恐怖小説キリカ
さいとう・たかを　戸川猪佐武 原作　歴史劇画　大宰相〈第一巻　吉田茂の闘争〉
さいとう・たかを　戸川猪佐武 原作　歴史劇画　大宰相〈第二巻　鳩山一郎の悲運〉
さいとう・たかを　戸川猪佐武 原作　歴史劇画　大宰相〈第三巻　岸信介の強腕〉
さいとう・たかを　戸川猪佐武 原作　歴史劇画　大宰相〈第四巻　池田勇人と佐藤栄作の激突〉
さいとう・たかを　戸川猪佐武 原作　歴史劇画　大宰相〈第五巻　田中角栄の革命〉
さいとう・たかを　戸川猪佐武 原作　歴史劇画　大宰相〈第六巻　三木武夫の挑戦〉
さいとう・たかを　戸川猪佐武 原作　歴史劇画　大宰相〈第七巻　福田赳夫の復讐〉
さいとう・たかを　戸川猪佐武 原作　歴史劇画　大宰相〈第八巻　大平正芳の決断〉
佐藤優　人生の役に立つ聖書の名言
司馬遼太郎　新装版　播磨灘物語　全四冊
司馬遼太郎　新装版　箱根の坂(上)(中)(下)
司馬遼太郎　新装版　アームストロング砲
司馬遼太郎　新装版　歳月(上)(下)
司馬遼太郎　新装版　おれは権現
司馬遼太郎　新装版　大坂侍
司馬遼太郎　新装版　北斗の人(上)(下)
司馬遼太郎　新装版　軍師二人
司馬遼太郎　新装版　真説宮本武蔵
司馬遼太郎　新装版　最後の伊賀者
司馬遼太郎　新装版　俄(上)(下)
司馬遼太郎　新装版　尻啖え孫市(上)(下)
司馬遼太郎　新装版　王城の護衛者
司馬遼太郎　新装版　妖怪(上)(下)
司馬遼太郎　新装版　風の武士(上)(下)

司馬遼太郎 戦雲の夢〈レジェンド歴史時代小説〉
司馬遼太郎・海音寺潮五郎 新装版 日本歴史を点検する
司馬遼太郎・井上ひさし 新装版 国家・宗教・日本人
司馬遼太郎・陳舜臣・金達寿 新装版 歴史の交差路にて〈日本・中国・朝鮮〉
柴田錬三郎 お江戸日本橋(上)(下)
柴田錬三郎 貧乏同心御用帳
柴田錬三郎 新装版 岡っ引どぶ〈柴錬捕物帖〉
柴田錬三郎 新装版 顔十郎罷り通る(上)(下)〈レジェンド歴史時代小説〉
白石一郎 庖丁ざむらい〈十時半睡事件帖〉
島田荘司 御手洗潔の挨拶
島田荘司 御手洗潔のダンス
島田荘司 暗闇坂の人喰いの木
島田荘司 水晶のピラミッド
島田荘司 眩(めまい)暈
島田荘司 アトポス
島田荘司 異邦の騎士〈改訂完全版〉
島田荘司 御手洗潔のメロディ
島田荘司 Pの密室
島田荘司 ネジ式ザゼツキー
島田荘司 都市のトパーズ2007
島田荘司 21世紀本格宣言
島田荘司 帝都衛星軌道
島田荘司 UFO大通り
島田荘司 リベルタスの寓話
島田荘司 透明人間の納屋
島田荘司 占星術殺人事件〈改訂完全版〉
島田荘司 斜め屋敷の犯罪〈改訂完全版〉
島田荘司 星《せい》籠《ろ》の海(上)(下)
島田荘司 屋上
島田荘司 名探偵傑作短篇集 御手洗潔篇
島田荘司 火刑都市〈改訂完全版〉
清水義範 蕎麦《そば》ときしめん
清水義範 国語入試問題必勝法
椎名誠 にっぽん・海風魚旅〈怪し火さすらい編〉
椎名誠 大漁旗ぶるぶる乱風編〈にっぽん・海風魚旅4〉
椎名誠 南シナ海ドラゴン編〈にっぽん・海風魚旅5〉
椎名誠 風のまつり
椎名誠 ナマコ
椎名誠 埠頭三角暗闇市場
島田雅彦 悪貨
島田雅彦 虚人の星
真保裕一 連鎖
真保裕一 取引
真保裕一 震源
真保裕一 盗聴
真保裕一 朽ちた樹々の枝の下で
真保裕一 奪取(上)(下)
真保裕一 防壁
真保裕一 密告
真保裕一 黄金の島(上)(下)
真保裕一 発火点
真保裕一 夢の工房
真保裕一 灰色の北壁
真保裕一 覇王の番人(上)(下)
真保裕一 デパートへ行こう!
真保裕一 アマルフィ〈外交官シリーズ〉
真保裕一 ダイスをころがせ!(上)(下)